btb

Aus Freude am Lesen

btb

Buch

Woran es der Welt mangelt, sind Leute, die immer wieder einen neuen Anfang wagen. Getreu dieser Grundüberzeugung hat Opa Leinonen seit nunmehr fast hundert Jahren gelebt. Mit überbordender Experimentierfreude und einem untrüglichen Sinn für das perfekte Marketing hat er viel erreicht: Er hat das elektrische Licht in sein finnisches Dorf gebracht, hat Parallelvergaser erfunden – und er hat vor langer Zeit die Sommerversammlungen der Laestadianer, einer religiösen Bewegung in Finnland, erdacht. Inzwischen haben sich diese Treffen zu Open-Air-Veranstaltungen mit bis zu achtzigtausend Menschen entwickelt. In diesem Jahr wird das unerschütterliche Vertrauen der Laestadianer jedoch auf eine ungewöhnliche Probe gestellt. Kaum hat die Veranstaltung begonnen, setzt sintflutartiger Regen ein. Zunächst bringt das weder Opa Leinonen noch seinen Enkel Johannes aus der Ruhe, denn da sich die Laestadianer vor nichts fürchten, wird weiter gepredigt, sich vergnügt, so manches Geschäft gemacht, gelacht und geliebt. Doch schon bald ist geniale Improvisation gefragt…

Autor

Hannu Raittila, geboren 1956, gilt als einer der wichtigsten Autoren Finnlands. Man kennt ihn als Verfasser von Kolumnen, Hörspielen, Drehbüchern, Erzählungen und mehreren Romanen. Für »Canal Grande« erhielt er den Finlandia-Preis, die bedeutendste literarische Auszeichnung des Landes.

Hannu Raittila bei btb

Canal Grande. Roman (73183)
Atlantis. Roman (73727)

Hannu Raittila

Sintflut

Roman

Aus dem Finnischen
von Stefan Moster

btb

Die finnische Originalausgabe erschien 2000 unter dem Titel
»Ei minulta mitään puutu« bei WSOY, Helsinki.

FSC
Mix
Produktgruppe aus vorbildlich
bewirtschafteten Wäldern und
anderen kontrollierten Herkünften

Zert.-Nr. GFA-COC-1223
www.fsc.org

Verlagsgruppe Random House FSC-DEU-100
Das für dieses Buch verwendete FSC-zertifizierte Papier *Munken Print*
liefert Arctic Paper Munkedals AB, Schweden.

1. Auflage
Genehmigte Taschenbuchausgabe März 2009,
btb Verlag in der Verlagsgruppe Random House GmbH, München

Umschlaggestaltung: semper smile, München unter Verwendung
eines Fotos von plainpicture / Wagner, A.
Satz: Greiner & Reichel, Köln
Druck und Einband: CPI – Clausen & Bosse, Leck
UB · Herstellung: BB
Printed in Germany
ISBN 978-3-442-73779-6

www.btb-verlag.de

I

«Better than any other.» Auf der Holzverpackung klebte ein Etikett und daneben ein Versandschein, demzufolge sich die Kiste auf dem Weg nach Sambia befand, laut Datum seit fast zwanzig Jahren. Das Etikett zeigte, neben einem Text, der die Vortrefflichkeit des Produkts pries, das Bild einer Schildkröte.

«Finnish Pond, Scythe Stone.» Ich nahm einen der Schleifsteine, ein dunkelgraues, glattes Stück, in die Hand. Mehrere Kisten davon waren aufeinander gestapelt. Mit Schablonen hatte man die verschiedenen Bestimmungshäfen auf das Holz gemalt: Yokohama, Buenos Aires, Kairo ... Jetzt hingen die Schablonen mit Farbe gesprenkelt an einem Nagel an der Wand wie Namen von fernen Galaxien: Oriak, Riak, Seria Soneub.

Der rechteckige Schleifstein lag angenehm in der Hand. Seine Kanten waren abgerundet. Der Kaufmann aus dem Kirchdorf hatte behauptet, Köche hielten Phyllit für den besten Stein zur Bearbeitung von Küchenmessern. Über Nacht hatte das Rauschen des Wassers aufgehört, und man konnte den Krach, den die Vögel beim Nisten machten, in den Erlen des Bachtals hören.

Ich ging zum Stauteich und keilte das Schütz, das verhinderte, dass Wasser in die Mühlenrinne floss, einen Spalt breit auf. Vom Humus braunes Wasser strömte in die Holzrinne und verschwand im Inneren der Mühle. Ich zog das Schütz ganz auf und lauschte dem Geräusch des Mühlrads. Am Vorabend hatte ich mit Vaseline und durch ausdauerndes Drehen das Quietschen der Achse zum Schweigen gebracht. Jetzt hörte man nur noch das Klatschen, wenn der Zufluss aus der Rinne auf die Schaufeln des Mühlrads traf und das Wasser in den Ablaufkanal weitergeleitet wurde, von wo es in den strömungsarmen Unterlauf des Baches floss.

In der Werkstatt löste ich die Verriegelung der Schleifbank, daraufhin begann die Achse, die durch die Wand zur Mühlenkammer gestoßen worden war, den Tisch und die Trennschleifscheibe in eine Drehbewegung zu versetzen. Das Poltern des eine Tonne schweren Schleifsteins übertönte das Klatschen des Mühlrads.

Obwohl ich die Tür zur Räderkammer öffnete, hörte ich das Wasser nicht. Im Gesicht spürte ich den leichten Luftzug, der von den Mühlenflügeln verursacht wurde. Ich schob einen angespitzten Holzpflock zwischen Rahmen und Räderwerk, aber die Rotation wurde durch den Widerstand kein bisschen beeinträchtigt.

Ich ging in die Werkstatt zurück und hob einen der überall herumliegenden Rohlinge vom Fußboden auf. Er hatte sich in einem Sonnenfleck erwärmt. Den rechteckigen Stein legte ich in die Schleiflehre; dann sah ich zu, wie der sich drehende Tisch am einen Ende des Rechtecks fräste. Ich versuchte, den bestmöglichen Winkel zu finden, und überlegte mir, welche Handgriffe zweckmäßig wären, wenn ich diese Arbeit von morgens bis abends und viele Tage hintereinander machen müsste. Die Sonne schien von unten herein, in ihrem Lichtkeil schwebte Schleifstaub. Der steinerne Tisch rumpelte, und die Achse, die ihn drehte, schwankte in ihren Aufhängungen. Ich ließ reichlich Arbeitszeit vergehen, dachte bloß daran, ein gutes Resultat zu erzielen. Nachdem ich ein halbes Dutzend Rohlinge bearbeitet hatte, verglich ich meine Schleifsteine mit denen in den Kisten. Der Kaufmann hatte anscheinend schon eine Zeit lang hinter mir gestanden. Er rief etwas, aber ich verstand seine Worte nicht.

Der junge Leinonen war beim Herstellen der Schleifsteine so bei der Sache, dass er weder gesehen noch gehört hatte, wie ich reinkam. Ich fragte ihn, was für ein Gefühl es sei, wenn man die Mühle, die von den eigenen Vorfahren gebaut worden sei, in Bewegung setze, aber er hörte nichts.

Ich schrie ihm ins Ohr, er solle sich bei uns im Supermarkt, in der Eisenwarenabteilung, Gehörschützer kaufen. Was?, schrie er zurück. Und was man sonst noch an Sicherheitsausrüstung braucht, brüllte ich.

Er hatte die Mühle und die Schleifmaschinerie zum Laufen gebracht. Zu unserer Zeit war die ja nie in Betrieb gewesen, außer natürlich vor dem Krieg, als der Vater noch jung war. Mein Bruder richtete sich nämlich im Dorf eine neue Werkstatt ein, als der Vater in Rente ging, und ich übernahm den Laden. Die alte Werkstatt wurde als Lager genutzt, und es konnte sogar mit dem Heimatverein ein Vertrag abgeschlossen werden, wonach sie sowohl das Mühlengebäude samt Maschinerie als auch das dazugehörige kleine Wohnhaus in Schuss zu halten hatten. Der Vater führte Touristen hin, und anscheinend haben sie zur Anschauung sogar Schleifsteine gemacht, denn zusammen mit der Tourismusreferentin tauchten auch welche im Gemeindehaus auf.

Die Referentin hatte in einer Druckerei in Tampere Aufkleber mit dem Gemeindewappen herstellen lassen; die wurden auf die Schleifsteine geklebt, als Beweis für die besondere Handwerkstradition und den speziellen Wirtschaftszweig der

Gegend. Kaum waren die Aufkleber gedruckt, kam die große Wirtschaftskrise. Der Etat der Tourismusreferentin wurde eingefroren und sie selbst in den Zwangsurlaub geschickt. Sie war aus Helsinki, glaub ich. Oder war es Kirkkonummi?

Jedenfalls ließ sie Schleifsteine mit den Aufklebern im Schrank zurück, außerdem einen Stoß Broschüren über die Geschichte des Phyllitgewerbes. So was hat sie nämlich auch geschrieben, weil die Ärmste versuchte, die Schleifsteinproduktion und die Museumsmühle zu Trümpfen im Fremdenverkehr zu machen – und zur Basis dafür, dass sie ihre Stelle behalten konnte. Bis zum Schluss hat sie immer wieder lang und breit erklärt, die Auslandsreisen würden zurückgehen und die Touristenströme dadurch zu einheimischen Zielorten umgelenkt.

Der junge Leinonen verriegelte den Schleiftisch, und der Lärm hörte auf. Ich fragte ihn, was das für ein Gefühl sei, wenn man den ersten Tag offiziell der Gebieter über Werkstatt, Mühle und die Rechte am Bachlauf sei. Ich gratulierte ihm. Er wollte wissen, wofür, und ich sagte, er wäre diese Woche doch vierzig geworden.

Er wunderte sich, wieso ich seinen Geburtstag so genau wusste. Dabei hatte ich doch seine Papiere gesehen, als der Fall in der Gemeinderatssitzung behandelt wurde. Johannes heißt er mit Vornamen. Er wollte wissen, ob der Windgenerator und das Ladegerät und die anderen Sachen, die er bestellt hatte, eingetroffen wären und ob es im Supermarkt 24-Volt-Gelbatterien gäbe.

Der Kaufmann verstand nicht, was ich mit einem Windgenerator wollte, da mir doch Wasserkraft zur Verfügung stand. Ich erinnerte ihn daran, dass beim Strömen von Wasser und

Luft die gleichen Gesetze der Dynamik gelten. Der Unterschied liegt allein in der Dichte des Stoffes. Ich sagte, ich hätte vor, den Windmühlenrotor durch eine Wasserturbine zu ersetzen. Ich weiß nicht, ob der Kaufmann glaubte, was ich sagte.

Er erzählte mir, sein Bruder hätte die Werkstatt in den 50er Jahren ins Dorf verlagert, weil es unmöglich gewesen wäre, Strom zur Mühle zu legen. Ich selbst hatte ausgerechnet, dass die Wasserkraft das Mühlwerk mit der Effizienz von vielen Kilowatt antrieb. Es wäre daher sinnlos gewesen, für eine simple Rotationsbewegung eine teure Stromleitung zu verlegen.

Ich brauchte den Strom nur zur Beleuchtung und für andere Zwecke, die wenig Leistung erforderten. Der Kaufmann wollte nicht glauben, dass man mit einer Spannung von vierundzwanzig Volt für all die Annehmlichkeiten sorgen konnte, die heutzutage in Privatwohnungen und Firmen üblich sind.

Ob ich tatsächlich vorhätte, in das Müllerhäuschen zu ziehen? Die Gemeinde sei an der Reihenhaussiedlung hinter der Kirche beteiligt; angeblich könne der Kaufmann seinen Einfluss geltend machen, falls ich da ein kleines Domizil suchte. Opa kam in die Mühle und fragte den Kaufmann, ob er Jakob Levin sei.

Opa wunderte sich, dass ich wieder zurück war. Er fragte, ob es stimme, dass ich mit dem Zirkus bis nach Sankt Petersburg gekommen wäre. Da begriff ich, dass er mich gerade für den Großvater meines Vaters hielt, also für seinen eigenen Vater.

Ich zeigte Opa die Mühle, die sich gleichmäßig drehte, obwohl zwischen Räderwerk und Rahmen noch immer die

Stange schleifte, die ich probehalber dort hineingesteckt hatte. Ich erklärte ihm, die Mühle sei leicht in der Lage, die Maschinerie anzutreiben, nicht einmal der zusätzliche Widerstand verlangsame die Geschwindigkeit.

Opa sah mich an wie einen geistig Minderbemittelten und sagte, die Mühle bringe schon mit dem primitiven Schaufelrad eine Leistung von mindestens zwölf Kilowatt. Er zog die Tür der Mühlenkammer hinter sich zu und sagte mir ins Ohr, mit diesem Levin müsse man vorsichtig sein. «Diese Leistung kann man nämlich vervielfachen, indem man das Staubecken erweitert und eine Turbine einsetzt!»

Ich versuchte ihm zu erklären, dass mehr Leistung gar nicht nötig war. Er nahm mich an der Hand und stellte mit ernster Miene fest, ich sei nun also doch noch zur Vernunft gekommen. Trotzdem wies er mich an, mit dem Levin vorsichtig zu sein. Ich sagte noch einmal, dass es sich bei dem Mann nicht um Herrn Levin handelte, sondern um den Kaufmann Loikkanen.

Das änderte Opas Meinung nach nichts an den Tatsachen. Auch Loikkanen glaube, jeder Mensch trüge den Schlüssel zum Himmelreich in der Tasche, er selbst hingegen glaube das nicht mehr. Woher glaubte er zu wissen, was Loikkanen in der Tasche hatte?

Ich ging mit dem alten Mann zu dem Wohnmobil, in dem sie offensichtlich übernachtet hatte. Das Müllerhaus wurde ja noch renoviert. Der jüngere Leinonen machte die Stauluke zu, und das Wasser hörte auf, die Mühle anzutreiben. Sein Opa guckte mir bohrend in die Augen und sagte, zur Seligkeit gelange man nur ohne eigenes Verdienst, durch die Gnade.

Ich wollte wissen, ob nicht jeder mit seinem eigenen Glauben selig werde. Mit seinem eigenen Glauben, bestätigte der Opa. Die Vergebung durch andere könne man noch nicht Gnade nennen. Der jüngere Leinonen kam ebenfalls zum Wohnmobil, und sein Opa erklärte ihm, auch der Loikkanen würde nicht mehr daran glauben, dass die Schlüsselgewalt in den Händen der Menschen liegt.

Der Enkel wollte wissen, von welchen Schlüsseln sein Großvater redete. Vom Schlüssel zum Himmelreich natürlich, zischte der zurück. Der junge Leinonen fing an, Kaffee zu kochen, verschüttete aber in der Ecke, die anscheinend die Küche darstellt, Kaffeepulver.

Von irgendwoher holte er einen winzigen Staubsauger und steckte ein dünnes Kabel in eine Steckdose, die klein und rund war wie das Loch für einen Druckknopf. Leck mich am Ärmel, was die da für Apparaturen hatten! Ich wollte wissen, wovon der Alte redete, aber der Enkel sagte bloß, aus seinem Opa würde man nicht immer schlau werden.

Mittlerweile ertönte auch aus dem Radio schon das Wort Gottes. Die hatten wirklich alles Mögliche an elektrischen Gerätschaften in Gebrauch, obwohl es bis zur nächsten Hochspannungsleitung mehrere Kilometer waren.

Der junge Leinonen erklärte, sein Vater hätte ihm das Fahrzeug zur Verfügung gestellt. Es wäre mit Instrumenten ausgestattet, die alle 48 Volt brauchten. Angeblich rüstete sein Vater bloß aus Spaß am Erfinden Wohnmobile mit solchen Besonderheiten aus, die andere nicht hatten.

Angeblich war der Vater der Meinung, das staatliche Stromnetz würde die Menschen gefangen halten wie das Schleppnetz die Kleinen Maränen. Wenn man sich befreien will, muss man sich aus dem Staatsnetz befreien. Die Freiheit besteht in 24 Volt, stellte der Junge fest und drückte auf den Schalter seines Staubsaugers.

Der Mensch hat heute eine derartige Macht, dass er sich praktisch für Gott hält. Der alte Leinonen nahm seinem Enkel den Staubsauger aus der Hand und ließ ihn selbst ein bisschen hin und her gleiten. Aber die Mächte des Himmels liegen nicht in seiner Hand. Er ist nur so groß wie ein Mensch, ein Abbild Gottes. Beim Sprechen hatte der Alte am Staubsauger herumgefummelt, sodass er aufging und sich das Kaffeepulver erneut auf den Teppichboden im Wohnmobil ergoss.

Leinonen bückte sich und saugte wieder selbst, und der alte Mann erklärte, sein Junge hätte schon von klein auf immer gern gebastelt. Jetzt habe er angefangen, eine Orgel zu bauen. Der Jüngere klärte mich auf, ich solle nicht glauben, sein Opa rede gerade von ihm. Der Alte rede von seinem Sohn, dem Vater des jüngeren Leinonen. Im Radio wurde soeben ein Kirchenlied angestimmt, gleichzeitig wehte der Wind denselben Ton direkt vom Versammlungsplatz über den See herüber.

Ich sagte, ich müsse jetzt zur Versammlung, um Würstchen zu verkaufen, aber die Lieferung, die für Leinonen gekommen wäre, könnten wir am Nachmittag beim Busdienst mitnehmen, wenn ich sowieso Nachschub im Supermarkt holen würde.

Der junge Leinonen sagte, ich wäre mir ja sehr sicher über den Absatz meiner Würste. Na klar verkauft sich Gegrilltes, wenn sich in einem Dorf wie diesem mehr Volk versammelt, als es Savolaxer in Kuopio gibt.

Als beschlossen wurde, die Sommerversammlung der Laestadianer in unsere Gemeinde zu holen, ging man im Gemeinderat auch davon aus, dass die Veranstaltung dem einheimischen Gewerbe Arbeit bringen und den Handel und das Wirtschaftsleben der Region beleben würde.

In vielen Gemeinderatssitzungen war darüber gestritten worden, ob die Versammlung in unserer Gemeinde genehmigt werden solle oder nicht, aber am Ende waren nur noch die Ein-Frau-Fraktion der Grünen und ihre Hilfstruppen dagegen. Die bekamen die Bauern von der Zentrumspartei aber nicht hinter sich, obwohl sie versucht haben, mit Diagrammsäulen und Zahlenkolonnen zu veranschaulichen, was für einer Bleibelastung die Felder an der Straße ausgesetzt wären, wenn die Gläubigen mit ihren zigtausend Autos angefahren kämen.

Die Sozis waren zuerst gegen die Versammlung, änderten aber ihre Meinung, nachdem ihnen der Wirtschaftsreferent vorgerechnet hatte, wie beschäftigungsfördernd sich die Veranstaltung auswirken würde. Der Referent hatte ausgerechnet, dass die Organisation der Versammlung einer Leistung von mehr als hundert Jahresarbeitspensen entsprach und dass die Unternehmen und Gewerbetreibenden der Gemeinde durch die Gunst der freien Marktwirtschaft das Recht auf ihren Anteil an diesem Topf besaßen.

In kleiner Runde gab der Wirtschaftsreferent zu, die Rechnung, die zu den hundert Arbeitsjahren geführt hatte, enthielte hauptsächlich Maßnahmen auf dem Privatsektor, wie zum Beispiel den Transport der Versammlungsteilnehmer zum Veranstaltungsort, der selbstverständlich in Privatfahrzeugen erfolgen würde.

Das hatte den Sozis aber keiner gesagt, und sie überlegten sich nun, ob sich die Versammlung der Gläubigen wohl günstig auf die Arbeitslosenstatistik der Gemeinde auswirken würde. Der Aufbau des Versammlungsortes war dann aber ausschließlich in den Händen der Veranstalter, sodass die Männer aus unserer Gemeinde keine Minute mitarbeiteten. Die Leute bauten ihre Versammlung in ehrenamtlicher Gemeinschaftsarbeit auf. Sogar ein Sägewerk haben sie im Winter eigens dafür gegründet.

Mir fiel ein, dass ein gewisser Mäkelä angerufen und mich gebeten hatte, dem jungen Leinonen zu sagen, er solle sich bei ihm melden. Ich bot Leinonen mein Handy an, damit er das erledigen konnte, aber er sagte, mit dem Mann habe er nichts zu schaffen.

Mäkelä hatte behauptet, es sei dringend. Ich fragte, wer dieser Mäkelä sei, und Leinonen erklärte, der Mann sei Architekt. Aus den Unterlagen wusste ich, dass Leinonen denselben Beruf hatte. Früher jedenfalls, präzisierte er knapp. Da fragte ich lieber nicht weiter nach. Als ich das Wohnmobil verließ, hörte ich, wie der Opa sich wunderte, was hier eigentlich vorging, und wie der Enkel ihm auseinander setzte, dass sie zu einer Sommerversammlung der Laestadianer gekommen wären, dass sie das Wort Gottes hören, Lieder singen und alte Bekannte treffen würden. Der Opa fuhr dazwischen, das wisse er, aber warum wären sie zu Vaters Schleifsteinfabrik gekommen und setzten die Mühle wieder in Betrieb und machten Geschäfte mit dem Levin?

Den Enkel hörte ich sagen, das sei nicht der Levin, sondern der Kaufmann Loikkanen, der Besitzer des Supermarkts im Kirchdorf. Der Opa behauptete, er kenne den Loikkanen, seit über siebzig Jahren. Ich wusste nicht, von wem er redete. Ich fuhr zum Parkplatz, um den Verkaufswagen zu holen und zur Versammlung zu bringen. Aus dem verkaufe ich am Wochenende in den Dörfern, was im Supermarkt an Grillartikeln im Sonderangebot übrig bleibt.

Über den See hörte man Tausende Menschen fromme Lieder singen, aber im Radio lief plötzlich ein Schlager. Dieselbe Musik schien jetzt auch aus den Lautsprechern des Versammlungsplatzes zu kommen. Es war eines von diesen Schlumpf-Liedern.

II

Irgendwas ist passiert: Wahrscheinlich hat das Stromnetz geflattert, und dadurch ist dann der Computer abgestürzt. Jedenfalls ist plötzlich mitten im Choral Kinderpop aus dem Radio und aus den Boxen gekommen: «Die Schlümpfe sind wieder da, yeah, yeah …»

Ich hatte diesen Job bei den Frommen, Sommerversammlung der Laestadianer. Wir waren mit dem mobilen Roadsound-Studio auf Tour. Ich hab abgemischt, was von der Versammlung ins Radio und aus der Lautsprecheranlage gekommen ist.

Fast hundert Lautsprecher hatten wir aufgebaut, und das Kabel lief kilometerlang über den Acker. Die Anlage beschallte das gesamte Gelände. Das Meiste von dem Zeug war geliehen, aber es gehört halt dazu, dass du deinem Kunden die Geräte besorgst, die er braucht. Sogar die Beleuchtung haben wir beschafft.

Nach dieser Versammlung würde ich sagen, dass wir – nach finnischen Maßstäben – jedes Event in den Griff kriegen. Wir haben uns schließlich nicht umsonst in Roskilde was abgeguckt, und im Frühjahr war ich im EuroDisney, um dort die Audiotechnik kennen zu lernen. Für die Exkursion hatten wir vom Wirtschaftsministerium Unterstützung gekriegt, quasi wie für eine Fortbildung.

Wenn man so eine Versammlung organisiert, das ist, wie wenn man in den Krieg zieht. An was man da alles denken muss! Für die Stromerzeugung hatten wir zwölf Atlas-Generatoren. Die wurden auf Tieflader-Lafetten gebracht. Elektrizität war also vorhanden. Im Prinzip mehr als auf einem Kreuzfahrtschiff.

Im Organisationskomitee hatte ich mir mit den Glaubensbrüdern, die Ingenieure sind wie ich, den Kopf darüber zerbrochen, wo wir das Wasser herbekommen. Wir einigten uns darauf, das Trinkwasser in Tanks auf den zentralen Platz des Versammlungsgeländes zu bringen und das übrige Brauchwasser aus dem See zu pumpen.

Dabei konnten wir darauf zählen, dass die Leute das Wasser, das sie zum Kochen brauchten, in den Tanks ihrer Wohnmobile und Wohnwagen mitbringen würden. Bei fünfzehntausend Wohnmobilen mit jeweils achtzig Litern Wasser ist das eine beträchtliche Menge, über eine Million Liter.

Durch die Vermittlung des örtlichen Supermarktbesitzers konnten wir von einem Landwirt Pumpen und Bewässerungsrohre ausleihen; daraus haben wir ein Röhrengerüst installiert, das in alle Parzellen reichte. Das Feld war ja in fünfzig mal fünfzig Meter große Quadrate aufgeteilt, und in jeder Parzelle gab es Waschplätze und Duschen.

Die Wohnwagen und Zelte wurden in diesen Viertelhektarparzellen nebeneinander aufgereiht. Dazwischen wurden jeweils Gänge freigelassen.

Und, wie gesagt, in jeder Parzelle gab es eine Wasserstelle, wo man sich waschen und das Geschirr spülen konnte.

Im Komitee war diskutiert worden, ob es richtig sei, bei der Organisation unserer Versammlung Zulieferer einzusetzen, die nicht zu unseren Leuten gehörten, aber wir hatten schlicht und einfach keine Brüder und Schwestern in dem Ort, an die wir uns hätten wenden können.

Sobald wir am Samstag den Supermarkt geschlossen hatten, fuhren wir zur Versammlung, um Würste zu verkaufen. Meine Alte sträubte sich. Weil sie sich genierte.

Ich sagte ihr, ich hätte selbst im Gemeinderat die Versammlung hier bei uns abgesegnet. Und sie müsse jetzt gefälligst akzeptieren, dass ich hier Bratwürste verkaufte. Genau deshalb hatten wir die Veranstaltung ja überhaupt in die Gemeinde geholt, damit sie die Wirtschaft belebt.

Ich hatte mich sogar beim Amtmann erkundigt. Der sagte, seiner Ansicht nach handele es sich um eine öffentliche Veranstaltung, und da dürfe Gewerbe betrieben werden, sofern es nicht die religiösen Überzeugungen verletze. Aber wie zum Teufel hätte ich die verletzen sollen? Ich verkauf doch bloß Würste!

Die geistlichen Brüder und die Prediger im Organisationskomitee hatten Zweifel, ob die Organisation im Griff zu behalten sei, wenn man weltliche Kooperationspartner einbezog, also, ob es dann den göttlichen Segen gäbe …

Wir, die wir für die praktische Umsetzung verantwortlich waren, mussten ihnen wohl oder übel erklären, dass wir anders nicht über die Runden kämen. Schließlich hatten die Brüder selbst die Gemeinde ausgesucht und sich dafür stark gemacht, dass ausgerechnet diese Sommerversammlung die größte aller Zeiten werden sollte. Die Gegend gehört nämlich der Konkurrenz, den Pietisten.

Die besagten Brüder versuchten als Argumente Sätze aus der Bibel ins Feld zu führen, wie: «Martha, Martha, du hast viel Sorge und Mühe, eins aber ist not.»

Wir hatten jedoch die Verantwortung für die praktische Organisation. Darum haben wir versucht nachzuweisen, dass für die Ausstattung der Zionsfestung beide benötigt wurden: Marthas und Marias.

Den Skeptikern sagten wir, mit eigenen Kräften könne man in dieser Gemeinde keine Sommerversammlung auf die Beine stellen. Wenn man das Treffen hier, auf völlig unbekanntem Gelände, haben wolle, müsse man den Einsatz von fremden Zulieferern in Kauf nehmen. Die Einrichtung der Radiostation und der Satellitenverbindung erforderte ohnehin die Dienstleistung eines professionellen Anbieters.

Für die Generatoren brauchten wir Diesel, für die Zentralküche Flüssiggas in großen Mengen und außerdem ganz normales Brennholz. Wir hatten nämlich auch Feldküchen im Gebrauch. Schon allein das Holz hätten wir in der fremden Umgebung nicht selbst auftreiben können.

Das heißt, bekommen hätten wir es natürlich schon, aber das hätte uns dann Zeit gekostet, die uns an anderer Stelle gefehlt hätte, bei diesen Dimensionen, wo wir allein zigtausend Kilo galvanisierte Nägel brauchten. Mit Hilfe des Kaufmanns aus dem Kirchdorf konnte wir das alles abwickeln. Der ist nämlich auch Vorsitzender der Gemeindeverwaltung dort.

Meine Alte genierte sich. Lamentierte, sie hätte Gläubige in der eigenen Verwandtschaft, und jetzt würden wir hier mit unserem Kiosk stehen. Ich sagte ihr, das hier seien doch ganz andere Gläubige. Die lägen doch im Streit miteinander.

Das Thema wurde im Gemeinderat besprochen, wir hatten das volle Recht, hier Wurst und Grillprodukte zu verkaufen. Unsere Lizenz war in Ordnung und die Ware erstklassig. Hätten wir sie nicht verkaufen dürfen, wäre das Wettbewerbsbeschränkung und somit gegen die Direktiven gewesen.

Mit dem Amtmann war einvernehmlich geklärt worden, worin die lokalen Interessen bei einem solchen Projekt bestanden. Wir konnten so eine große Veranstaltung ja schließlich nicht ohne Gegenleistung in unserem Vorgarten stattfinden lassen. Im kleinen Kreis sagte der Ortspolizeidirektor, falls Schwierigkeiten auftreten sollten, würden ihm schon ausreichend Mittel zur Verfügung stehen, auf die Veranstalter Einfluss zu nehmen.

Meine Alte hat lamentiert und gefragt, warum wir nicht im Supermarkt verkauften. Aber wir können doch am Sonntag nicht den Laden aufmachen, sagte ich ihr, auch wenn es das Gesetz erlaubt, schließlich sind die Leute religiös. Außerdem waren bei der Versammlung auch noch andere Händler aktiv. Großer Gott, da gab es welche, die verkauften sogar Autos!

Die Generatoren standen im Versorgungsbereich hinter dem zentralen Hauptplatz. Dort musste man freie Zufahrt mit den Tankwagen haben. Bei der Stromerzeugung bestand folgendes Problem: Wenn das Netz plötzlich stark belastet wurde, nahmen die Dieselmotoren nicht schnell genug mehr Umdrehungen auf, wodurch es im Netz zu einer momentanen Minderspannung kam. An sich war das nicht weiter schlimm, aber im Tonstudio standen empfindliche elektronische Geräte.

Diese Schwankung der elektrischen Spannung war aber nur ein Beispiel für die Probleme, die wir bei der Organisation hatten: Es gelang uns nicht, stabilen Standardwechselstrom in den Toleranzen zu produzieren, wie sie für empfindliche elektronische Geräte erforderlich sind.

Im Prinzip war genug Leistung vorhanden; was die Energie betraf, waren wir also autark. Und das war auch nötig, denn was wir da mitten auf dem Feld aufgebaut hatten, war praktisch die größte Stadt im ganzen Landkreis. Im Studio von Roadsound war angeblich der Steuerungscomputer für die Tonwiedergabeanlage durcheinander geraten, als die Spannung mal kurz absackte. Jedenfalls kam aus den Lautsprechern auf einmal Gedudel.

Der Rechner ist abgestürzt. Keine Ahnung, aber später hab ich gehört, es wär irgendwas passiert … Die Gebläse in der Traglufthalle wären alle gleichzeitig angesprungen oder eingeschaltet worden oder so. Und die Belastung hätte dann quasi die Spannungsschwankung verursacht. Ich weiß bloß, dass der Computer in unserem Studio durchgeknallt ist und irgendeine alte Pausenmusik ausgespuckt hat, die noch auf der Festplatte war.

Ich mein, stressmäßig war das schon so ein bisschen fünf vor Panik, weil wir ja nicht bloß für die Ton- und Lichttechnik verantwortlich waren. Die Frommen wollten nämlich für die Zeit ihrer Versammlung auch noch ihre eigene Lokalradiostation haben. Dafür haben wir ihnen eine dreitägige Sendegenehmigung besorgt.

Die Technik für den Betrieb der Radiostation haben wir im Paket mitverkauft. Aus unserem mobilen Studio ist dann ununterbrochen gesendet worden, das Sendegebiet war ungefähr die halbe Provinz. Predigten, Zionslieder, Kirchenlieder, solches Zeug halt.

Aber das hat ihnen auch noch nicht gereicht. Es musste noch eine Satellitenverbindung nach Amerika her! Das muss man sich mal vorstellen: Direktübertragung in die Staaten! Die ganze Versammlung ist von dem Acker live ins All gegangen und in Utah und Pennsylvania und sonstwo mitverfolgt worden.

Wir haben ja schon alle möglichen Auftraggeber und Kunden gehabt: die Hartwall-Arena und die Brüder Keskinen mit ihrer größenwahnsinnigen Shopping-Mall, aber eine Satellitenverbindung zu einem anderen Kontinent hat vor den Laestadianern noch keiner von uns haben wollen.

Zusätzliche Sorge bereitete der Einfall unserer Brüder, einen Wettbewerb für geistliche Gedichte auszurichten. Die Wettbewerbsresultate sollten während der Versammlung veröffentlicht werden, das heißt an Ort und Stelle musste ein Gedichtband mit einer Auswahl aus dem Wettbewerbsmaterial gedruckt und gebunden werden.

Das Finanzmanagement hatte ausgerechnet, dass von dem Buch mindestens fünfzehntausend Exemplare schon während der Versammlung verkauft werden könnten. Darum musste der Druck vor Ort stattfinden, im mobilen Offset-Verfahren.

Für uns im Organisationskomitee war das ein großes Problem, denn die auf einer Tieflader-Lafette installierte Druckmaschine brauchte festen Halt in der Erde, damit keine Schwingungen entstanden, die den Rotationsvorgang störten. Das wiederum erforderte beträchtliche Vorkehrungen, weil das Erdreich am Versammlungsort aus Lehm bestand.

Die Druckerei sollte auf dem zentralen Hauptplatz aufgestellt werden. Zu diesem Zweck wurden sechs ziemlich große Gruben ausgehoben. In diese wurden dann Betonsohlen eingelassen, über die das Gewicht der Maschine sowie das Zittern, das bei ihrem Betrieb entstand, auf eine ausreichend große Fläche abgeleitet und gedämpft wurden. So war es jedenfalls berechnet worden.

Da war in der Mitte so ein Platz, praktisch wie ein Marktplatz, dort haben wir verkauft. Bratwurst und Grillsteaks, Hähnchen und so weiter. Auch was wir im Supermarkt im Angebot gehabt hatten, Pizza etcetera.

Am Samstag stand schon die Traglufthalle, und für Sonntag wurde das große Zelt erwartet. Hinter dem Marktplatz gab es eine Versorgungszone und ein medizinisches Zentrum. Alle möglichen Apparaturen hatten die da parat. Auf der anderen Seite, wo es im Feld so eine Anhöhe gibt, stand das Studio und daneben der Sendemast.

Die Stelle eignete sich gut zum Verkaufen, weil die Leute ständig hin und her gelaufen sind. Da waren auch die Toiletten gleich nebenan und so weiter. Und in der Traglufthalle in einem fort Gottesdienst. Meine Alte quatschte immer noch von ihren frommen Verwandten. Ich sagte ihr, jetzt halt endlich den Schnabel. «Darf's sonst noch was sein?» ist das Einzige, was hier gesagt werden darf.

Wir hatten Ware von Atria auf dem Rost liegen, und so ein Großkonzern nimmt sich natürlich seinen Anteil, aber ich muss sagen, für uns ist noch ganz schön was übrig geblieben. Mit dem Geld sind wir dann in den Süden geflogen.

Ich sagte zu meiner Alten, wir haben das Recht, hier Gewerbe zu treiben. Großer Gott, hier gibt's auch andere, die Geschäfte machen. Hier werden sogar Autos verkauft!

Wir haben bei der Sommerversammlung unsere Fahrzeuge angeboten. Ich war in der Firma ja bloß der Knecht des Autohändlers, aber natürlich hat man schon auf den Bonus geschielt. Immerhin waren da zigtausend Leute vor Ort. Achtzigtausend, hieß es: große Familien, fast alle mit Wohnmobil oder Wohnwagen unterwegs.

Mein lieber Schwan, das war der größte Wohmobilmarkt im ganzen Land, da mussten wir dabei sein!

Wir hatten ja einen Gläubigen im Betrieb, nämlich unseren Chef selbst, den Besitzer der ganzen Firma. FinnMobil, ja ja … Alle Laestadianer hatten da ihr Auto gekauft. Immer wenn ein Gläubiger das Geschäft betrat, hieß es gleich «Gott zum Gruß» und so weiter.

Da kam der Boss dann jedes Mal höchstpersönlich an, und hat das neueste Modell präsentiert: «Hier haben wir das richtige Fahrzeug für den frommen Mann!»

Und da hab ich mit den Jungs mal das Thema zur Sprache gebracht, ob wir nicht im Sommer zur Versammlung gehen und dort verkaufen könnten. Ich mein, wo die sich sowieso für Wohnmobile interessieren und wir so ziemlich darauf spezialisiert sind. Zuerst hat der Boss gesagt, geht nicht. Aber im Frühjahr kam er dann doch an und hat angekündigt, dass wir auf der Sommerversammlung die neuen Modelle präsentieren würden, weil von Seiten der Brüder Nachfrage bestände. Leck mich am Arsch, wie da bei den Jungs sofort die Bonusse in den Augen aufgeblitzt sind!

Ich hab ja die ganze Zeit im Studio gehockt wie ein Pilz. Eine Frau hatte ich allerdings dabei. Leila. Ich hab sie vorher nicht gekannt, die wollte da irgendwelche Forschungen machen. Ich hab ihr die Batterien fürs Aufnahmegerät geladen, weil sie Leute interviewt hat. Sie hat mir dafür was zu essen geholt, bei dem Imbiss in der Nähe, das heißt bei dem Wohnwagen, aus dem der örtliche Lebensmittelhändler sein Zeug verkauft hat.

Ich konnte ja nicht weg. Ich musste die Maschine runterfahren, das Testprogramm durchlaufen lassen und den Sendebetrieb inzwischen auf Handbetrieb umstellen. Leila hat gefragt, was ich haben will. Mir ist alles recht, hab ich gesagt. Sie hat vorgehabt, den Lebensmittelhändler zu interviewen, also den Imbissbetreiber, mein ich. Am Anfang hatte ich keinen blassen Schimmer, was sie berufsmäßig eigentlich macht. Irgendwas mit Religionswissenschaft.

III

Der Besitzer des Supermarkts im Kirchdorf war ein lupenreiner Pykniker nach der Konstitutionstypen-Klassifizierung von Kretschmer. Ich sagte, ich würde an einer Studie arbeiten, und bat ihn, ein Interview mit ihm führen zu dürfen. Ich fragte ihn, wo er seinen zum Imbiss umfunktionierten Wohnwagen hinzustellen gedenke.

Er wusste nicht, dass am Nachmittag genau an dieser Stelle ein Riesenzelt aufgeschlagen werden sollte, in dem am folgenden Sonntag ein Massengottesdienst mit Groß-Abendmahl stattfinden würde. Er glaubte jedoch, seine Würste bis dahin verkauft zu haben.

Ich bat also um ein Interview für meine Studie und erkundigte mich, wie der Verkauf bislang gelaufen sei.

Er glaubte, ich würde eine kommerzielle Meinungsumfrage machen, und bezweifelte, dass er als Mann von Atria Informationen an Vertreter anderer Wursthersteller weitergeben dürfe. Ich erklärte ihm, ich würde an einer Dissertation für das religionswissenschaftliche Institut der Universität Helsinki arbeiten.

Ganz erstaunt wollte er wissen, was seine Würste mit Religion zu tun hätten. Ich versuchte ihm auseinander zu setzen, dass genau das im Grunde das Thema meiner Forschungen war, aber er glaubte, ich wolle ihn auf den Arm nehmen.

Ich wollte ihn nicht mit der Information verwirren, dass ich in gewisser Weise tatsächlich für andere Hersteller unterwegs war. Wir arbeiten am Institut nämlich bei unserem Projekt «Heiliger Alltag» mit einer Drittmittelförderung durch den Zentralverband der Lebensmittelindustrie und des Lebensmittelhandels, weil diese Interessensgruppen im Hinblick auf die Öffnungszeiten des Einzelhandels an Sonn- und Feiertagen Informationen über die sonntäglichen Gefühle und Gewohnheiten von Gläubigen haben wollen.

In irgendwelchen Szenarien haben Analytiker großer Werbeagenturen dargelegt, dass zunehmende Religiosität einer der Megatrends der näheren Zukunft sein wird. Die Interessensverbände des Handels wollen das Verhalten der Menschen deshalb so steuern, dass die sonntäglichen Gewohnheiten, die durch den religiösen Boom entstehen, nicht die so schön in Schwung gekommene Entwicklung der Shopping-Kultur gefährden.

In der Branche hat man bereits angefangen, sich auf den neuen Trend einzustellen. In neuen Shopping-Malls werden Kapellen eingeplant, wo die Menschen Stille finden können, wenn sie ihre Besorgungen machen oder einfach so ihre Zeit im Einkaufszentrum verbringen.

Wie man weiß, kommt ein solches Shopping-Heiligtum auch in das gigantische Einkaufsparadies, das gerade in Vantaa gebaut wird. Die örtliche Kirchengemeinde hat sich schon verpflichtet, für den Betrieb zu sorgen und zu gewährleisten, dass die neuen Formen von Gottesdienst und Andacht dem Glaubensbekenntnis der evangelisch-lutherischen Kirche entsprechen. Ich wollte wissen, wo Johannes sei. Der Kaufmann wusste zuerst nicht, von wem die Rede war, aber dann fragte er mich, ob ich den jüngeren Leinonen meine. Er wunderte sich, dass ich Johannes Leinonen kannte. Ich sagte, er sei mein Cousin.

Der Kaufmann nickte, als wäre ihm gerade etwas Bedeutsames klar geworden, das ihn schon lange beschäftigt hatte. Er sagte, sowohl der junge als auch der alte Leinonen seien bei der Mühle jenseits des Sees geblieben, um sich mit der Wiederbelebung der Schleifsteinproduktion zu beschäftigen, die zu den traditionellen Wirtschaftszweigen der Gemeinde gehöre.

Der Kaufmann sagte, er sei ein neugieriger Mensch, und bat um die Erlaubnis, mich nach meinem Namen fragen zu dürfen. Nachdem er gehört hatte, dass ich Leila Mustamäki heiße, wurde er verlegen und sagte, er dürfe das eigentlich nicht wissen, aber als Vorsitzender der Gemeindeverwaltung habe er wohl oder übel die Papiere des Wirtschaftsreferenten zu Gesicht bekommen und wisse daher, dass ich die nominelle Eigentümerin der Mühle sei.

So langsam hab ich angefangen zu kochen, weil ich die ganze Zeit von Hand das Programm in den Äther geschickt hab, es aber im ganzen Studio nix zu essen und zu trinken gegeben hat außer anderthalb Liter Cola.

Von Dave war nichts zu sehen und zu hören gewesen. Und Leila war ebenfalls verschwunden, dabei hatte sie versprochen, was zum Beißen zu besorgen. Ich bin mir an meinem Mischpult vorgekommen wie Jesus am Kreuz. Ich konnte ja nicht weg.

Der Kaufmann wollte wissen, ob Leinonen tatsächlich beabsichtige, in der Schleifsteinwerkstatt unternehmerisch tätig zu werden. Ich entgegnete, Johannes sei nicht in der Lage, noch einmal irgendwo eine unternehmerische Tätigkeit aufzunehmen. Der Kaufmann sagte, Leinonen habe auf jeden Fall das Bestreben, in das Müllerhaus zu ziehen.

Ich sagte, Johannes wohne bereits seit Pfingsten in dem Häuschen. Zumindest habe er keine andere Wohnung. Der Kaufmann erwiderte, Leinonen habe sich tatsächlich die meiste Zeit hier in der Gemeinde aufgehalten.

Es kamen alte Leute zum Kiosk, die sich darüber beklagten, dass ihnen in der Traglufthalle die Ohren zugingen. Ich merkte, dass der Kaufmann sich das Lachen verbeißen musste, obwohl er sich mitfühlend erkundigte, ob die Tonwiedergabe in der Halle zu laut sei. Dort lief ja die ganze Zeit diese scheußliche Kindermusik.

Ich kaufte ein gegrilltes Hähnchen und transportierte es auf einem schlaffen Pappteller zum Studio. «Alle Schlümpfe schwingen den Pinsel», tönte es aus den Lautsprechern.

Schließlich hat mir Leila einen Broiler gebracht, und ich hab mir erst mal was reingeschoben. Sie hat nichts gegessen, darum hab ich sie die Sendung fahren lassen. Sie hatte schon mal am Mischpult gesessen, weil sie mal was fürs Radio gemacht hatte. Sie hat behauptet, der Schalldruck in der Traglufthalle wär zu hoch, und man müsste ein paar Frequenzen runterziehen. No way, hab ich gesagt.

Misch dich hier nicht ein, du lässt die Frequenzen genau dort, wo sie sind. Sobald ich den Vogel hier vertilgt habe, setz ich mich wieder an die Regler. Sie hat behauptet, in der Halle gingen den Leuten die Ohren zu.

Hey, Honey, der Schalldruck drückt keinem die Ohren zu, das ist physikalisch unmöglich, selbst wenn die Hell's Angels mit der Panzerfaust rumballern würden. Und die hier singen, soweit ich das sehe, bloß Kirchenlieder und reden über Jesus – das sollst du jetzt übers Radio in den Äther schicken, damit dieses Schlumpfgeheul nicht überall zu hören ist.

Beim Essen tippte Panu auf der Computertastatur herum. Er fahre das Testprogramm, erklärte er. Das Studio war in ein großes Wohnmobil eingebaut worden und voller Elektronik. Ich arbeite nebenher frei für den Finnischen Rundfunk, aber im Vergleich zu den Produktionsräumen des Rundfunks sah das Studio auf Rädern von Roadsound aus wie ein Raumschiff.

Panu erklärte mir, sein Chef habe ein System konstruiert, in dem das Output-Material mit kleiner Verzögerung über das Mischpult laufe, wobei das Pult die Sendung innerhalb der vorgegebenen Steuerwerte halte. Die Übertragung kontrolliere sich praktisch selbst. Die Tonwiedergabe auf dem Versammlungsgelände war angeblich in dasselbe System integriert, und dieses System programmierte Panu gerade neu.

Es war das erste Jahr, in dem der Zentralverband der Friedensgemeinden für die Zeit der Sommerversammlung eine eigene Lokalradiostation eingerichtet hatte. Panu erzählte, Roadsound habe für die Laestadianer einen Antrag beim Verkehrsministerium gestellt, weil das Einholen der Sendegenehmigung zum Servicepaket der Firma gehöre.

Er meinte, eine Lokalradiostation, die nur wenige Tage sende, würde als Begleitmaßnahme bei Sommerevents immer üblicher; darum habe Roadsound sich die technischen und administrativen Voraussetzungen angeeignet, um dieses Produkt weiterzuentwickeln.

Die reine ton- und lichttechnische Dienstleistung garantiere längst nicht mehr den Zugang zu den besten Sommerevents. Angeblich hatte die Fähigkeit von Roadsound, bei Bedarf eine vorübergehende Radiostation auf die Beine zu stellen, dafür gesorgt, dass der Sommerkalender der Firma vollkommen ausgebucht war. Die Festivalsaison sei kurz, aber aus der Zeit müsse man praktisch den Umsatz für das ganze Jahr herausholen.

Wir sind vom Vulkan-Rockfestival in Halkosaari zu der Laestadianer-Versammlung gekommen; davor waren wir bei einem Militärmanöver gewesen, Name: Peitsche 9/8, wo es eine große MIL-INT-Show fürs Publikum gab.

Meine Fresse, der Kommandant der Streitkräfte hat da eine Rede gehalten, und von uns waren die Background-Effekte dafür bestellt worden. Kurz bevor der General, Heglund hieß er, vom Backstage-Bereich auf die Bühne stieg, haben wir einen tierischen Hubschrauberangriff aus dem Kasten gelassen.

Das hat gefetzt, Mann. Da labern sie die ganze Zeit, Finnland müsste Kampfhubschrauber haben, und wir haben ihnen einfach welche besorgt. Und was wir da alles reingemischt haben: echte Helikopter, Betonmischer, eine Haushaltsmaschine, einen Harley-Auspuff, Bisongebrüll – lauter richtig fette Sounds.

Ich dachte schon, wenn die Frommen wollen, dass ich ihnen eine Hölle mische, dann hab ich dafür alles parat. Das Startgeräusch der Raketen war der Ton von einem Luftdruckkompressor, leicht verlangsamt, und die Explosionen hab ich mir direkt beim Terminator zwo gekrallt. Da kracht es dermaßen, dass die Typen aus Hollywood nicht die geringste Chance haben, mich wegen Verletzung des Urheberrechts dranzukriegen.

Heglund kam also auf die Bühne wie der Marlboromann, und die ganze Bande war sofort total heiß, als der Typ von dem neuen Technozeug gesprochen hat, das sie bräuchten. Irgendein Oberst ist anschließend zu uns gekommen und hat sich so richtig per Handschlag im Namen der Presseabteilung des Oberkommandos bedankt. Sprich, da haben wir jetzt auch ein bisschen das Bein in der Tür.

Bei uns gibt's Töne aller Art. Ich hab zum Beispiel den Rambo-Schlag auf Bierdeckel gebrannt, den, wo Rambo die Schlitzaugen platt macht. Der Rambo-Schlag ist meine absolute Nummer eins. Da geht einfach ein höllischer Sound ab, wenn Rambo einem auf die Schnauze donnert.

Ein Kumpel von mir ist Tontechniker bei einer Filmproduktionsfirma in den Staaten, und der hat mir ein paar Sachen aus ihrem Effektearchiv runtergeladen, for free, weil ich ihm dafür ein bisschen Geknatter aus dem Winterkrieg rübergebeamt hab.

Beim Rambo-Schlag ist zuerst ein Rinderbraten mehrmals auf die offene Hand geklatscht worden, dann hat man alles Mögliche drüber gemischt: einen Kohlkopf, der zertrümmert wird, eine Melone, auf die mit einem Eisenträger eingedroschen wird, und feuchte Bettwäsche, die mit dem Teppichklopfer bearbeitet wird. Zum Schluss ist alles verlangsamt und beschleunigt, verzerrt und mit Hall unterlegt worden. So hat man den Ton hingekriegt, mit dem Rambo dem Vietnamesen die Fresse poliert.

Ich hab den Oberst gefragt, ob er glaube, dass ein Schuss ein Schuss ist, wenn man zum Beispiel mit einem Gewehr schießt. Er hat gemeint, wenn man mit dem Gewehr schießt, wäre das ein Schuss, so wäre er das gewöhnt. No way, hab ich ihm gesagt.

Wenn im Film geschossen wird, dann hast du da wer weiß wie viele Töne übereinander liegen. Ein echter Schuss ist gar nichts. Das ist Peanuts. Auch im Winterkrieg sind die Schüsse total lächerlich.

Der Oberst hat mich gefragt, was ich vom Winterkrieg wisse. Ich hab da den Ton gemacht, hab ich ihm geantwortet. Da hat er gemeint, über ernste Dinge solle man keine Witze reißen.

Ich hab ihm gesagt, hey, ich rede hier über den Film. Wir haben in der Firma nämlich eine Arbeitskopie, mit den echten Tönen von den Dreharbeiten. Das klingt nach gar nichts. Der ganze Krieg ist im Nachhinein als Playback aufgenommen worden.

Wenn die russischen Maschinen angreifen, klingt das in der Originalaufnahme, als hätte jemand den Ventilator eingeschaltet und gleichzeitig wäre draußen ein Moped vorbeigefahren. Ich hab für die Flieger dann ein Stück Gitarrensolo als Basis genommen, weil ich als Nebenjob für eine Band den Ton gemischt hab.

Die haben eine Platte gemacht, «Anhalter Bahnhof» heißen die, woa, boa, fuzzi und hau drauf die ganze Zeit, tierischer Punk. Die Typen in schwarzen Klamotten, schwarzer Lippenstift und Maskara um die Augen. Sehen alle wie Pandas aus. Außer dass Pandas einen heiteren, rundlichen Eindruck machen, die Jungs von der Band dagegen verziehen nie das Gesicht, und sie sehen aus wie aus Streichhölzern zusammengeklebt. Aber die russischen Zerstörer für den Winterkrieg haben wir gut hingekriegt.

Der Oberst hat angefangen zu lachen. Er hat gemeint, jeder von uns solle seinen eigenen Job machen. Ist mir recht, hab ich zu ihm gesagt. Wir können auch Licht und Bühneneffekte erzeugen. Er wollte wissen, was das ist, und ich hab ihm erklärt, wenn dieser Heglund beim nächsten Game beispielsweise Raucheffekte hinter sich haben will, wenn er auf die Bühne kommt, dann erledigen wir das in a minute.

Da hat er mir auf den Rücken geklopft und lachend gesagt, das Militär würde bei Bedarf schon selbst für Rauch und Feuer sorgen. War ja nur ein Beispiel, hab ich ihm erklärt, eins von unseren Liveshow-Produkten. Aber die Audio-Seite und Radio, das sind unser Hauptbrands.

Auch bei dem Manöver hat drei Tage lang das Radio geplärrt, Radio Peitsche. Purer Rock 'n' Roll. Beim Vulkanrock hatten sie auch ihre eigene Radiostation, so wie bei der Laestadianerversammlung.

Leila hat gecheckt, was an Ton rausgegangen ist, und ich hab per Maus das Kontrollprogramm installiert. Auf einmal stürmte Lauri Halme in die Bude: «Gott zum Gruße!» Das war quasi unser Auftraggeber, weil er der Chef vom Organisationskomitee war.

Er wollte wissen, ob wir die Musik nicht abstellen könnten. Aber ich konnte die Mucke nicht runterziehen, denn dann hätte ich ja nicht mehr kontrollieren können, was der Rechner macht. Lauri und Leila waren anscheinend Bekannte. Er hat sie gleich gefragt, ob sie mittlerweile Pfarrerin wär. Meine Fresse, hab ich mir nur gedacht, wo bin ich hier eigentlich?

Dem Lauri hab ich erklärt, ich könnte den Hochtöner vom übrigen System abkoppeln und die Tonwiedergabe anschließend dunkel machen, aber ich hätte auch noch was anderes zu tun. Ich hab ihm gesagt, das hier hätten nicht wir verbockt. Und das hat er auch zugegeben.

IV

Der junge Mann von Roadsound sagte, die Musik könne noch nicht abgestellt werden. Ich widersprach ihm nicht, obwohl es schon ziemlich peinlich war, weil auf dem gesamten Versammlungsgelände dieses Schlagergedudel aus den Lautsprechern plärrte. Zum Glück wussten die Leute, die in der Traglufthalle das Wort Gottes hörten, nichts von dem Vorfall.

Im Studio saß auch die Tochter von Armas Mustamäki. Sie sagte, sie sei wegen einer Studie hier. Ich fragte sie, ob sie schon zur Pfarrerin ordiniert worden sei und was ihr Vater dazu gesagt habe. Aber sie verstand nicht, was ich meinte. Wie sich herausstellte, hatte sie gar nicht Theologie studiert, sondern Religionswissenschaft. Sie arbeitet neuerdings an der Universität Helsinki.

Leila Mustamäki sagte auch, dass sie Opa Leinonen bei der Versammlung erwarte. Ich fragte mich, wie der Alte es noch schaffte, an der Versammlung teilzunehmen; immerhin war er ein Greis von fast hundert Jahren. Leila sagte, körperlich sei er in guter Verfassung, und sein Enkel, Johannes Leinonen, habe ihn mitgebracht.

Ich wollte wissen, ob auch Armas Mustamäki kommen wolle. Leila meinte, ihr Vater stehe mit seiner Firma sehr unter Druck.

Davon wussten wir damals nichts. Wir hatten über Finn-Mobil ja das Transportgerät und auch die Bagger bekommen, die wir bei den Aufbauarbeiten benutzen durften. Zum

Selbstkostenpreis hatte uns Armas die von einem Maschinenhändler, den er kannte, besorgt.

Leila wollte nicht so recht über ihren Vater sprechen. Sie wollte Informationen über Opa Leinonen, weil sie vorhatte, ihn zu interviewen. Ich sagte ihr, der Opa sei schon vor den Kriegen ein großer Prediger gewesen und habe sich jahrzehntelang an der Organisation der Sommerversammlungen beteiligt.

Technisch ist er unwahrscheinlich beschlagen, immerhin ein Mann, der mehrere Kraftwerke gebaut hat. Im Grunde war er es, der, was die Organisation betrifft, die großen Versammlungen, wie wir sie heute haben, initiiert hat.

Aber wie gesagt, er war seinerzeit auch ein landesweit bekannter Prediger gewesen, der durch ganz Finnland und sogar durch Schweden gezogen war.

Leila machte sich ununterbrochen Notizen. Etwas hatte ihr Interesse geweckt. Sie erklärte, das habe direkt mit dem Thema ihrer Doktorarbeit zu tun. Sie wollte sich auf die Suche nach Opa Leinonen machen. Angeblich hatte sie sowieso etwas mit Johannes zu besprechen. Die beiden sind ja auch von der mütterlichen Seite her Cousin und Kusine.

Leila wollte wissen, ob man die Leinonens über Lautsprecher ausrufen könne. Das waren irgendwelche Verwandte von ihr. Von mir aus wär's gegangen, sobald das System wieder in Ordnung war, aber Halme hat abgelehnt.

Er hat gemeint, nur in absolut dringenden Fällen dürften Durchsagen gemacht werden. Wenn eins von den Kids verschwunden wär oder so. Wenn alle ihren Kram durchsagen würden, kämen drei Tage lang nichts als Durchsagen aus den Boxen, und für das Wort Gottes wäre keine Zeit mehr übrig.

Das ist die richtige Einstellung, hab ich ihm gesagt. Ich kenn das von anderen Festivals. Wenn du bei Publikumsdurchsagen nachlässig wirst, dauert es nicht lange, und du hörst das irrste Zeug, wie: «Hat jemand meine zahme Ratte gesehen? Hört auf den Namen Nasty.»

Leila musste lachen. Sie hat mir durch ein Zeichen zu verstehen gegeben, ich solle endlich die Klappe halten. Dann hat sie gesagt, sie ginge jetzt den Johannes Leinonen suchen. Angeblich wusste ein gewisser Loikkanen, der den Supermarkt im Dorf besaß, wo sich dieser Leinonen rumtrieb.

Ich hab mich gewundert, wie sie ins Dorf, also in den Laden, kommen wollte, weil es draußen inzwischen angefangen hatte zu regnen, aber Leila meinte, der Typ, der vor der Traglufthalle Würstchen verkaufte, das wäre dieser Supermarktbetreiber Loikkanen.

Leila ging, und wir blieben zu zweit zurück. Der Tontechniker von Roadsound sagte, er heiße Panu. Wir einigten uns darauf, uns zu duzen: Lauri Halme ... Das war so ein lebhafter junger Mann, immer schwer am Machen. Und von seiner Sache verstand er was. Mutter brachte uns Kaffee in der Thermoskanne, das heißt, eigentlich eher dem jungen Mann, weil er nicht aus seinem Studio herauskam. Er lobte die Gebäckstücke, und Mutter versprach, später die Kinder mit Gerstenfladen und gebackenem Käse, Lachs- und Renfleischbroten und noch mehr Kaffee vorbeizuschicken. Mutter musste lachen, als wir uns unterhielten und der junge Mann mich mit «Larry» anredete.

Schließlich hatte Panu den Computer programmiert und die Schlagermusik abgestellt. Er entschuldigte sich für die Störung, aber ich sagte ihm, dass ich genug über Strom wisse, um zu verstehen, dass der Fehler in der Spannung unseres Netzes gelegen habe.

Panu war zufrieden, dass kein dauerhafter Schaden im Rechner zurückgeblieben zu sein schien. Auch das war angeblich schon vorgekommen, als sie die tragbaren Computer mit Akkus betrieben hatten und die Spannung dann mit den leer werdenden Akkus abfiel.

Ich fragte ihn, wo die Musik herstamme, die sich da in die Lautsprecher eingeschlichen hatte, und Panu äußerte die Vermutung, es könnte sich um Pistenmusik aus einem Skiort gehandelt haben, die auf der Festplatte zurückgeblieben war. Roadsound vermietete im Winter nämlich seine Anlage an einen Slalomhang in Mittelfinnland.

Ich überlegte laut, ob der Regen die im Freien platzierten Lautsprecher beschädigen könnte, aber Panu versicherte, falls die schützenden Verschläge um die Boxen etwas taugten, würde auch anhaltender Regen nichts ausmachen. Wir hatten sie aus Säurekanistern hergestellt, die wir von dem Bauern bekommen hatten, der uns das Grundstück vermietet hatte.

Larry Halme hat mir erklärt, am Nachmittag käme noch ein großes Zelt, das neben der Traglufthalle auf dem Hauptplatz aufgestellt werden sollte. Angeblich eine höllisch große Konstruktion, die vorher noch nie ausprobiert worden war. Er wollte, dass die Lautsprecher auf dem Platz sofort ins Zelt gebracht würden, sobald es stand.

Er wollte, dass ich oder Dave sie an den akustisch richtigen Stellen platzieren. No problem, hab ich ihm gesagt. Ob die Mikropoints auch gleich festgelegt werden sollten, hab ich ihn gefragt. Aber das hat er nicht so richtig kapiert.

Ich hab ihm erklärt, dass in dem Zelt ja wohl gepredigt

und gesungen werden solle. Und aus dem Ganzen werde dann das Radioprogramm gemacht, oder? Larry hat gemeint, sie würden dort ein Abendmahl für mehrere tausend Leute abhalten. Jetzt hast du infomäßig was Wichtiges erwähnt, hab ich ihm gesagt. Wir müssen Großmembranmikros über der Gemeinde aufhängen. Und dieses Abendmahl findet doch wohl an irgendeinem Altar statt, oder? Am Altar bauen wir Allroundmikros auf, dadurch können wir das gesamte Feeling total vielschichtig ins Radio bringen.

Jedes Mikro kriegt seinen eigenen Kanal, und ich kann dann am Pult das Tonbild wechseln – mal gibt's einen Überblick übers Publikum, und dann plötzlich, tataa: Nahaufnahme vom Altar, genau in dem Moment, wenn einem Typen die Oblate auf die Zunge gelegt wird.

Das ist dann quasi so wie im Fernsehen Regieführung mit mehreren Kameras. Bloß, dass statt Kameras Mikrofone dastehen. Larry hat gemeint, das hätte er jetzt nicht alles verstanden, aber ich hab ihm nur gesagt, trust me, das wird schon gut gehen.

Er hat dann gemeint, es wär echt ne große Hilfe, dass ich schon alles geplant hätte. Dadurch wär es easier für ihn, weil er dann eine Sorge weniger hätte. No panic, hab ich ihm gesagt, gehört alles zum Service. Aber in dem Moment ist mir eingefallen, dass es vielleicht ungünstig war, das Fernsehen erwähnt zu haben. Also, dass wir die Mikros wie TV-Kameras einsetzen, weil die Laestadianer das Fernsehen doch nicht akzeptieren. Das ist für die quasi Sünde oder so. Deshalb hab ich sofort darauf gesagt, dass wir alles genau so machen, wie der Kunde es will.

Trotzdem hab ich ihn noch mal darauf hingewiesen, dass ich die Mikros bloß quasi wie Kameras einsetzte, aber dass ich natürlich keine Kameras dabei hätte, weil wir ja ein Radioprojekt machten. War bloß ein Vergleich, quasi so wie in der Bibel. Larry hat gemeint, no problem. Selbst wenn eine Kamera dabei wäre, da hätte er kein Problem mit.

Da war ich schon leicht irritiert. Ist das Fernsehen für euch nicht sozusagen verboten? Larry hat gemeint, am Fernsehen an sich wär eigentlich nichts verkehrt, also quasi als Erfindung und technischer Apparat. Es seien die Programme, hat er mir erklärt. Verstehe, hab ich gesagt, ich hab auch nie Bock, mir großartig was anzugucken, das Meiste ist doch nur Bullshit.

Er hat behauptet, sie würden selbst die Videotechnik nutzen, insofern hätten sie Fernseher in Gebrauch. Auch die Versammlung werde aufgezeichnet, hat er gemeint. I see, hab ich gesagt, jetzt sind wir auf einer Linie. Lassen wir's krachen.

Ich hab ihn gefragt, ob er so was wie ne Zeichnung von dem Zelt hätte, damit wir vorab planen könnten, wo die Mikros stehen sollten und wo die Kisten. Larry hat Bilder aus der Brieftasche gezogen. Seine Tussi und die Kids haben dann noch Kaffee und einen riesigen Haufen Sandwiches gebracht. Die warn echt okay, die Typen.

Ich hab Halmes Tussi gefragt, wie sie heißt. Liisa, hat sie gesagt. Ich hab ihre Brote gelobt, und die waren auch echt gut. Ich hab gesagt, ich hätte während der ganzen Session bis jetzt lediglich zwei Bockwürste und das Fleisch von einem glücklichen Huhn gegessen. Und dazu einen Liter Cola getrunken.

Liisa wollte wissen, ob ich keine Ofenpfannkuchen bekommen hätte. Was sind'n das für welche, hab ich sie gefragt, und sie hat mir erklärt, die würden vom Marthabund speziell im Küchenzelt gebacken. Gleich hat sie eins von den Kids hingeschickt, um welche zu holen. Die warn echt gut drauf, die Leute.

Überhaupt sind die ganze Zeit überall die Kids rumgeflitzt. Larry hat ihnen ein bisschen Knete in die Hand gedrückt, und dann haben sie sich ein Eis geholt. Sieben Sprösslinge hab ich gezählt, aber ich weiß nicht, ob das alle waren. Die kennen anscheinend keine Tabus und auch nicht so was wie Verhütung, weil die so groß im Zeugen sind. Aber stimmungsmäßig ist es gut abgegangen bei ihnen.

Die älteren Kids hatten Skateboards dabei. Die Hosen haben ihnen hinten bis zu den Knöcheln runtergehangen. Genau wie in Helsinki. Seid ihr Hiphopper, hab ich sie gefragt. Keine Ahnung, Alter, hat einer von ihnen gemeint.

Der hatte ein New-Jersey-Devils-Cap verkehrtrum auf. Sag mir doch mal eins, hab ich zu ihm gesagt: Wieso haben alle Kids immer das Schild von ihrer Baseballmütze im Nacken?

Da hat die Mutter von den Jungs angefangen zu lachen. Sie hätte sich das auch schon immer gefragt, hat sie gemeint. Das wäre jetzt wahrscheinlich so die Hutmode bei denen. Keine Ahnung, Alter, hat Liisa gesagt und gelacht.

Ich hab erzählt, ich hätte mir schon lange überlegt, ob das was zu bedeuten hätte, dass die das von Kalifornien bis Kuusamo so machten, also die Mütze falsch rum auf die Birne setzen. Steckt da was dahinter, ist das so was wie eine Message, oder was? Könnten die mir das vielleicht mal erklären, weil ich da nicht so richtig mitkomme? Liisa hat bloß gelacht: Als älterer Mensch sollte man gar nicht erst versuchen, mit den Jüngeren Schritt zu halten.

Einer von den Skatern hat die Ofenpfannkuchen gebracht. Leck mich am Arsch, warn die erst gut! Bloß, Marmelade ist mir auf die Jeans getropft. Ich hab die Jungs gefragt, wo sie skaten würden, weil die ganze Versammlung doch mitten auf dem Acker stattfand. Der eine hat behauptet, er und seine Kumpels hätten sich aus dem Sperrholz, das nach dem Bau vom Feldaltar noch übrig war, eine Rampe gebaut.

Panu sah sich die Zeichnungen von dem Großzelt genau an. Seiner Meinung nach war es dasselbe Zelt, in dem bei den Helsinkier Festwochen Konzerte stattfanden. Er hätte da schon mal einen Job gehabt. Ich sagte ihm, es sei ein neues, viel größeres Zelt, aber vom selben Architekturbüro.

Panu wunderte sich über die Zeichnungen. Es waren exakte Baupläne. Die Details waren gesondert dargestellt, und als Anlage waren statische Berechnungen und ausführliche Aufbauanweisungen beigelegt. Ich sagte, bei der Realisierung einer so großen Konstruktion müsse natürlich eine gründliche Planung vorliegen, dazu die entsprechenden Berechnungen, wie bei einem großen Gebäude.

Panu wollte wissen, wie das weitere Programm aussah. Ich zeigte ihm den Ablaufplan. Bis elf ging es mit den Ansprachen weiter, danach kamen zwei Stunden Pause. Nach der Pause ging es mit der Versammlung in der Traglufthalle weiter, und gleichzeitig sollte das große Zelt aufgebaut werden. Im Radio sollte am Nachmittag dann der Ertrag des religiösen Gedichtwettbewerbs präsentiert werden.

Panu meinte, wenn es vor der Pause noch eine Weile so weiterginge, könnte er die Überwachung einen Moment ohne Aufsicht laufen lassen. Angeblich bewegten sich die Ansprachen der Prediger und der Gesang der Kirchenlieder so gut innerhalb der Steuerwerte, dass die Mischpultautomatik die Übertragung allein erledigen konnte.

V

Wir hatten schon am Vormittag ganz schön was verkauft und wollten darum zusätzliche Ware aus dem Laden holen. Es war kaum noch was da, außer Wurst, aber davon hatten wir natürlich auch am meisten dabei gehabt. Da kam ein junger Mann, der aussah wie ein Rocker. Ich hab gleich zu meiner Alten gesagt, der da ist bestimmt kein Laestadianer.

Aber woher soll man das wissen? Die Kinder von denen sehen genauso aus wie die Bengel, die sich bei uns im Ort am Kiosk rumtreiben oder irgendwo in der Stadt.

Der junge Mann erzählte, er sei vom Tonstudio, das für die Dauer der Versammlung die Radiostation betreibe. Wir haben das gehört, sagte meine Alte sofort.

Da kam ja nichts als Predigten und Kirchenlieder, aber meine Alte war begeistert, dass wir auch mal ein Lokalradio hatten. Bis jetzt hatte sie über so was bloß in ihren Illustrierten gelesen.

Der Bursche wollte wissen, ob eine Frau mit Aufnahmegerät bei uns gewesen wäre. Ich fragte ihn, ob er diese Leila Mustamäki meine.

Er wunderte sich ein bisschen darüber, dass ich sie kannte, aber ich sagte, in einem kleinen Ort tue der Kaufmann gut daran, alle zu kennen. Der Junge fragte, ob wir auch den Leinonen kennen würden. Welchen von beiden?, wollte ich wissen.

Er wusste gar nicht, dass es mehrere gab, und ich sagte ihm, hier wären derzeit zwei Generationen davon vertreten:

Großvater und Enkel. Wer von beiden denn verlangt werde. Wahrscheinlich der Enkel, schätzte der Rocker.

Einer aus der Schlange sagte, die kleine Mustamäki wäre bei ihnen am Wohnmobil gewesen. Der Mann kaufte vierzehn Cabanossi, alle, die wir noch hatten. Sie seien für die Kameraden, erklärte er. Er hatte an der Brusttasche seines Sakkos einen Zettel hängen: «FinnMobil, Erkki Heino, Verkaufsleiter».

Ich musste für die Jungs Würstchen holen gehen. Weil gerade nicht so viel los war, hatten wir in einem Vorführwagen Siebzehnundvier gespielt. Immer wenn eine Predigt in der Traglufthalle am Laufen war und so weiter, hatten wir kaum Kunden, oder genauer gesagt, keinen einzigen.

Im Hintergrund lief leise der Versammlungssender, damit wir wussten, wann eine Pause kommt. Dann nämlich sind immer von den Männern einige um unsere Autos rumgeschlichen und so weiter.

Na ja, jedenfalls dröhnte auf einmal eine Schlumpf-Version von irgendeinem Hit aus dem Radio. Zuerst hab ich geglaubt, da käme jetzt ein anderer Sender durch, aber dieselbe Musik hat man auch aus den Lautsprechern auf dem Gelände gehört.

Trotzdem sind keine Kunden aufgetaucht, also haben wir weitergespielt. Dann bekamen wir Hunger, und wir haben darum gespielt, wer Würstchen holen muss. Da gab es nämlich so einen Imbissstand. Aber Schwarzwurst von «Tapola» hatten sie keine.

Ich konnte mich erinnern, dass der Cabanossi-Käufer einer von den Autoverkäufern war, weil ich mir die Wohnmobile auch angeguckt hatte. Ich fragte ihn, ob sie Schwierigkeiten gehabt hätten, ihre Modelle am Versammlungsort präsentieren zu dürfen, aber der Verkäufer sagte, der Besitzer von ihrem Betrieb wäre ein Glaubensbruder der Laestadianer.

Der Rocker von der Radiostation wollte von ihm wissen, wieso Leila Mustamäki zu den Autoverkäufern gegangen wäre, und bekam zur Antwort, sie hätte ein Interview mit ihnen führen wollen. Angeblich war das schon im Frühjahr ausgemacht worden.

Der Rocker fragte, wie Leila das schon im Frühjahr genau mit diesen Autoverkäufern hätte ausmachen können. Die wären doch von einer großen Firma in Tampere. Irgendwie war er sauer deswegen. Der Autoverkäufer erklärte ihm, ihr Chef wäre Leilas Vater.

Die Leila Mustamäki war zu dem Zeitpunkt gerade bei uns am Wohnmobil und hat die Jungs interviewt und so weiter. Hat sich erkundigt, wie das so wäre, den Laestadianern Autos zu verkaufen, was sie davon hielten, dass auf der Versammlung mit Autos gehandelt werde, und ob sie allein kämen oder im Trupp.

Leila hatte uns schon von dem Burschen aus dem Radiostudio erzählt, und dass er ihr hinterherrennt. Darum hab ich mich dann nicht getraut, dem Kameraden zu sagen, dass die Leila gerade bei uns im Vorführwagen saß. Da hätten wir nämlich was zu hören gekriegt. Die ist genauso jähzornig wie ihr Vater. Zum Glück hat der Wurstverkäufer dann ganz andere Vermutungen angestellt, wo die Leila sein könnte.

Ich versprach dem Rocker, ihn später im Auto mit zur Mühle zu nehmen, wenn ich Nachschub aus dem Supermarkt holen würde. Er konnte aber nicht so lange warten. Ich zeichnete ihm einen Plan, mit dem fuhr er dann ins Dorf und von dort zum Mühlbach.

Es fing dermaßen stark an zu regnen, dass der Autoverkäufer nicht im Sakko über den lehmigen Platz laufen wollte. Er wartete unter der Markise von unserem Verkaufswagen ab, bis der schlimmste Schutt vorbei war.

Die Cabanossis legte ich an den Rand vom Gasgrill, damit sie nicht ganz abkühlten. Der Autoverkäufer wollte wissen, wo der Rocker hinwollte.

Der Wurstverkäufer hat erzählt, er hätte dem Burschen von der Radiostation erklärt, wie man auf die andere Seite des Sees kommt, wo angeblich eine Mühle steht und eine Schleifsteinwerkstatt. Was macht man heutzutage denn noch mit solchen Steinen, hab ich gefragt. Mit denen würde man immer noch Sensen und Sicheln schärfen, hat er gesagt. Allerdings nicht in Finnland.

Er hat tatsächlich behauptet, die Schleifsteine würden in vielen Ländern in Afrika und Südamerika und so weiter gebraucht. Leck mich am Ärmel! Auch in der Türkei gibt es angeblich Gegenden, wo die Landwirtschaft auf einem so niedrigen Niveau ist, dass sie das Getreide von Hand schneiden. Und die Leute wären es gewöhnt, Schleifsteine zu verwenden, die nirgendwo anders vorkommen als im Erdreich von dieser Gemeinde hier und irgendwo in Sibirien.

Der Wurstverkäufer war der Meinung, die Schleifsteinwerkstätten müssten Unternehmen sein, die Exportgeschäfte machten. Oder früher gemacht hätten. Angeblich hätten ihre Produkte in vielen Ländern der Dritten Welt einen guten Ruf.

Er selbst hat erklärt, er wär der Besitzer des Supermarkts im Kirchdorf und würde an der Wursttheke die Messer mit Schleifsteinen aus dem Ort schärfen, und die Fisch- und Filetiermesser ebenfalls. Wahrscheinlich war er ein bisschen beleidigt, weil ich nicht ganz ernst bleiben konnte. Plötzlich hat er dann gefragt, ob unsere Firma hauptsächlich Wohnmobile verkaufe. Ich hab ihm gesagt, dass wir neuerdings kaum noch was anderes verkauften. Er wollte wissen, ob es in unserem Betrieb Leinonens gäbe.

In der Schleifsteinmühle, hat er erzählt, wären Leute, die so hießen, und die hätten vor, die Produktion wieder aufzunehmen. Angeblich hatten die ein Wohnmobil, das mit allem Schnickschnack ausgerüstet war. Das klang nach Leinonen, und wenn es die waren, die ich meinte, wunderte mich gar nichts mehr.

Der Händler hat dann angefangen zu erzählen, was die Leinonens im Ort alles auf die Beine gestellt hatten. Leck mich am Ärmel, hab ich gestaunt.

Angeblich ist man tatsächlich irgendwann um die Jahrhundertwende darauf gekommen, dass es da so einen Tonschiefer gibt, der zum Eisenschleifen verwendet werden kann. Phyllit, hat der Kaufmann erklärt, aber von so was hatte ich noch nie gehört. Ist offenbar ein Stein, und jemand kam auf die Idee, dass man damit Werkzeuge schleifen konnte.

Das heißt, die Einwohner hier haben das schon immer gewusst. Die haben sich einfach Steine in der passenden Größe und Form gesucht und damit ihre Messer und Sensen scharf gemacht.

Der Stammvater von der Leinonen-Sippe war ein Wanderhändler gewesen, und der hat sich für seine Touren immer den Wagen mit Schleifsteinen voll gepackt, und kaum kam er in eine andere Gegend, haben sich die Dinger verkauft wie warme Semmeln.

Da hat er dann Kontakt zu dem Geologischen Institut aufgenommen und rausgekriegt, dass dieser Stein auf der ganzen Welt nur in dieser Gemeinde gefunden wurde. Dann erst haben das auch die Einwohner erfahren, nämlich, als der Leinonen den Claim registrieren ließ und mit dem Abbau anfing und so weiter.

So ein Phyllitgürtel zieht sich zwar angeblich über den ganzen Globus, aber anderswo auf der Welt verläuft er so tief, dass man nicht drankommt. In Sibirien reicht er irgendwo bis zur Oberfläche hoch, aber dort gibt es ja keine Straßen, da kann man das Zeug nicht wegschaffen, zumindest ging's damals nicht, mit den Transportmitteln dieser Zeit.

Jedenfalls ist dieser Wanderhändler, dieser Ur-Leinonen, hingegangen und hat sich die Rechte für einen Bach besorgt, wo das Wasser an einer Stelle ein bisschen schäumt. Die Leute waren gar nicht auf die Idee gekommen, dass man das als eine Art Wasserfall sehen konnte, neben den eine Mühle hinpasste. Aber der hat da tatsächlich eine Mühle hingestellt, ins Bachtal. Wasserrad und alles, aber auf trockenen Boden! Da haben sie ihn natürlich für verrückt gehalten.

Er war aber vorher quer durchs Erlengestrüpp marschiert und hatte ausgerechnet, wie weit der Bach auf dem Weg von einem See zum anderen abfällt und welche Ländereien er durchquert. Und dann gab es da so ein kleines Stück trockene Heide, so ein Landrücken, um den ist der Bach herumgeflossen und hat ein ziemlich großes Hufeisen gebildet. Genau da hat er sich ein Stück Land gekauft, hat nicht mal viel dafür bezahlen müssen, weil es ja nur ein kleines Stück schlechter Wald war.

In den sandigen Hang hat er dann eine Grube gegraben, und in der hat sich das Wasser von dem Bach gesammelt. Auf der anderen Seite des Erdwalls hat er ein Bett ausgehoben und ein Stauwehr mit Luken hingesetzt.

Als alles fertig war, hat er den trockenen Landrücken aufgemacht. Da ist das Wasser nicht mehr in Hufeisenform drum herum geflossen, sondern direkt in die Grube, die das Staubecken bildete, und von dort ist es wie ein Wasserfall in das Bett geschossen, das auf der anderen Seite gegraben war. Und mittlerweile hat auch die Mühle schon bereit gestanden, und jetzt kapierten die Leute endlich, was der Kerl die ganze Zeit im Schilde geführt hatte.

Neben der Mühle hat er eine Werkstatt gebaut mit all dem Werkzeug, das man braucht, um Phyllit zu bearbeiten, also zum Brechen, Fräsen und Schleifen.

Über eine Achse hat die Mühle eine Schneidscheibe und einen Schleiftisch angetrieben. Und leck mich am Ärmel, der Kerl hat tatsächlich angefangen, mitten im Gebüsch industriell Schleifsteine für Sensen herzustellen!

Der Autoverkäufer wollte wissen, wie Leinonens Schleifsteinfabrik gelaufen sei. Gut, aber Leinonen hatte ziemlich bald die Nase voll. Als Kompagnon hatte er sich einen Mann namens Jakob Levin gesucht, der genauso ein Windbeutel war wie er, aber außerdem ein Gauner.

Dieser Levin verkaufte die Schleifsteine in ganz Finnland und sogar in Russland, Schweden und Norwegen. Vom Senat erhielt er Mittel für die Erweiterung des Exports, und mit dem Geld ist er dann verschwunden.

Der Autoverkäufer hatte vor Lachen Tränen in den Augen. Was Leinonen dann gemacht habe, wollte er wissen. Ich erzählte ihm, Leinonen habe sich einem Zirkus angeschlossen, das heißt, er habe Anteile davon gekauft. Vor lauter Lachen konnte der Autoverkäufer lange Zeit überhaupt nichts mehr sagen.

Als er sich beruhigt hatte, fragte er, was mit Leinonens Schleifsteinmühle passiert sei, nachdem Leinonen selbst mit dem Zirkus weitergezogen sei. Ich erzählte ihm, dass Leinonen gegen eine einmalige Entschädigung die Mühle, die Werkstatt samt Grundstück und Rechten am Wasser für neunzig Jahre an meinen Vater übergeben hätte. Bei dieser Information brach der Autoverkäufer wieder in Gelächter aus.

Was gab es über den gerade abgelaufenen Pachtvertrag zu lachen? Ich sagte, mein Großvater und mein Vater hätten mit der Mühle einen guten Nebenerwerb gehabt, neben dem Laden, und mein Bruder hätte sein Leben lang von der Schleifsteinherstellung gelebt und in den besten Zeiten sogar neun Männer aus dem Dorf beschäftigt.

Der Autoverkäufer wischte sich die Augen und sagte, er hätte die Entwicklung der Familie Leinonen während seiner langen Laufbahn im Dienst von FinnMobil verfolgt.

Wie war es möglich, die Leinonens von FinnMobil aus im Auge zu behalten? Soweit ich wusste, war das eine Firma, die seit bald fünfzig Jahren auf solidem Fundament stand. Der Autoverkäufer behauptete, ein Leinonen hätte FinnMobil gleich nach dem Krieg gegründet.

Das war allerdings neu für mich, und ich hätte gern mehr darüber gehört, aber der Autoverkäufer sagte, er müsse jetzt mit seinen Würsten wieder zu seinen Fahrzeugen zurück, egal, wie stark es regne.

Er lachte immer noch und schüttelte den Kopf, als ich die

Cabanossis vom Grillrand einsammelte und in Pergamentpapier packte. An einer Ecke des Platzes war ein Bagger aufgetaucht und fing an, in der nassen Erde eine Grube auszuheben. Ich fragte den Autoverkäufer, ob er etwas über den Zweck der Erdarbeiten wisse, aber er schüttelte nur den Kopf, lachte vor sich hin und wedelte mit der Hand, als würde er Insekten verscheuchen.

Der Sohn des Tankstellenbesitzers aus unserem Ort fuhr mit dem Pick-up vorbei. Er hatte einen Haufen Zeug unter der Plane. Der Junge parkte und fing an, irgendwelche Zettel unter die Scheibenwischer der Wohnmobile zu stecken.

VI

Erkki Leinonen kam mit einem gewaltigen Wurstpaket im Arm durch den Regen zu den Vorführfahrzeugen gerannt. Ich hatte auf ihn gewartet, ich wollte ihn nämlich interviewen, weil ich annahm, dass er die Versammlung von außen verfolgte und dabei analytische Beobachtungen anstellte. Ich hatte ihn als eine der Vergleichspersonen in meiner Studie vorgesehen.

Erkki stand, seit ich denken konnte, im Dienst der Firma, und mein Vater vertraute ihm rückhaltlos, auch wenn er immer so tat, als würde er keinem vertrauen, außer sich selbst. Dabei hätte er der Letzte sein müssen, dem er vertraute.

Erkki kicherte vor sich hin, wie ein Mensch, der seine Reaktionen nicht mehr kontrollieren kann. Er biss das Ende einer Wurst ab, und plötzlich flog das kaum zerkaute Stück in hohem Bogen aus seinem Mund, weil er mit vorgestrecktem Kopf und ausgebreiteten Armen, in einer Hand die Wurst, in der anderen ein Stück Küchenpapier, in Gelächter ausbrach.

Er kicherte in seiner vorgebeugten Haltung, mit erhobenem Kinn, damit er sich das Diensthemd nicht mit Senf bekleckerte. Die anderen Verkäufer klopften ihm auf den Rücken, sie fragten sich, ob Erkki den Verstand verloren habe.

Sie verboten ihm, weiter Wurst zu essen. Einer sammelte mit Haushaltspapier die Essensbrocken von dem Plüschpolster des Vorführwagens ein. Er beglückwünschte sich selbst, weil er die Polster mit einem Mittel namens Softcare eingesprüht hatte, das etwas Ähnliches sein musste wie in Aerosol verwandeltes und in eine Treibgasflasche gepacktes Teflon. Allmählich beruhigte Erkki sich und erwiderte auf die neugierigen Fragen der anderen, er habe sich bloß nett mit dem Dorfkaufmann unterhalten. Er machte sich eine Jaffa-Limonade auf, von der ihm gleich etwas aus der Nase herauskam, weil er von einem neuen Lachanfall gepackt wurde.

Er musste daran erinnert werden, dass man sich auf einer Laestadianerversammlung befand und dass seine Aufgabe darin bestand, Autos zu verkaufen. Erkki erschrak und fragte besorgt, ob ich etwa meinem Vater von dem Vorfall berichten werde.

Ich versprach ihm, das nicht zu tun, falls er mir verriet, worüber er sich mit dem Kaufmann unterhalten hatte.

Die Leila hat immer ein gutes Verhältnis zu den Verkäufern gehabt, und auf meiner Seite ist sie sowieso immer gewesen. Irgendwann hat sie sich mit ihrem Vater schwer zerstritten. Wie sie in die Pubertät kam, hat Armas sie nicht mehr dazu bewegen können, zu den Versammlungen zu gehen. Und als ihr dann ein uneheliches Kind «passierte», hat er den Kontakt zu ihr komplett abgebrochen.

Das heißt, man kann eigentlich nicht sagen, dass ihr das Kind passierte. Sie wollte das Kind und hat es so eingerichtet, dass sie schwanger wird. Ein Ausrutscher war das nicht. Sie hat schon immer genau das gemacht, was sie wollte.

Auch als sie das Kind hatte, ist sie noch ins Geschäft gekommen und hat mit den Jungs Sprüche gerissen. Hat geflachst, dass sie mit keinem von ihnen zusammenleben würde, überhaupt mit keinem Mann, um keinen Preis. Jemand rief dazwischen, man kann sich immer auf einen Preis einigen! Aber die Leila hat gewusst, wie man kontert.

Sie ist wahrscheinlich gern ins Geschäft gekommen, weil sie es von klein auf gewöhnt war. Ihr Vater hätte sie dort natürlich nicht geduldet, und einmal musste sie sich auch im Schlafalkoven von einem Wohnmobil verstecken, weil Armas unerwartet auftauchte, obwohl er in Helsinki beim Wintertreffen der Importeure sein sollte. Jetzt haben sie sich aber wieder ausgesöhnt.

Ich forderte Erkki auf, mir zu erzählen, worüber er sich mit dem Supermarktbesitzer unterhalten hatte. Er erklärte, er hätte Neues über die Torheiten der Leinonens gehört. Sie hätten hier in der Gemeinde schon Anfang des Jahrhunderts eine Art Fabrik hingestellt. Ich sagte ihm, das wisse ich. Was sollte an der Werkstatt, die der Vater von Opa Leinonen gegründet hatte, denn so lustig sein?

Erkki antwortete lachend, die Leinonens hätten alle nasenlang von sich reden gemacht, hätten ständig mit etwas Neuem angefangen, und wenn sie genug davon gehabt hatten, hätten sie sich wieder was anderes ausgedacht, aber nie beharrlich etwas weiterentwickelt, so wie mein Vater seinen Autohandel. Auch die Schleifsteinmühle sei, nachdem die Leinonens verschwunden waren, über Jahrzehnte hinweg ein zusätzlicher Broterwerb für die Kaufmannssippschaft gewesen, für Leute mit mehr Ausdauer. Ich sagte Erkki, er solle sich schämen.

Es gebe auf der Welt immer genug Leute, die einfach fortführten, was andere angefangen hätten. Woran es mangele, seien Leute, die den Anfang machten. Begreife Erkki nicht, dass er sein Brot letztlich der Erfindung verdanke, über die er gerade lache?

Er winkte ab: Leinonen sei doch schon lange nicht mehr

an der Firma beteiligt. Der baue doch angeblich jetzt Orgeln. Mittlerweile hörten uns auch andere Verkäufer zu. Sie feixten hinter Erkkis Rücken.

Ich unterbrach das Gespött der jungen Verkäufer über den Bau von Orgeln und Lachswehren. Wüssten sie nicht, dass ihr Unternehmen gar nicht existieren würde ohne Akseli Leinonen, den Vater von Johannes, der nach dem Krieg auf die Idee gekommen war, in Autos mit Holzvergasern Parallelvergaser einzubauen? Mit deren Hilfe und einem Schluck Benzin kamen die Autos auch eine längere Anhöhe hinauf, ohne dass die Insassen schieben mussten.

Ein pickeliger Junge steckte den Kopf durch den Türspalt und fragte, ob wir Holzfällerkerzen kaufen wollten. Die Autoverkäufer wussten nicht, was das war. Einer behauptete, die Holzfällerkerze wäre eine Brücke in Rovaniemi. Der Junge zählte weiter auf, es gäbe auch Flüssiggasflaschen, gelierten Spiritus für Kocher, außerdem Angelruten sowie französische Kugelspiele und Federballsets.

Die Kerle fragten den Jungen, ob er glaube, hier auf einer Art Flohmarkt zu sein. Einer versuchte ihm ein Monkey-Moped zu verkaufen, das er in Zahlung genommen hatte, aber der Junge behauptete, er besitze bereits den Führerschein. Dann kauf ein Auto, riefen sie fast im Chor. Der Junge sagte, er müsse jetzt weiter. Einer rief ihm die Frage nach, ob es im See ordentlich Fisch gäbe.

Erkki erzählte von Leinonen und von den Anfängen der Firma. Er gab zu, dass Akseli enorme Verdienste bei der Ausrüstung von Autos in der schlechten Zeit zukamen. Den jungen Verkäufern erklärte er, damals wären überhaupt keine neuen Autos importiert worden, und der Autohandel hätte auf dem Erfindungsreichtum beruht, mit dem der alte Fahrzeugbestand gebrauchsfähig gehalten und für die unterschiedlichen Bedürfnisse umgerüstet worden sei.

Die jungen Kerle hatten nicht lange Lust, sich anzuhören, was Erkki über den Autohandel in den Mangeljahren erzählte, wie er sich verändert hatte, wie dann wieder Fahrzeuge importiert wurden und die Menschen so viel Geld zusammensparten, dass sich immer mal wieder einer einen neuen Wagen leisten konnte. Die Jungen tönten, jetzt seien aber keine schlechte Zeiten mehr, sogar die Wirtschaftskrise sei vorbei. Der Autohandel blühte, und was den Verkauf von Sonderfahrzeugen anging, wäre ein ähnliches Wachstum zu erwarten wie bei den PKWs, und damit auch die entsprechenden Bonusse für die Verkäufer.

Der Wohnmobilemarkt folge dem normalen Familien-Nissan-Handel immer mit etwas Verzögerung, behaupteten die Männer. Ich hatte nicht übel Lust, sie an ihren Krawatten aufzuhängen.

Ich forderte sie auf, sich mal zu überlegen, wie viele Wohnmobile sie vor der Nase ihrer Konkurrenten einzig und allein wegen der Sonderausstattung verkauft hätten, und auf wessen Ideen diese Ausstattung beruhe. Da waren sie erst mal still.

Ich erzählte ihnen nicht, was ich über die Dollarkredite und die an den Yen gebundenen Importverkäufe wusste, obwohl ich Lust dazu gehabt hätte. Ich verriet auch nicht, warum mein Vater sie zum Verkaufen auf die Sommerversammlung gelassen hatte, wo sie, wie sie prahlten, schon für über eine Million Finnmark Kaufverträge abgeschlossen hatten.

Erkki sagte überraschend, es sei noch nicht annähernd genug verkauft worden. Ich fragte mich, ob er Kenntnis von der Lage der Firma hatte, aber wahrscheinlich rechnete er nur seinen Bonus aus. Er fing jetzt an, seine Ansichten über den Autohandel der Zukunft darzulegen.

Ich hab gesagt, so isses, Jungs, die Leila hat Recht. Im Autohandel, da brauchst du nämlich eine stetige Produktentwicklung und so weiter, und was die betrifft, da sind Männer wie Leinonen Schlüsselfiguren.

Es ist nämlich so, dass die Autos mehr und mehr halbfertig aus der Fabrik kommen. Erst innerhalb der Handelskette werden sie zu fertigen Produkten, weil sie auf die Bedürfnisse des Kunden zugeschnitten werden.

In der Beziehung steht uns die Rückkehr zu den Zeiten bevor, in denen Akseli Leinonen Parallelvergaser in die Holzvergaserautos eingebaut hat. Beim Importeur überschneiden sich Montage und Verkauf, weil der endgültige Zusammenbau des Autos erst im Geschäft selbst vor sich geht.

Die Jungs haben gebrüllt, sie würden sich auf keinen Fall unter das Volk aus der Werkstatt mischen. Sie lachten schon wieder, weil sie sich vorstellten, wie der Leinonen ein Schlechte-Zeiten-Fahrzeug entwickelte, das statt einer Stereoanlage eine Orgel hatte. Mit dem könne man zu Land und zu Wasser fahren und sogar fliegen, zumindest müsse man damit auf den See hinaus können, um die Netze einzuholen.

Ich hab die Leila gefragt, ob Leinonen noch an der Firma beteiligt sei. Da hat sie geschrien, Akselis Eigentum ginge uns überhaupt nichts an. Aber ein bisschen geht mich das schon was an, bei wem ich in Lohn und Brot stehe, finde ich.

Die Leila hat gesagt, Akseli hätte seine Anteile schon im Jahr zweiundneunzig verkauft. Die Jungs lachten, das wär typisch Leinonen: dann zu verkaufen, wenn die Preise im Keller sind. Damals hätte man für Anteile an FinnMobil sicher nicht viel bekommen, in einer Zeit, wo die ganze Firma vom Konkurs bedroht gewesen wäre und die Börsenkurse im ganzen Land gewaltig in den Keller gefallen seien.

Sie fingen an zu raten, wo der Herr «Kommerzienrat» Leinonen das Vermögen, das er aus der Firma gezogen hatte, investiert haben könnte. Leila sagte, er hätte sich von dem Geld Staatsobligationen gekauft. Da brachen die Jungs wieder in Gelächter aus.

Sie rechneten aus, was für ein Vermögen Leinonen erworben hätte, wenn er ein paar Jahre gewartet, erst dann verkauft und sein Kapital zum Beispiel in Nokia- oder Raisio-Anteile investiert hätte. Die Leila hat gemeint, die Obligationen würden immerhin so viel bringen, dass Akseli Leinonen bis ans Ende seines Lebens in aller Ruhe Orgeln, oder was ihm sonst beliebte, bauen könnte.

Den Jungs hat sie empfohlen, ihr Geld nach Lust und Laune in Nokia oder Raisio oder eine andere finnische Kleinstadt zu stecken.

Dann hat sie verkündet, sie gehe jetzt und suche sich bessere Gesellschaft. Die Jungs wollten wissen, wo sie hinginge. Ob es im Ort ein Lokal gäbe oder Tanz.

Die Leila hat gesagt, sie könne ihnen verraten, dass hier die Sommerversammlung der Laestadianer stattfinde, das größte geistliche Ereignis Finnlands, viel größer als das größte Megarockfestival, von Tanzveranstaltungen ganz zu schweigen. Von den weltlichen Massenevents könnte man diese Sommerversammlung, was die Ausmaße betraf, nur mit der «Nacht der Künste» in Helsinki vergleichen.

Sie hat den Jungs dann noch empfohlen, die Erweckungsstimmung und die exotische Atmosphäre zu genießen. Mit keiner Pauschalreise kämen sie so dicht an die Volkstradition und das bunte Treiben von Ureinwohnern heran. Sie sagte sogar halb im Ernst zu den Jungs, man hätte ihnen eigentlich Eintrittsgeld abnehmen müssen dafür, dass sie bei der Versammlung dabei sein durften.

Dann hat sie schief gegrinst und gesagt, sie wolle jetzt auf die andere Seeseite, um die neuesten Erfindungen der Leinonens kennen zu lernen. Die Jungs lachten. Sie warf ihnen Handküsse zu. Mir hat sie zugezwinkert und mich gebeten, ein Stück Weg mit ihr zu kommen. Draußen hat sich mich gefragt, ob ich für sie ein Auto verkaufen könnte.

VII

Ich brachte das Aufnahmegerät im Lieferwagen des Kaufmanns vor dem Regen in Sicherheit. Loikkanen koppelte den Wagen von dem Imbissanhänger ab, den er auf das Versammlungsfeld gezogen hatte. Dann fuhren wir ins Kirchdorf.

Seine Frau ließ der Kaufmann auf der Versammlung zurück, damit sie die Würste verkaufte, die vom Vormittag noch übrig geblieben waren. Mehrfach erklärte er ihr, wie sie die Gasflasche wechseln musste, wenn sie leer war, und wie lange sie die Flammensicherung beim Anzünden des Grills gedrückt halten musste.

Wenn er nicht angeht, hast du vergessen, das Ventil an der Gasflasche aufzudrehen, rief er noch aus dem Wagenfenster, als wir schon im ersten Gang über das Feld hoppelten. Es regnete, und das Heck des Wagens schlingerte in der Senke, in der sich bereits das Wasser sammelte.

Im Supermarkt ging ich in Loikkanens Schlepptau an Babynahrung, Babygesichtern und Babyschnullern vorbei, die vom schwachen Exit-Licht grünlich gefärbt waren. Ich trat gegen einen klirrenden Turm mit leeren Bierflaschen und wäre direkt im Leergutlager gelandet, hätte mir der Kaufmann nicht zugerufen, wie ich aus dem Getränkekistenlabyrinth wieder herauskam.

Zwischen brummenden Gefriertruhen tastete ich mich bis hinter die Fleischtheke vor. Ein kalter Luftstrom drang mir von unten in die Hose und lief mir die Beine hinauf bis zur Taille. Meine dünnen Sommerhosen lösten sich von der Haut und blähten sich. Der Kaufmann machte die Tür zu und das Licht an. Wir befanden uns in einem mit Aluminiumplatten verkleideten Kühlraum. Die Kühlanlage summte.

Loikkanen erklärte, es lohne sich nicht, die Hunderte von Neonröhren im Supermarkt einzuschalten, bloß weil man einmal durch den Laden gehen müsse. Er kenne sein Geschäft gut genug, um sich auch im Dunkeln darin zurechtzufinden.

Der Laden hat große Fenster, aber die sind mit dem Logo der Kette und den Angeboten der Woche zugekleistert, darum kommt kein Tageslicht herein. Der Kaufmann sagte, er habe für dieses Wochenende eine riesige Menge an Fertiggerichten in petto gehalten, aber zu seiner Verwunderung wurden die von den Müttern der Laestadianerfamilien so gut wie nicht gekauft.

Er hatte vor, den Leuten dieselbe Ware am Kiosk zu verkaufen, darum packte er Fertigpizzen und Hackfleischspieße in Kisten. Das Styropor quietschte, als er die Kisten aufeinander stapelte. Er überlegte, wie man die Fertiggerichte am besten warm machte. Ob es möglich wäre, normalen Lichtstrom in den Imbiss zu bekommen. Das staatliche Stromnetz reichte nicht bis dorthin.

Loikkanen stützte beim Nachdenken das Kinn auf die Faust, aber plötzlich schlug er die Faust in die flache Hand und sagte, jetzt werden wir doch gleich mal mit dem jungen Leinonen reden. Ich sagte, zu dem wolle ich auch schon die ganze Zeit. Er packte die Fertiggerichte alle wieder aus und legte sie in die Kühlregale zurück.

Im Wagen erklärte er mir, was ein Supermarktbetreiber heutzutage alles können müsse. Es reiche nicht, Kaufmann zu sein, man sei auch für Toto-Lotto und die Poststelle zuständig und müsse in einer Ecke seines Geschäfts eine Filiale der Gemeindebibliothek und einen Info-Point mit Computer einrichten. Angeblich konnte man über den Supermarkt sogar Spirituosen bestellen.

Die Bälger würden den ganzen Tag neben der Fleischtheke am Computer spielen, sodass man noch am Wochenende das Gepiepe und Gejaule im Ohr habe, und dabei versauten sie die Tastatur mit Lakritze und Schokoladentalern. Einmal habe die gesamte Apparatur in die Reparatur gemusst, weil die Zwillinge vom Amtmann Kaugummi in die Buchse fürs Druckerkabel gestopft hätten. Außerdem sei er auch noch für den Busdienst zuständig.

Aus dem verschlossenen Gepäckkäfig des Busdienstes hatten wir acht Akkus geholt, die Johannes per Linienbusfracht bei einem Versandhaus bestellt hatte. «Biltema – das Kaufhaus der Könner», stand auf dem großen Paket, das bei der Sendung ebenfalls dabei gewesen war.

Ich bat den Kaufmann, das Radio einzuschalten und den Versammlungssender zu suchen. Die Ansprache des Predigers war gerade zu Ende, und einen Moment hörte man den Regen auf das Dach der Traglufthalle prasseln. Tausende Menschen hüstelten, und dann setzte die Elektroorgel mit einem Präludium ein, das an das Sirren einer Stechmücke erinnerte.

Nach der Orgeleinleitung nahmen die besten Sänger die erste Strophe des Liedes auf: «Von Jesus singen wir, von Jesus allein …». Weitere Sänger stimmten ein: «… der mir vergibt die Sünden mein.»

Ich merkte, dass Panu für die Übertragung mehr Hall hinzugegeben hatte, als es dort tatsächlich gab. Dadurch hatte er aus der mit Tragluft gefüllten Plastikkuppel einen kirchenartigen akustischen Raum fürs Radio geschaffen. Das war wohl Panus Interpretation von Geistlichkeit.

Auch die schlechteren Sänger trauten sich jetzt, mit einzustimmen. Das Lied erreichte sein volles Volumen, und im Radio fing es an zu knistern wie zersplittertes Eis. Ich fragte mich, ob Panu die Sendung überhaupt überwachte, wenn sie schon an einer so leicht vorhersehbaren Stelle kratzig wurde.

Wir fuhren auf der Straße, die sich am See entlangschlängelte. Der Versammlungsplatz rumorte am gegenüberliegenden Ufer. Er sah aus wie eine bunte Insektenkolonie, die sich aus leuchtenden Autos, neonfarbener Outdoor-Kleidung, den Baseball-Mützen der Kinder und durchsichtigen Regencapes zusammensetzte. Ein Unglücklicher hatte sein Zelt zwischen all den Wohnmobilen aufgebaut und kämpfte nun im Wind mit einer koreanischen Leichtplane, die er als zusätzliches Regendach über die orangefarbene Zeltkuppel breiten wollte.

Der Kaufmann erklärte mir die Geografie der Gemeinde. Bald würden wir den Mühlbach überqueren, unweit der Stelle, wo er in den See münde. Unmittelbar danach würden wir auf einen kleinen Weg einbiegen, der zur Mühle und zur Werkstatt führe. Plötzlich kam uns mit hoher Geschwindigkeit der Geländewagen von Roadsound entgegen.

Der Wagen wirbelte eine mit Schlamm durchsetzte Wolke auf, die den Kaufmann beinahe zwang, anzuhalten. Ich konnte gerade noch sehen, dass Johannes neben Panu auf dem Beifahrersitz saß.

Der Dreck ist uns um die Ohren geflogen, als die Jungs mit dem Landcruiser angerast kamen. Leila schrie, da sitzt der Johannes im Auto. Ich sagte ihr, wir würden jetzt wenigstens die Sachen zur Mühle bringen, wenn wir schon mal hier seien.

Die Akkus trugen wir in die Werkstatt, aber das Paket wollte ich bei dem Wetter nicht dort stehen lassen. Da waren Ladegeräte drin, Spannungsregler und andere empfindliche Apparate, die im Trockenen stehen mussten. In der Mühle und in der Werkstatt ist es aber immer feucht, weil das Wasser durch das Gebäude läuft. Das Wohnhaus wiederum wurde gerade renoviert, war also nicht beheizt und darum bei dem Regen ebenfalls feucht.

Den Windgenerator hätte man wahrscheinlich sogar im Freien lassen können, schließlich musste der wetterfest verkapselt sein, aber alles war in ein und demselben Paket von Biltema. Wir brachten dann alles ins Wohnmobil, weil da die Heizung an war.

Die Tür war nicht abgeschlossen, und wir schoben das Paket hinein. Ich zeigte der Kleinen vom Mustamäki die Mühle und fragte sie, ob sie die örtliche Touristenfalle von innen sehen wolle. Ich erzählte ihr, wie unsere Tourismusreferentin ein Touristikzentrum mit interaktiven Erlebnissen rund um Mühle und Werkstatt geplant hatte, wo Handwerk, Handel und Sozialgeschichte des Ortes dargestellt werden sollten.

Für das kleine Wohnhaus war eine Dauerausstellung mit Gegenständen und Fotos vorgesehen gewesen. Dafür hatte die Tourismusreferentin alte Omis genervt und ihnen Alben aus der Mädchenzeit abgeluchst. Im ganzen Dorf hat sie auf Dachböden in den Sachen der Leute gestöbert.

Leila fragte mich, was interaktive Erlebnisse seien. Ich sagte, das wisse ich nicht. Vermutlich bedeute es, dass man sich unter der Anleitung eines erfahrenen Handwerksmeisters selbst seinen Schleifstein fertigen dürfe.

Leila wollte wissen, ob es im Ort solche Meister gebe. Na

ja, nicht mehr, seit mein Vater und kurz danach mein Bruder gestorben wären. Leila überlegte, wie Johannes dann all die Geheimnisse der Arbeit erlernen wolle, wenn die Könner sie mit ins Grab genommen hatten.

Johannes sei lernwillig, und er habe die Natur eines Maultiers. Leila lachte, zumindest Letzteres sei ihr bekannt, und an Ersterem sei auch was dran. Ich hatte dem jungen Leinonen ja beigebracht, was ich konnte, und den Rest hatte er selbst gelernt.

Mit Sicherheit hatte er sich auch das Steineschleifen angeeignet, aber das Üben hatte in unserer neuen Werkstatt stattgefunden, wo noch in den 70er Jahren große Investitionen getätigt und die Arbeitsplätze nach modernen ergonomischen Anforderungen umgebaut worden waren.

Hier wäre das Steineschleifen etwas ganz anderes, hier musste man bei Kienspanbeleuchtung an der Schleifbank stehen, die mit einer Achse angetrieben wurde und die der Vater von Johannes' Großvater vor fast hundert Jahren mit weiß Gott welcher Rollvorrichtung an Ort und Stelle bugsiert hatte.

Aber auch schon der erste Leinonen hatte beim Planen seiner Werkstatt Sinn und Verstand bewiesen. Oft hat mein Vater Einzelheiten gelobt, die in der Mühle und in der Werkstatt installiert worden waren. Er hielt den Leinonen für einen Faulpelz, weil er so scharf darauf gewesen war, Sachen zu erfinden, die die Arbeit erleichterten. Leila sagte, Johannes habe nicht vor, hier bei Kienspanbeleuchtung zu wohnen. Ob nicht gerade deswegen der Windgenerator und die Akkus bestellt worden seien, damit im Wohngebäude und in der Werkstatt ein 24-Volt-Stromsystem eingebaut werden könne?

Ich wunderte mich, dass Leila erriet, was in dem Paket

war, und hätte gern gewusst, ob sie auch über andere Vorhaben von Leinonen im Bilde war, aber sie sagte bloß, sie sei mit dem Leinonen verwandt, und fragte zurück, warum Mühle und Werkstatt an unsere Familie geraten wären und was wir damit gemacht hätten.

Der Kaufmann erzählte, der Vater von Johannes' Opa habe mit seiner Familie zwei, drei Jahre im Mühlenhäuschen gewohnt. Der Opa sei damals fünf oder sechs gewesen. Sein Vater hatte die ganze Zeit an der Mühle gebaut und neue Verfahren geplant, um die Produktion zu steigern und zu erleichtern.

Als Kompagnon war Jakob Levin aufgetreten, und der hatte im Nu alles verkauft, was der Vater hergestellt hatte. Der Betrieb brachte einen guten Ertrag, aber das Produktionsvolumen entpuppte sich als Engpass. Levin verlangte in einem fort mehr Schleifsteine zum Verkauf.

Der Vater entwickelte zwar gern neue Produktionstechniken, aber von der Arbeit selbst war er nicht sonderlich begeistert, und natürlich war die auch eintönig.

Levin knüpfte Geschäftsbeziehungen nach Sankt Petersburg und zum schwedischen und norwegischen Agrarhandel. Damals, Anfang des Jahrhunderts, wurden in ganz Skandinavien Genossenschaftsläden gegründet. Levin kam auf die Idee, die Leute von der Genossenschaft, die von ihren Idealen beseelt waren, für sein Geschäft einzuspannen.

Dann bekam Levin vom Senat Geld für die Erweiterung des Außenhandels und setzte sich mit diesem Geld sowie mit der Kasse des verschuldeten Betriebs nach Amerika ab. Opas Vater hatte nicht die Energie und auch nicht den geringsten Willen, den an sich durchaus lebensfähigen Gewerbezweig zu retten, den er geschaffen hatte.

Das Grundstück, die Gebäude und der Anteil am Bachlauf waren Eigentum des Vaters, und er gab alles zusammen gegen eine einmalige Entschädigung her. Offenbar aus Sentimentalität verkaufte er seinen Besitz aber nicht, sondern verpachtete ihn. Wahrscheinlich dachte der Vater von Johannes' Opa dabei an seine Nachkommen. Anschließend investierte er sein Vermögen in einen Zirkus.

Allerdings hatte er seine Frau nicht dazu bewegen können, den unsicheren Weg des Zirkuskünstlers einzuschlagen. Aber vielleicht hatte er das auch gar nicht gewollt. Der Opa blieb mit seinen jüngeren Geschwistern unter der Obhut der Mutter, und die vaterlose Familie zog nach Jyväskylä. Opa kam mit einem Zettel in der Hand aus dem Wohnmobil und sagte aufgeregt, so stimme das nicht.

VIII

Der Alte hatte den Schaltplan für den Windgenerator in der Hand, und er schrie fuchsteufelswild, dass man den Generator auch bei hohen Umdrehungen, die dann größere Leistung erbringen würden, vollkommen sicher verwenden könne. Anscheinend hatte er das Paket aufgemacht und darin den Generator samt Installationsanleitung gefunden.

Mit wackligem Strich hatte er eine technische Zeichnung angefertigt, die angeblich das Übersetzungsverhältnis nach allen Regeln der Kunst zeigte. Ich wollte vom Opa wissen, von was für einem Verhältnis er da spreche, da zeterte er, er wäre dabei, einen Plan zu machen, wie man einen Windgenerator für den Wasserturbinengebrauch umbauen könne; aber hier schiene ja niemand daran interessiert zu sein, Strom ins Haus zu kriegen.

Er deutete auf das Blatt Papier: Das hier ist das Problem. Die Strömung des Wassers muss in eine Rotationsbewegung umgewandelt werden, aber diese Bewegung muss ein niedriges Drehmoment haben, damit es bei der Stromproduktion nicht zu Spannungsschwankungen kommt. Niedriges Drehmoment heißt Verlangsamung der Umdrehung, aber in einem Generator muss die Rotation eigentlich sehr schnell sein. Der Alte hackte mit seinem krummen Zeigefinger auf das Papier. Darum muss es einen Übersetzungsmechanismus geben. Und jemand muss ausrechnen können, was die optimale Leistung ist, weil das Verschwenden von Energie genauso eine Sünde ist, wie Gottes Korn auf die Erde zu werfen!

Leila bat den Opa, ihr zu zeigen, wie die Mühle betrieben wurde. Der Alte stieg zum Mühlenteich hinauf und hielt einen Vortrag darüber, wie der Wasserspeicher und der Wasserfall durch ein und dieselbe Grabungsarbeit geschaffen worden waren. Hier ist keine Arbeitsenergie vergeudet worden, stellte er zufrieden fest.

Ein bisschen größer hätte mein Vater das Becken allerdings graben können, meinte er bedauernd. Dann wäre man noch unabhängiger vom jeweiligen Wasserstand. Man muss sich das so vorstellen, erklärte er: Freiheit heißt möglichst große Unabhängigkeit von den Dingen, auf die man selbst Einfluss nehmen kann. Leila schrieb sich das auf. Ich guckte ihr über die Schulter. Dort stand in großen Buchstaben: WEBER!

Vom Stauteich gingen wir zur Rinne hinunter, wo die Strömung durch Stauschützen geregelt wurde. Der Alte stellte uns das System der Fluttore vor. Bei starkem Regen kam es durch dieses System zu einem Überlauf. Auch jetzt lief das Wasser in Bögen über den Rand, es sah aus wie Glas von einem modernen Designer. Es regnete ja auch schon den ganzen Tag.

Anscheinend hielt es der Opa für die schlimmste Sünde, Wasser an der Mühle vorbeilaufen zu lassen. Er schien der Ansicht zu sein, dass Gott bestimmte Wasser höher als andere angesiedelt habe, damit der Mensch dazwischen Strom erzeugen könne.

Elektrizität ist eine Kraft, die auf Potenzialdifferenz beruht, predigte er. Den Strom selbst kann man nicht sehen, aber er bringt auf der Welt ziemlich große Dinge zu Stande. Durch das Wasser, das im Leitgraben schäumt und das Kreiselrad antreibt, bekommt der Mensch eine Vorstellung von der Effizienz der Elektrizität, die normalerweise in weißen

Kabeln und Verteilerdosen oder den chromglänzenden Kontaktstiften von Steckern verborgen ist.

Auf einmal hörte der Opa auf, das Wesen des Stroms und die Funktion des Flutungsmechanismusses zu erläutern, und war so lange still, dass man es mit der Angst zu tun bekam und sich fragte, ob er einen Anfall hatte. Hier wurde aber auch geschwommen, sagte er dann und ging wieder in Richtung Mühle.

Das Klettern auf dem Wehr und das viele Reden hatten den Opa ermüdet. Ich bat ihn, sich im Wohnmobil hinzulegen und auszuruhen, und er machte sich tatsächlich auf den Weg – erstaunlicherweise, denn ich wusste, dass er ein eigenwilliger Mensch war, und diese Eigenschaft wird mit zunehmendem Alter erfahrungsgemäß nicht schwächer.

Der Kaufmann lachte wegen der Predigt über die «Theologie» des Stroms. Wahrhaftig war der Opa wie in anderen Sphären gewesen. Und ich hatte das Gefühl, auf etwas ganz Wichtiges gestoßen zu sein. Opa war ein Mann des Glaubens und des praktischen Handelns zugleich, und zwar auf eine Weise, in der die Verbindung zwischen Protestantismus und industrieller Revolution zum Ausdruck kam.

Es schien, als hätte ihn lediglich ein plötzlich aufblitzendes Gefühl für Anstand davon abgehalten, die unsichtbare, aber überall wirkende elektrische Energie mit dem Heiligen Geist zu vergleichen.

Mir fiel ein, dass Johannes' Vater Akseli mir einmal erzählt hatte, der Opa habe in den 30er Jahren zu Hause abwechselnd aus der Postille von Laestadius und einem deutschen Handbuch über Elektrophysik laut vorgelesen. Von beidem sei er in gleichem Maße begeistert gewesen.

Für den Opa waren Laestadianertum und Elektrotechnik zwei Seiten derselben Medaille. Beide hatten die Aufgabe, Trübsinn und Dunkelheit aus den Hütten und Katen Finnlands zu vertreiben. Der verdatterte Kaufmann versuchte die Elektrizitätsbegeisterung des Opas mit seiner eigenen Vorstellung vom Laestadianertum in Einklang zu bringen. Ob der alte Leinonen Ingenieur sei, wollte er wissen. Ich sagte ihm, der Opa habe die Industrieschule besucht. Zum Erbauer von Stromkraftwerken sei er eher zufällig geworden, weil er als junger Mann in den Dienst der Pellervo-Gesellschaft zur Förderung des Genossenschaftswesens eingetreten sei, worauf man ihn als Berater bei der Planung der Elektrifizierung eines Flusstals hinzugezogen habe. Das heißt: Zufall kann das eigentlich nicht gewesen sein.

IX

Leila fing dann an zu erzählen, wie Opa Leinonen in eine kleine Gemeinde in Mittelostbottnien gezogen war, um die ortsansässigen Bauern zu beraten, weil einige von ihnen sich in den Kopf gesetzt hatten, die Elektrizität ins Dorf zu holen. In der Gegend dominierten aber die Pietisten, und der größte Teil der Bauern stand so einem modernen Phänomen wie dem Strom sehr skeptisch gegenüber.

In den Bauernhäusern gab es Öllampen, aber in den Hütten und Katen lebte man oft noch im Licht des Herdfeuers. Immer wieder brannten Ställe und Scheunen ab, weil die Mägde Angst vor Gespenstern hatten und sich darum einen brennenden Kienspann zwischen die Zähne klemmten, wenn sie einen Arm voll Heu holen gingen.

Der Opa versuchte, die materiellen Schäden, die durch die Brände verursacht wurden, zur Grundlage seiner Predigten über die Segnungen des Stroms zu machen, aber die pietistischen Bauern waren der Meinung, die Mägde müssten Zuflucht beim Herrn suchen und nicht beim Kienspan, wenn sie den Mächten der Finsternis gegenüberträten.

Welche Garantie gab es außerdem für die Sicherheit des Stroms? Am Ende würde statt einer Scheune oder eines Stalls das ganze Dorf brennen. Die Erde tut sich auf und verschlingt die von der Elektrizität Geblendeten! Der Blitz Gottes fährt vom Himmel nieder und schlägt die gemauerten Viehställe und die Fundamente selbst der größeren Häuser entzwei – da habt ihr eure Elektrizität!

Und was sollte der Mensch mit einer solchen Menge Licht anfangen? Auf dem Hof, wo der Opa Logis bekommen hatte, erbleichte der fromme alte Bauer, der schon im Ruhestand war, vor Erschütterung und versank in bekümmerte Gebete, nachdem er gehört hatte, dass im Haus innerhalb von nur einem Jahr eine ganze Kanne Lampenöl verbraucht worden war – drei Liter! Bevor der Sohn den Hof übernommen hatte, hatte eine Halbliterflasche gut und gern von einem Michaelitag zum nächsten gereicht.

Es gab natürlich auch Leute, die dem Strom gegenüber positiv eingestellt waren: die Honoratioren aus dem Kirchdorf, allen voran der Apotheker, der Volksschullehrer und der Vorsteher des lokalen Bahnhofs. Die Tochter des Gouverneurs verbrachte ihre Sommerferien in der Gemeinde, und sie erzählte den Bauerntöchtern von ihrer Reise nach Paris.

Eine von denen traute sich dann, von der Sehnsucht nach dem Licht, die in ihr erwacht war, zu sprechen, weil sie wusste, dass ihr Vater ein aufgeklärter und vernünftiger Mann war. Dessen Antwort musste man quasi als Etappensieg auf dem Weg ins Licht verstehen:

«Also, das mit dem Strom in der Stube, das geht mir ja noch ein, aber da muss man doch nicht gleich eine ganze Lichterstadt bauen und auch noch einen Turm aus Eisen.»

Solche Bauern zupfte der Opa neben der Apotheke am Ärmel, oder er klopfte ihnen vor dem Genossenschaftsladen, wo die Pferde angebunden waren, auf die Schulter und bot ihnen eine Zigarette an, obwohl er selbst nicht rauchte, und kam mit ihnen ins Gespräch.

Er redete so lange auf sie ein, bis es dunkel wurde, und dann erbot er sich, ihnen den Weg mit der elektrischen Lampe zu weisen, die er immer in der Tasche hatte.

Die Bauern durften im Schein der Lampe nach Hause gehen, hustend und rot im Gesicht, auf einem Weg, den sie sogar im Schlaf gefunden hätten. Und die Bälger aus dem Dorf trippelten hinterher. Die versammelten sich jedes Mal und konnten gar nicht genug das Licht bewundern, das per Knopfdruck anging.

Der Opa ließ sich gute Gründe für Besuche in den Häusern einfallen, mal kaufte er einen Sack Roggen, mal Eier oder Geräuchertes und hielt bei der Gelegenheit Vorträge über den Elevator. Mit dem bekäme man den Hafer direkt von der Fuhre in den Behälter über dem Stall, und von dort könnte man ihn mühelos direkt vor die Pferde rieseln lassen. Wenn man bloß den Strom hätte, um den Elevator-Motor anzutreiben.

Der Einfluss der Honoratioren aus dem Kirchdorf und der fortschrittlich gesinnten Bauern wurde durch das Schutzkorps noch größer. Bei den Schießübungen konnte man Grüppchen von Männern in grauem Drillich sehen, die neben Haufen aus aufeinander geschichteten Gewehren standen und heftig diskutierten, und ab und zu blitzte in so einem Grüppchen das Licht einer Taschenlampe auf.

Die Lampe des Opas war das nicht. Der Opa war nie dem Schutzkorps beigetreten, auch wenn er ein begeisterter Freiheitskrieger gewesen war, aber der Apotheker hatte sich aus Deutschland genau so eine Taschenlampe kommen lassen, wie der Opa sie besaß. Das Herbstmanöver des Schutzkorps wurde zum großen Durchbruch der elektrischen Idee.

Die Unterstützung für die Elektrizität war bereits so groß, dass Opa als Berater der Pellervo-Gesellschaft es wagte, eine allgemeine Versammlung einzuberufen, auf der jeder der Reihe nach seinen Standpunkt darlegen sollte. Der Apotheker sprach, und aus Helsinki hatte man den Ingenieur Nervander von der elektrotechnischen Beratungsstelle der Pellervo-Gesellschaft kommen lassen, um ein Referat zu halten.

Die großen Bauern sagten gewichtige Worte über die neue Energieform, und schließlich polterten in den hinteren Reihen die Stühle, weil die Vertreter der abgelegenen Dörfer sich anschickten, ihre Meinung zu äußern.

«Ich wollt bloß sagen, dass dieser Strom da dem Landwirt vielfach nützlich ist.»

Die vom Opa vorbereitete Resolution wurde unter allgemeiner Begeisterung verabschiedet. Danach brauchten die Bauern zwei Wochen, bis ihnen dämmerte, was sie da in die Wege geleitet hatten. Dann begannen den Bauern allerdings die Köpfe zu schwirren.

Die aufgeklärtere Bauernschaft hatte von der Elektrifizierung nur ungenaue Vorstellungen gehabt und, was die Ausmaße betraf, ziemlich hausgemachte. Etwa so: Wir bessern das Wehr der Sägemühle ein bisschen aus und bauen eine Kraftstation daneben. So kriegen wir den elektrischen Strom für den Betrieb des Sägewerks und für die elektrische Beleuchtung in den Höfen, die sie haben wollen. Die Leistung reicht für alle Bedürfnisse, die man sich nur ausmalen kann, wäre doch gelacht!

Jetzt aber steht der dreiundzwanzigjährige Berater der Pellervo-Gesellschaft vor ihnen und setzt ihnen kaltblütig auseinander, dass der Fluss miteinbezogen werde, indem man drei Stromschnellen hintereinander zu einem großen Staubecken vereinen werde.

Der Staudamm wird vor der untersten Stromschnelle errichtet, dahinter bildet sich dann das Becken, so groß wie ein See. Die beiden oberen Stromschnellen verschwinden komplett unter der still stehenden Wasserfläche! Verschwinden einfach! Zwei Stromschnellen, die seit eh und je dort gewesen sind!

Das jetzige Bett der unteren Stromschnelle wird beseitigt und das Wasser vom Damm in das Druckrohr geleitet. Das führt in die Turbinenhalle, wo auch die Generatoren stehen. Vom Kraftwerk wird das Wasser dann über einen Ablaufkanal in die untere Stillwasserzone geleitet. Das Druckrohr mit einem Durchmesser von zweieinhalb Metern wird aus Stahlbeton gemacht.

Die Bauern wissen nicht, was ein Druckrohr ist. Sie wissen auch nicht so recht, was Stahlbeton ist. Aber sie wollen wissen, was das alles kostet.

«2 740 000 neue Mark.»

«Wer zahlt das?»

«Und wer braucht so viel Strom?»

«Es muss ein Zusammenschluss von acht Gemeinden gebildet werden. Die Gemeindeverwaltungen von Ullava, Himanka und Kälviä sind schon angefragt worden.»

«Und wie kriegt man den Strom von hier bis nach Kälviä?»

«Es muss ein Verteilernetz errichtet werden, mit dem man den Strom in die Provinz befördern kann.»

«In die ganze Provinz?»

«Strom ist eine Ware. Die kann man verkaufen!»

«Wie kann man was verkaufen, was man nicht mal sieht?»

«Man sieht ihn nicht, aber er bringt auf der Welt große Dinge zu Stande.»

«Aber man sieht ihn trotzdem nicht!»

«Man muss an ihn glauben.»

«Man sieht nix und zahlt trotzdem Millionen.»

Die Bauern bekommen auf ihre wirren Fragen logische Antworten samt Begründungen. Alles ist höchst durchdacht. Die Kosten sind aufgeteilt in Baukosten und Betriebskosten. Ertragskalkulationen sind erstellt worden, ein Finanzierungsplan existiert. Den Bauern wird die Stellungnahme eines Ingenieurs von der Elektrizitätsabteilung der Industrieverwaltung zu dem besagten Plan vorgelegt. Der Mann befürwortet das Vorhaben und hält es für die einzig vernünftige Variante, die Wasserkraft des Flusses für die Stromgewinnung zu nutzen. Und dann werden den Bauern noch die von der Pellervo-Gesellschaft aufgestellten Musterregeln für die Gründung einer Elektrizitätsaktiengesellschaft vorgelegt.

Das hier ist ein Schiff, das sich schon in Bewegung gesetzt hat. So stellt der Berater den Bauern die Lage dar. Außerdem ist es so: Wenn die Bauern das Kraftwerk jetzt nicht selbst als Projekt auf Kommunalebene bauen, kommt in ein paar Jahren der Staat und realisiert denselben Plan, aber ohne dass die Bauern ein Wörtchen mitreden dürfen. Jetzt muss gehandelt werden!

Es beginnt ein Kampf zwischen Licht und Finsternis. Die Kräfte der Finsternis werden von den Gläubigen der Gemeinde vertreten. Sie haben ihren Glauben bis hin zum schwarzen Rock verinnerlicht, und sie lassen sich die Haare wie einen Helm über den Kopf wachsen, geteilt von einem schnurgeraden Mittelscheitel.

Die Haltung der Pietisten ärgert den Stromberater ungeheuer: immer auf der Hut, immer zweifelnd, keine Bewegung vorwärts, kein Fortschritt, keine Verbesserungen.

«Gott schied das Licht von der Dunkelheit und sah, dass es so gut war.»

«Damit muss sich der Mensch zufrieden geben, amen!»

Trotz ihrer Frömmigkeit sind die Pietisten feige Jammerlappen. Im Laufe eines Tages schaffen sie es gerade mal, so viel Glaube an die Gnade Gottes zusammenzuspinnen, dass es am Abend zu einer kleinen Hoffnung auf Erlösung reicht; aber am nächsten Morgen geht es wieder von vorne los, und darauf muss sich der Pietist dann auch schon vorm Schlafengehen einstellen.

«Und wenn wir morgen keine Gnade mehr kriegen?»

In seinem Quartier muss der Opa sich den Singsang der Pietisten bis an die Grenze des Erträglichen anhören. Für ihn ist es nichts als freudloses und schwächliches Blöken. Noch dreißig Jahre später kann es ihm passieren, dass er plötzlich anfängt, die Pietisten zu verspotten, indem er ihre wimmernden Lieder nachahmt.

«O wenn ich Wurm der Erde ...»

Am schlimmsten ist, dass es beim Seelenzustand des jungen Beraters selbst Klärungsbedarf gibt. Von den Pietisten ist dafür aber keinerlei Unterstützung zu erwarten. Mit dem Gejammer kommt man in der Welt zu gar nix ...

Sein Maß ist voll, als der alte Pietisten-Bauer ihm Schnaps anbietet und erklärt, mit Kunststückchen käme man nicht in den Himmel.

«Der Mensch ist schwach, und nur durch ernsthafte Buße kann er Gnade erlangen.»

«Ich trinke nicht.»

«Das ist ein teurer Tropfen.»

«Dann lassen wir es bleiben», entscheidet der Opa, obwohl er in der Brust ein Gefühl hat, als hätte er statt Schnaps eine leere Flasche geschluckt.

Die Verbündeten des Fortschritts und des Lichts waren der Apotheker und der Stationsvorsteher sowie einige Großbauern. Opas Problem blieb es, dass diese Männer zwar Reden halten und die Leute in den Bann ihres Einflusses ziehen konnten, aber nichts vom Bau des Kraftwerks oder von der Produktion und Verteilung des Stroms verstanden.

Die Honoratioren aus dem Kirchdorf und die Großbauern waren notwendig, um prominente Unterstützung für das Elektrifizierungsprojekt zu bekommen. Die brauchte man, um die Seelen zu bekehren, und die würde man auch noch brauchen, wenn der allgemeine Nutzen des Kraftwerks in Konflikt mit den Privatinteressen der Flussuferbewohner, die wegen des Staubeckens verschwinden mussten, geraten würde.

In der Praxis war allerdings Baumeister Loikkanen Opas wichtigster Beistand.

Loikkanen war ein leidenschaftlicher Anhänger des Fortschritts und der Elektrizität. Er hielt Anteile an allen drei Stromschnellen und ging wie ein Wanderprediger von einem der anderen Anteilseigner zum nächsten, um eine gemeinsame Wasserbesitzgemeinschaft auszuhandeln, die an die künftige Elektrizitätsgesellschaft Wasserkraft verkaufen oder verpachten konnte.

Loikkanen selber besaß die Mühle am Fluss, die das Sägewerk antrieb. Diese Mühle hatten die Bauern als Stromkraftwerk vorgesehen gehabt, bevor Opas von der Industrieverwaltung abgesegnete Kalkulation diesen von bäuerlicher Autarkie ausgehenden Plan versenkte.

Auf die gleiche Weise würden die Pläne die zwei oberen Stromschnellen in Opas Regulierungsbecken versenken.

Loikkanen war gern bereit, seine Sägemühle aufzugeben,

obwohl viele sich darüber wunderten, denn sie wussten, dass sie einen guten Ertrag brachte. Was sie nicht wussten, war, was Loikkanen sich ausgerechnet hatte: Durch die elektrische Energie würde er die Leistung der bislang eine einzige Gattersäge antreibenden Mühle vervielfachen können. Dazu wollte er die ganze Anlage an eine verkehrstechnisch günstigere Stelle verlegen.

Aus Opas Sicht war Loikkanen auch deshalb besonders wertvoll, weil dieser Baumeister war. Es war praktisch, jemanden beim Errichten des Kraftwerks zur Seite zu haben, der etwas vom Anlagenbau verstand.

Das Beste an Loikkanen war aber, dass er die klare und deutliche Antwort auf Opas seelische Not parat hatte, die mittlerweile dessen Leidensfähigkeit überstieg und sich schon zur spirituellen Krise ausgewachsen hatte.

Die Antwort kam abrupt, schnell und ohne Umstände, so wie alles, was Loikkanen anfing. Er sah den Opa am Stauteich der Sägemühle ins Wasser starren und ging zu dem jungen Mann. Loikkanen wusste eine seelische Not zu erkennen.

Erst später erfuhr Opa, was sich in jener novemberlichen Dämmerstunde seiner bemächtigt hatte: das Sündenbewusstsein. Es kam aus allen Poren, wie eine bislang unbekannte Absonderung des Körpers. Opa begann von dem Kraftwerk zu reden und erklärte, er habe immer verstanden, was für die Menschen das Beste sei, deutlicher als sie selbst.

Es könne kein Zweifel daran bestehen, wie segensreich der Strom sei, aber nicht alle Menschen seien fähig, das zu erkennen, und darum müssten die Klügeren über diese hinweggehen. Aber woher nahmen die Klügeren das Recht, so zu handeln? Wurde es ihnen von Gott gegeben?

Loikkanen hatte schon früher das Sündenbewusstsein

aus einem Menschen austreten sehen wie kalter Schweiß. Er wusste, dass Opa noch nicht zum Kern der Dinge vorgestoßen war.

Ruhig sah er zu, wie Opa auf den schlammverschmierten Bohlen der Wehrbrücke auf die Knie sank und weinend sagte, er könne sich nicht verzeihen, sogar seinen eigenen Vater so herzlos behandelt zu haben.

Loikkanen fragte erst gar nicht, was Opa seinem Vater angetan hatte. Er hob lediglich die Stimme, um das Heulen der Säge zu übertönen, und verzieh dem Opa schlicht und einfach alles.

Opa spürte, wie ihn eine immense Erleichterung überkam. Die Wehrbrücke löste sich unter ihm auf, er schwebte zwischen den dünnen Schneeflocken und war Teil der dämmernden Landschaft. Sein Mund fragte, wo Loikkanen das Recht hernähe, ihm zu verzeihen.

«Von Jesus Christus.»

«Und damit ist alles klar?»

«Im Namen und im teuren Sühneblut Jesu Christi sind dir alle Sünden vergeben!»

Opa neigte unter Loikkanens Hand das Haupt und sagte leise zu seinen Knien, er habe hier ein Mädchen geschwängert.

«Alle Sünden sind dir vergeben!»

Später wusste der Opa zu erzählen, dass das, was ihm auf der bereiften Wehrbrücke widerfahren sei, den Namen Buße trage. Und er erzählte es unermüdlich: Hunderten, Tausenden, Zigtausenden erzählte er es.

Zum Zeitpunkt der Buße allerdings konnte sich Opa lediglich von Loikkanen durch den Schneeregen den Hang hinauf und in Loikkanens Haus führen lassen, wo die Frau des

Baumeisters ihm heißen Kaffee und ein Lachsbrot vorsetzte. Damals stiegen im Fluss nämlich noch die Lachse.

«Du musst das Mädchen einfach heiraten.»

Loikkanen hatte die praktische Seite der Angelegenheit keineswegs aus den Augen verloren. Der zitternde Opa trank seinen Kaffee, und Loikkanen erkundigte sich, wie viel Stromleistung man aus dem Fluss ziehen konnte, wenn er nur wenig Wasser führe.

Als der Junge im Sommer 1924 geboren wurde, waren Loikkanen und seine Frau die Paten, und der erste Stein für den Staudamm wurde aus dem Fels gebrochen. Seinem Sohn gab Opa den Namen Akseli, weil ihn das an das Maschinenteil erinnerte, das für die Übertragung der Energie zuständig war.

Opa zeichnete das Kraftwerksgebäude und plante die Baustelle für den Staudamm. Er fertigte die technischen Zeichnungen für die Zu- und Ablaufkanäle sowie für die Installation der Turbinen und Generatoren an.

Die Arbeit ging ihm frohen Mutes von der Hand. Der junge Mann wusste, dass er die Pläne von seinem Vorgesetzten, dem Ingenieur Nervander in der elektrotechnischen Beratungsstelle der Pellervo-Gesellschaft, überprüfen lassen konnte. Dass er die letzte Verantwortung nicht übernehmen musste, steigerte seinen Mut, wenn es galt, ein technisches Problem zu lösen, auf das sich in den fertigen Kalkulationstabellen keine Antwort fand.

Opa fragte sich auch nicht mehr, ob er das Recht habe, Häuser und Höfe von Menschen in einem Staubecken zu versenken, um anderen Licht ins Leben zu bringen. Er hatte sich Loikkanens Maxime zu Eigen gemacht: «Liebe – und tue, was du willst!»

Opa hatte keinen Zweifel daran, dass der Nutzen des Kraftwerks die mit dem Bau verbundenen Schäden bei weitem übersteigen würde. Diejenigen, die unter dem Bau leiden mussten, bekämen eine gerechte Entschädigung. Er tat, was er wollte, denn er wusste, dass er Gutes tat.

Trotz ihrer kolossalen Arbeitslast gönnten sich Opa und Loikkanen ein kindliches, aber sicherlich notwendiges Vergnügen: Zwei ganze Arbeitstage verwendeten sie darauf, an dem Nebenwehr des Flusses einen kleinen Dynamo zu installieren.

Das Wasser trieb den Dynamo durch ein Rad an. Von dem Dynamo liefen zwei Kupferdrähte die Böschung hinauf und über das Grundstück zu Loikkanens Haus, wo mit dem Drillbohrer ein Loch von einem Zoll Durchmesser in die Wand gemacht worden war. Durch dieses Loch wurden die Drähte gesteckt und innen an der Wand entlang zur Decke hochgezogen. An die Decke wurde eine Glühbirne gehängt, und die sorgte für Licht in der Stube. Die Lampe pulsierte im Takt der Dynamoumdrehungen, spendete aber helleres Licht als die alte Öllampe.

Die Leute kamen, um die neue Lampe zu bestaunen. Allerdings wunderten sie sich, dass Loikkanen in einen gesunden Wandbalken ein Loch gebohrt hatte, aber der Hausherr sagte, das Haus werde im kommenden Winter schon nicht mehr an dieser Stelle stehen, und wenn das Haus versetzt werde, sei es leicht, einen Balken auszutauschen, falls man sich nicht damit begnügen wolle, das Loch mit einem Zapfen zu stopfen.

Der kleine Kreis der Glaubensbrüder und -schwestern von Loikkanen versammelte sich jeden Sonntag im Licht der zuckenden Lampe am Kaffeetisch. Es war eine fröhliche Gemeinde von Menschen, die sich selbst und dem Leben vertrauten und die das Recht hatten, sich gegenseitig alles zu vergeben, was den Frieden ihrer Seele bedrohte.

Ingenieur Nervander bekam bei den Umbaumaßnahmen der Tammerkoski-Stromschnelle in Tampere einen elektrischen Schlag und starb. Opa hatte sich wie ein Adler oder Falke oder weiß Gott was für ein edler Vogel gefühlt, der über der Landschaft schwebte und alles überblickte, aber nach dem Tod seines Vorgesetzten kam er sich nur noch vor wie eine Feder, die sich vom Rücken eines Adlers gelöst hatte und vom Sturmwind durchs Universum geschleudert wurde.

Zwei Tage und Nächte lang lief Opa an den Uferböschungen des Flusstals entlang, biss sich auf die Faust und zweifelte an seinen Plänen. Zwar waren seine Zeichnungen in der Industrieverwaltung akzeptiert worden, ohne dass ein Fehler entdeckt worden wäre, trotzdem war das Zeichnen auf Papier etwas anderes als das Bauen mit Stein und Eisen.

In der Abenddämmerung kam Opa an dem Haus vorbei, in dem er einst Logis gehabt hatte. Durchs Fenster sah er schwarz gekleidete Gestalten gebückt in der Stube sitzen, und durch die Wände drang das schwache Winseln eines Kirchenliedes. Opa begriff: Wenn er sich jetzt nicht traute, würde er sich nie trauen. Und in diesem Fall hätte er keinen Platz in Loikkanens fröhlichem Kreis des Vergebens verdient. Dann würde an die Stelle des zuversichtlichen Glaubens das endlose Zweifeln der Pietisten treten, die mit dem Rücken voran ihres Weges gingen, ohne sicheren Fixpunkt im irdischen oder geistlichen Leben.

Opa fing an, sich sein Kraftwerk mit Worten zu heraufzubeschwören. Er ging über die künftige Dammbrücke und sprach sich selbst laut vor, wie der Damm an den Uferwällen gestützt werden müsse und wie die zehn Meter hohe Staumauer aus roten Granitbrocken aufgebaut würde.

Er schlitterte an der Stelle über die lehmige Böschung, wo das Kraftwerk entstehen würde, und setzte sich selbst die Funktionsweise der Generatoren und Turbinen auseinander, obwohl dort, wo diese Apparaturen ihren Dienst versehen sollten, bislang nichts war als nasskalte Herbstluft.

Opa watete durch das Schilf im Nebenarm des Flusses und murmelte die Schrittlängen vor sich hin, wenn er an den Stellen stehen blieb, wo eine Naht des Druckrohres hinkommen würde. Oben, von der Böschung aus, sah ihm eine Gestalt zu, die einen kurzen schwarzen Mantel und eine Topfmütze trug.

Der alte Bauer aus dem Herbergshaus wich langsam zurück und starrte den Opa dabei an. Zwischen seinen gefalteten Händen steckte ein Gesangbuch, das hielt er auf Augenhöhe zwischen sich und den Opa. Dabei haspelte er ein Gebet herunter. Der Opa musste lachen.

Er rief, er sei kein Gespenst. Er gehe nur über die künftige Baustelle und rede vor sich hin, damit er ein deutliches Bild des Kraftwerks vor Augen habe. «Am Anfang ist das Wort!»

Opa rief es dem Pietistenbauern hinterher, aber die schwarze Gestalt mit der Topfmütze keuchte bereits auf krummen Altmännerbeinen zum Herbergshaus und der dort stattfindenden Gemeindeversammlung entgegen.

Opa setzte eine Mitteilung in Umlauf, und nach und nach kamen die Männer: zweihundert Dammbauer, sechzig davon von Berufs wegen mit Steinarbeit beschäftigt. Hundert Fuhrmänner mit Pferden. Hausbauer, die als Erstes eine große Halle errichteten. Dort wurden Frauen eingestellt, um für die riesige Menge der Arbeiter zu kochen. Etwas Ähnliches hatte man in der ganzen Gegend noch nicht gesehen.

Nun konnte man sich nicht darauf verlassen, dass die Männer sich selbst ein Logis suchten und sich mit den Bäuerinnen über die Verpflegung einigten. Das war keine vom Bezirksobmann der Forstgesellschaft veranstaltete gemeinsame Waldarbeit, sondern eine Industriebaustelle, wo die verschiedenen Bauphasen ineinander greifen mussten wie Zahnräder bei der Kraftübertragung. Die gesamte Baustelle musste funktionieren wie ein großer Mechanismus.

Von einer Maschine unterschied sich die Baustelle jedoch in einem Punkt: Mechanische Geräte laufen mit Energie von außen, mit Dampf, einem Verbrennungsmotor oder Strom, aber auf Opas Kraftwerksbaustelle wurden Stein und Eisen mit der Muskelkraft von Mensch und Pferd bewegt.

Man musste veranschlagen, wie viel Arbeit ein Mann bewältigen konnte, die geschätzte Leistung dann mit der Anzahl der Männer multiplizieren, und das Ergebnis dieses Rechenvorgangs wiederum mit den Tausenden Stunden und Hunderten Tagen malnehmen. Die so berechneten Arbeitsstunden mussten dann so dosiert werden, dass jede der voneinander abhängigen Arbeitsphasen zur rechten Zeit abgeschlossen wurde.

Ohne Skrupel mussten Männer zu großen Gruppen zusammengelegt werden, wo maximale Körperkraft gebraucht wurde. Die Muskeln von hundert Arbeitern mussten mit den Muskeln und Sehnen der Pferde gebündelt werden, um tonnenschwere Felsbrocken und Tausende Kubikmeter Kies aus Sandgruben und Steinbrüchen zur Staudammbaustelle zu befördern.

Dabei war aber auch der Unterschied zwischen Masse

und Qualität zu bedenken. Man musste wissen, wie man die erfahrensten Steinarbeiter richtig über den Abbruch verteilte. Jeder Arbeitstrupp musste einen bekommen, der beurteilen konnte, wie die Fugen und Fiederspalten unter der rot schimmernden Granitdecke verliefen.

Opa hatte gesehen, wie zwei kräftige Arbeiter zwei Stunden lang ohne Erfolg mit dem Vorschlaghammer auf den Bohrer schlugen, aber ein Fachkundiger, der am Hammerstiel alt geworden war, konnte mit ein paar Ratschlägen dafür sorgen, dass sich ein Steinblock aus dem Fels löste.

Durch den Damm sollte der Wasserspiegel um mehr als zehn Meter angehoben werden. Der Damm wurde auf beiden Seiten am Uferwall gestützt, und für das Fundament musste auf einer Breite von siebzig Metern in das Gestein unter Wasser eingedrungen werden. Die Wasserströmung wurde durch provisorische Dämme umgelenkt, und die Stelle, an der gerade gearbeitet wurde, hielt man durch ständiges Abpumpen trocken.

Gleichzeitig mit dem Damm wurden das Kraftwerk und das Druckrohr, das zu ihm führte, gebaut. Als der Frost kam, deckte man die Dammbaustelle zum Kälteschutz mit Brettern ab, aus denen bald zig Kamine ragten. Unter der Abdeckung konnten die Maurerarbeiten den Winter über weitergehen.

Während des Winters wuchs der Damm zu seiner vollen Höhe, aber der Fluss floss noch in seinem alten Bett, wohin das Wasser über die Regelventile des Damms geleitet wurde.

Sonntags spazierten die Dorfbewohner zu der Baustelle, um sich das zehn Meter hohe Wassermonument vorzustellen, das bald das leere Staubecken füllen würde. Ihr Verstand tat sich nicht so leicht damit, sich ein Bild von der Wassermasse zu machen, die bald die vertraute Landschaft überdecken sollte.

Der Enteignung der Ländereien war bereits erfolgt, und die Bauern, deren Höfe unter Wasser gerieten, bauten sich von den Entschädigungszahlungen neue Häuser. Blockhäuser wurden verlegt, und die Kaminbacksteine wurden aufgestapelt für den Fuhrwerkstransport zu den neuen Wohnstätten.

Uferschuppen wurden abgerissen und Ruderboote flussaufwärts gezogen oder weiter weg vom bisherigen Ufer, dorthin, wo die Uferlinie des Staubeckens den Berechnungen nach verlaufen sollte. Nur ein Boot blieb, wo es war. Es wurde vor Weihnachten umgedreht, und es krümmte den ganzen Winter über seinen geteerten Rücken im Schnee.

Das Boot war Eigentum des jungen Bauern aus Opas alter Herberge. Der Hof besaß an jener Stelle ein uraltes Nutzungsrecht für das Flussufer, und der Mann hatte nicht die Absicht, sein Recht abzugeben. Denjenigen, die ihre Boote weiter weg zogen, warf er einen schwachen Glauben vor. Gott gestatte es nicht, dass drei Stromschnellen in einen See verwandelt würden, der sich über den Häusern und Gütern der Menschen ausbreite wie ein riesiger Kuhfladen!

Insgeheim war manch einer derselben Meinung, als der junge Bauer feststellte, wie verrückt es sei, sich einzubilden, das Wasser von drei starken Schnellen in ein Rohr lenken und damit eine Teufelsmühle antreiben zu können. In ihrer Ungewissheit schleppten die Leute trotzdem weiter ihre Boote über den Sumpfporst an Stellen, die sie für sicherer hielten.

Der Damm wird brechen, versicherte der Bauer, wie die Mauern von Jericho, und das Wasser wird das Rohr und die Turbinen, die Generatoren und die Transformatoren mit sich reißen, und dazu den dreistöckigen Turm von Babel, in dem alle diese Apparaturen installiert werden sollen.

An Ostern bekam der Damm eine Bruchstelle. Das Wetter war mild, und das Schmelzwasser fräste sich eine Bahn zwischen dem Damm und dem nördlichen Uferwall. Die undichte Stelle war in der Nacht von Karsamstag auf Ostersonntag entstanden. Zuerst kam das Wasser nur in einem kleinen Rinnsal durch, aber bis zum Morgen war es zu einen schäumenden kleinen Wasserfall angewachsen, der Lehmbrocken aus der Uferböschung riss.

Opa war wie gelähmt, als er sah, dass die Kraft des Wassers von Sekunde zu Sekunde zunahm. Wo sollte er am Ostermorgen Arbeiter hernehmen? Und es lag nicht mehr genug Schnee, um mit dem Schlitten Füllerde herbeischaffen zu können.

Opa sah schädelgroße Lehmklumpen in hohem Bogen durch die Luft fliegen. Er senkte den Kopf und ging in das Haus, das er gemietet hatte, wo sein Erstgeborener mit einer Hartnäckigkeit schrie, die einem auf die Nerven gehen konnte.

Dann stand plötzlich Loikkanen vor der Tür und fragte, ob der Betriebsleiter des Kraftwerks nichts zur Rettung seines Staudamms zu unternehmen gedenke. Loikkanen sagte, er habe das Loch mit eingesacktem Stroh gestopft, aber lange würde das dem Druck des Wasser nicht standhalten. Opa wollte wissen, ob Loikkanen glaube, dass über Sonntagsarbeit der Segen Gottes liege.

Loikkanen meinte, ehrliche Arbeit habe immer den Segen Gottes, aber Opa fragte, ob nicht auch Loikkanen das alles für ein Zeichen halten müsse. Ein Zeichen wofür?, wunderte sich Loikkanen. Opa rief, es werde doch wohl etwas zu bedeuten haben, wenn Gott den Staudamm am Ostermorgen brechen lasse, zum Abschluss der Leidenswoche seines eigenen Sohnes!

Loikkanen setzte sich auf die Bank und zog die Fäustlinge aus. Er ließ sie mit den Strippen am gekrümmten Finger baumeln. Erstens sei der Damm noch nicht gebrochen. Zweitens: Wie komme der Opa eigentlich dazu, Gott wegen des Vorfalls zu beschuldigen? Loikkanen ließ seine Fäustlinge um den Zeigefinger rotieren, bis einer unter die Bank fiel.

Im Damm sei eine undichte Stelle aufgetaucht, weil er nicht gut genug vom Uferwall gestützt werde. Falls neben der Erosionskraft des Wassers noch jemand dafür verantwortlich sei, dann ohne Zweifel der Teufel und nicht Gott. Loikkanen forderte Opa auf, sich zu erinnern, in welcher Nacht es zu dem Schaden gekommen sei.

Opa sagte, die undichte Stelle sei an Ostern entstanden, aber Loikkanen präzisierte, es sei in der Nacht von Karsamstag auf Ostersonntag gewesen, da Christus ins Totenreich hinabgestiegen und noch nicht von den Toten auferstanden sei. In der Nacht vor dem Ostersonntag regiere der Teufel mit all seiner Macht die Welt.

Schon damals, in der ersten Osternacht, habe die Erde gebebt, und der Vorhang im Tempel sei entzweigerissen. Jetzt sei es jedoch am wahrscheinlichsten, spekulierte Loikkanen, dass die undichte Stelle durch den plötzlichen Wasseranstieg verursacht worden sei sowie durch die Tatsache, dass die Baustelle wegen der Feiertage nicht bewacht werde.

Und falls der Teufel dahinter stecke, dann habe er sein Werk mittels irdischer Gehilfen verrichtet. Loikkanen erinnerte daran, dass in der Osternacht traditionell die Missetäter ihr Unwesen trieben.

Alte Weiber gaben sich als Osterhexen aus, schnitten den Kühen im Stall das Ziehwerk am Euter ab und zogen den Schafen das Fell von den Beinen, und was jene Frauenzimmer in die Nacht hinaustrieb, sei nicht der Ruf zum Hexentanz auf dem Blocksberg, sondern der blanke Neid.

«Die Vorurteile der Menschen und ihr Neid – da steckt genug vom Teufel drin!»

Nach und nach brachten Loikkanens Worte Opa zum Schmunzeln, aber Loikkanen selbst blieb ernst. Er verbot, Gott in den Bau des Kraftwerks hineinzuziehen. Schließlich mische sich Gott viel weniger in das Tun der Menschen ein, als gemeinhin geglaubt werde. Der Vater im Himmel sei wie jeder andere Vater auch: Er wolle seine Kinder so erziehen, dass sie allein in der Welt zurechtkämen. Aus einem Menschen könne nichts werden, wenn ihm noch als Erwachsenem der Vater bei allem helfen müsse. Der Vater im Himmel wolle, dass die Menschen ihre Probleme selbst mit ihren eigenen Mitteln, mit Liebe zueinander und durch Vergebung lösten.

Loikkanen angelte nach seinem Fäustling unter der Bank und forderte Opa auf, sich Arbeitshandschuhe zu suchen und Jacke und Stiefel anzuziehen. Er selbst ging in die Kammer, um Opas junge Frau zu fragen, wie es ihr gehe. Außerdem sorgte er dafür, dass sich das Weinen des Jungen in fröhliches Kreischen verwandelte, indem er ihn ein paar Mal unter den bemalten Deckenleisten in die Luft warf.

Opa trat ohne Mütze in das Frühjahrswetter hinaus. Er schickte Loikkanen zum Damm, das Loch zu überwachen, und befahl, notfalls aus allen umliegenden Höfen Stroh zum Stopfen herankarren zu lassen, falls es erforderlich wäre. Er selbst ging in den Stall und warf dem Pferd den Sattel auf den

Rücken, den er im Herbst zuvor bei einer Auktion der Armee ersteigert hatte.

Im Galopp ritt Opa durchs Dorf und rief, alle Männer sollten zugunsten des Kraftwerks die Osterfeier unterbrechen und die Pferde vor die Transportschlitten spannen. Alle sollten Sägen, Äxte, Stangen und Rückzangen holen und so schnell wie möglich zum Damm kommen.

Vom nahe gelegenen Wald ließ Opa Bäume mit Ästen, zum Teil sogar mit Wurzeln zum Damm bringen. Die Stämme wurden vor das Loch geflößt, aber anfangs schienen sie mehr Schaden anzurichten.

Die Bäume drückten die aufgeweichten Strohsäcke durch den Damm, und schon schoss ein Wasserfall durch die Öffnung. Der Wasserdruck war mittlerweile so groß, dass die großen Stämme krachend brachen und in den Wasserfall gerissen wurden. Schließlich gelang es, in das Loch eine vielfach verzweigte Kiefer einzupassen, die dem Druck standhielt, sodass kleinere Stämme davor gelegt werden konnten.

Irgendwann ging das Füllmaterial aus. Nachschub zu holen war schwierig, denn die Fuhrmänner mussten die schneefreien Stellen umgehen, und natürlich waren die ersten Bäume dort geholt werden, wo noch am meisten Schnee lag. Zwischen die Stämme wurden Strohsäcke gestopft, dadurch konnte der schäumende Wasserfall eingedämmt werden.

Opa sah, dass das Wasser ununterbrochen am Uferwall fraß und sich eine neue Bahn suchte. Es mussten Männer als Wache aufgestellt werden, die immer wieder etwas in die offene Stelle stopften, sobald sie durch das Wasser größer geworden war. Trotzdem war die Aushöhlung des Uferwalls nicht gefährlich, solange der Damm selbst nicht brach.

Die Wassermenge wurde mit der Zeit weniger, sodass die

Regelventile und die Flutöffnung des Dammes alles absaugten, was von oben kam. Die undichte Stelle geriet dadurch ins Trockene, und der Damm wurde anschließend noch tiefer als zuvor im Uferwall verankert.

Im Sommer wurde der Staudamm fertig, und der Rohbau für die Kombination aus Turbinenhalle und Transformatorenturm, die als Kraftwerk bezeichnet wurde, stand. Das Druckrohr wurde gegossen und auf den dreihundert Metern vom Damm zum Kraftwerk mit der übrig gebliebenen Erde der Bauarbeiten bedeckt.

Im August wurde damit begonnen, Turbinen, Generatoren und Transformatoren zu installieren. An der Hochspannungsleitung in die umliegenden Dörfer war den ganzen Sommer über gebaut worden. Die Eröffnung der Krafwerksanlage sollte am 11. September stattfinden.

Am 5. September wurden die Bauarbeiten fertig, und die Regelventile der Staumauer wurden geschlossen. Das Wasser im Becken stieg, und das Boot vom ehemaligen Herbergshaus des Opas löste sich von seinem uralten Landungsplatz. Das schwarz geteerte Ruderboot mit dem hohen Bug beschrieb im Strudel, der sich im Staubecken bildete, einen großen Kreis. In Loikkanens neuer Stube wurde eine Danksagungsversammlung abgehalten.

Drei Stromschnellen verschwanden, als die Wehrschützen im Damm geschlossen wurden. Die beiden oberen Schnellen gerieten unter das Wasser des Staubeckens, die untere lief trocken und zeigte den Dorfbewohnern ihren steinigen Grund. Viele erinnerten sich daran, wie ihnen als Kindern beigebracht worden war, diese Stelle als Reich des Wassergeistes anzusehen.

«Ihr glaubt aber auch an alles!»

Loikkanen war in das Flussbett hinabgestiegen und drehte glitschige Steine um. Fantasiewesen wie Wassergeister kamen nicht zum Vorschein. Allerdings fanden sich tote Fische zwischen den Steinen und Abfall, den Menschen in den Fluss geworfen hatten und der jetzt ans Tageslicht kam wie die Untaten der Vorväter. Man hatte immer geglaubt, all das, was man im Dunkel der Nacht in den Fluss werfe, werde nie mehr zum Vorschein kommen. Sogar ein komplettes klappriges Kirchenkarriol hatte jemand in den Fluss gefahren.

Die Menschen waren entsetzt angesichts von Loikkanens Mut, als sie den Baumeister über den Grund des Flusses stapfen sahen. Auch der Opa stieg in das Flussbett hinunter, und von der Dammbrücke in zehn Metern Höhe sah man ihnen zu, wie sie die Stabilität der Regelventile prüften.

Im Staubecken war der Pegel schnell gestiegen, weil zwei Stromschnellen es mit ihrem Wasser speisten. Zuerst wurde Geröll zu rotierenden Strudeln aufgeworfen, aber bald war alles von glattem grauem Wasser bedeckt, dessen Oberfläche man nicht ansah, was darunter vor sich ging.

Auf der Brücke malten sich die Leute die Kraft des gestauten Wassers aus. Auf der einen Seite stand das Wasser weiß Gott wie hoch, und auf der anderen Seite war nichts als zehn Meter Luft. Die Dammbrücke schien kein sicherer Ort zu sein, und man hatte das Gefühl, dass die Baumeister, die da unten auf den glitschigen Felsen des Flussbetts hantierten, mit ihrem Leben spielten.

Das Wasser erreichte die Fluthöhe und schäumte über den Rand des Auslasses. Dabei nahm es einzelne Bäume mit, die beim Anstieg des Wassers am Ufer ausgerissen worden waren.

Opa kletterte auf den Damm und rechnete den Leuten laut vor, wie viel Energie in jeder Minute verloren ging. Die Turbinen und Generatoren warteten bereits am Ende des Druckrohrs, aber die Stromproduktion konnte nicht aufgenommen werden, weil es noch nicht gelungen war, die Verteilung des zu produzierenden Ertrags zu organisieren.

Auf dem Grund des Flusses rüttelte Loikkanen am Bugspriet des Bootes, das dem jungen Bauern des Herbergshauses gehörte. Das Boot hing schlaff da, weil die Seitenplanken den Rumpf nicht mehr zusammenhielten. Das Wasser hatte nämlich auch das schwarze Ruderboot durch den Auslass aufs Gestein zu dem Kirchenkarriol und dem Treibholz geschleudert.

Schon im Juli wurde die Hochspannungsleitung im Flusstal fertig. Sie transportierte den Strom in die Nachbargemeinden, die an der Kraftwerksgesellschaft beteiligt waren. In den Dörfern waren Transformatorenstationen gebaut worden, und von diesen wurden die Leitungen zu den einzelnen Häusern gezogen.

Die Hochspannungsleitung wurde über H-förmige Masten von Dorf zu Dorf geführt. Das lokale Verteilernetz hingegen bestand aus Pfosten mit Querbalken. Das nötige Holz war im Winter geschlagen worden, und im Sommer hatte man die Masten mit Bitumenteer behandelt, und zwar in einer Imprägnierungswerkstatt, die an einer aufgelassenen Kiesentnahmestelle gegründet worden war.

Opa hatte den Bauern lange nachweisen müssen, dass sich das Imprägnieren mehrfach auszahlen würde. Man habe an die Zukunft zu denken, hatte er gepredigt. Die Leitung müsse so gebaut werden, dass sie über die Zeiten hinweg ihren Dienst versehen könne. Nachdem die Hitze eingesetzt hatte, stank die ganze Gegend nach dem bitteren Gift, das die Masten unsterblich machen sollte.

Die Kraftwerksgesellschaft verfügte über – vom Opa erstellte – fertige Pläne zum Verlegen der Stichleitungen zu den zwei größten Ballungsgebieten der Provinz. Man hatte ausgerechnet, dass es der extrem knappen Haushaltslage in der Gründungsphase gehörige Erleichterung verschaffen würde, wenn diese beiden Regionen einbezogen werden könnten.

Am wichtigsten war nun aber, den Strom im fertig gebauten Netz zum Laufen zu bringen. Es war so viel über die Ankunft der Elektrizität geredet worden; jetzt war es an der Zeit, dass sie tatsächlich kam und sichtbare Spuren auf der Welt hinterließ. Die Menschen sollten mit eigenen Augen sehen, wie der Strom erleuchtete und brannte. Die letzten Installationen wurden an den Transformatoren und den Hausanschlüssen vorgenommen.

Die ganze Nacht vor dem Einweihungsfest hindurch wurde gearbeitet. Als alles fertig war, wollte Loikkanen Wasser in das Druckrohr einlassen, die Turbinen und Generatoren probehalber anstellen und das Netz testen. Aber Opa verbot es.

Loikkanen hielt es für Wahnsinn, auf einen Testlauf zu verzichten. Wie sollte man wissen, dass alles funktionierte? Es brauchte nur ein kleiner mechanischer Fehler an einer Turbine oder einem Generator aufzutreten, und das Entzünden der Lichter, das als Höhepunkt des Festes vorgesehen war, würde misslingen. Oder ein winziger Anschlussfehler im Netz würde bewirken, dass die Lichter zwar an-, aber auch sofort wieder ausgingen. Was würde das für den Glauben der Menschen an die Sicherheit und Zuverlässigkeit der Elektrizität bedeuten, auf den man sie so lange versucht hatte einzuschwören? Und wenn das Druckrohr nicht hielt und das Wasser das gesamte Kraftwerk in seine Bestandteile zerlegte?

Opa führte die letzten Vorbereitungen vollkommen gelassen durch. Auf Loikkanens Befürchtungen erwiderte er nur, alles sei richtig gemacht worden und funktioniere. Was an Arbeitszeit noch übrig sei, solle darauf verwendet werden, das Fest vorzubereiten.

Das Fest begann erst um sechs Uhr am Abend, da es im Entzünden der Lichter gipfeln sollte. Schließlich konnte das Licht nur in der Finsternis leuchten, und diese wiederum musste sich vor dem Höhepunkt der Feier herabgesenkt haben.

Gegen halb sieben traf Ministerpräsident Kyösti Kallio mit seinem Automobil ein. Man zeigte ihm das größte Kraftwerk der Provinz, in dessen Turbinenhalle man für ihn und sein Gefolge eine Kaffeetafel aus ungehobelten Brettern aufgebaut hatte. Während Kallio Kaffee trank und Informationen über die Kapazität des Kraftwerks entgegennahm, schlugen die Zimmerleute die letzten Nägel in das Podest, von dem aus der Ministerpräsident in Kürze die Festrede halten sollte.

Als Betriebsleiter oblag es Opa, die Ehrengäste und das Publikum willkommen zu heißen. Er hielt eine gutgelaunte Ansprache, er erzählte vom Bau des Kraftwerks und skizzierte mit witzigen Vergleichen die Technik und die Leistung des Werks.

Die Leute lachten, als Opa Zahlenangaben zu dem Bauprojekt machte. So waren beispielsweise für das Binden der Bewehrung des Druckrohrs vier Kilometer Eisendraht verwendet worden.

Opa berichtete auch von Pannen und sonderbaren Vorkommnissen auf der Baustelle, etwa von den Dorfkatzen, die im Winter auf die Idee gekommen waren, sich ausgerechnet unter dem Kälteschutz für die Staudammkonstruktion einzuquartieren. Ein Maurer hatte eine schlafende Katze in seiner Hose vorgefunden, die er über Nacht auf der Baustelle gelassen hatte. Das Unschöne aus Sicht des Maurers bestand darin, dass er die Katze erst entdeckte, als er die Hose bereits anhatte. Die Leute lachten schallend, und sogar dem Ministerpräsidenten entwich ein kleines Lachen, aber auf der Böschung am Rand des Staudamms standen ernste Männer in schwarzen Kleidern, deren Münder ein lautloses frommes Lied formten.

Die Vorstandsmitglieder der Elektrizitätsgesellschaft wurden schrecklich verlegen, als der Ministerpräsident ihre Weitsichtigkeit lobte. Der sei es nämlich zu verdanken, dass der wichtigste ausbaufähige Fluss in Mittelostbottnien nun für die Stromproduktion eingespannt werden könnte. Die Herren sollten wissen, dass ihr Vorhaben nicht nur für die hiesige Kommune und die Sprengel entlang des Flusses von Bedeutung sei, sondern für die gesamte Provinz, und selbst die nationale Bedeutung dürfe nicht gering geschätzt werden.

Man hatte sich von den Bauernhöfen die großen Kannen geliehen, die sonst nur zum Einsatz kamen, wenn viele Erntehelfer versorgt werden mussten, und darin in der Essensbaracke Kaffee gekocht. Auf Kosten der Elektrizitätsgesellschaft wurde allen davon angeboten. Loikkanen war gegen eine so großzügige Bewirtung gewesen, denn die Finanzen der Gesellschaft waren äußerst knapp. Opa behauptete, genau darum müsse nun alles, was an Geld noch übrig sei, für eine Art der Bewirtung eingesetzt werden, die auch Leute von weither anzog.

«Das zahlt sich aus!»

Aber die Bewirtung war auch kostspielig. In einer Welt, die sich noch immer nicht ganz von ihrem ersten großen Krieg erholt hatte, war es noch nicht gelungen, den Handel mit Kaffee, Zucker und anderen, weniger notwendigen Gütern in Schwung zu bringen, und dementsprechend hoch waren die Preise.

Denjenigen, die vor dem horrenden Kaffeepreis zurückschreckten, predigte Opa, dass die entscheidende Überlebensfrage der Elektrizitätsgesellschaft nun darin bestehe, den Strom möglichst schnell in der Provinz zu verkaufen. Darum musste bis in den letzten Winkel die Kunde von der prächtigen Einweihungsfeier verbreitet werden, bei der Kaffee in Strömen aus den Schnäbeln dickbauchiger Kannen geflossen sei und der Zucker nach Belieben von den weißen Kegeln geschnitten werden durfte, die im Abstand von drei Metern auf den Tischen standen.

Schließlich ließ man Wasser in das Druckrohr schießen. Die Abenddämmerung setzte ein, und die Menschen saßen an den Kaffeetischen, die im Freien aufgebaut worden waren. Opa hatte auf dem Platz vor dem Staudamm die Lichtmasten aufstellen lassen, die für das Kirchdorf vorgesehen waren, und sie provisorisch an das Netz angeschlossen.

Die vereinigte Blaskapelle aus Feuerwehr und Schutzkorps spielte die von der Apothekersgattin komponierte Festfanfare und übertönte damit das Rauschen, das im Kraftwerk eingesetzt hatte. Opa legte den Schalter um. An einem Mast ging das Licht an, und in dessen kegelförmigem Schein entfaltete sich die weiße Fahne mit dem blauen Kreuz.

Durch die Menschenmenge ging ein Raunen, wie wenn auf dem Märzfeld der Schnee taut. Opa drückte auf Schaltknöpfe, und auch die übrigen Lichter gingen an. Jemand kreischte. Im Dorf sah man Lichtpunkte, und die Leute zeigten mit den Fingern auf die Fenster und riefen dazu die Namen der Höfe aus, wo jetzt das Licht leuchtete.

Ein Unglücklicher hatte das Licht nicht vorab eingeschaltet und tastete jetzt im Dunkeln nach dem Schalter, den die Hand noch nicht von sich aus zu finden gelernt hatte.

«Jetzt ist es angegangen!»

«Dort geht es aus!»

«Jetzt ist es wieder an!» In zwei Häusern blinkte das Licht, weil ein Kind oder ein Kindskopf probierte, wie gut der Strom seinem Herrn gehorchte.

Der Apotheker vereinte das wirre Rufen und Trampeln der Menge zum Applaus. Nachdem dieser verstummt war, nahm Kyösti Kallio den Seidenzylinder vom Kopf und schlug mit hoher Stimme vor, die Nationalhymne zu singen.

Als alle Gäste fort waren und die Arbeiter die provisorischen Aufbauten für das Fest entfernten, wunderte man sich, wohin Opa verschwunden war.

Loikkanen fand ihn in der Turbinenhalle zwischen den brummenden Generatoren und nahm ihn in den Arm. Der junge Mann lag nämlich verkrümmt auf dem Boden, biss sich auf die Faust und hielt nur mit Mühe das laute Heulen zurück. Rotz und Tränen waren ihm über das Gesicht und den Kragen seines Festanzuges gelaufen.

Die Fässer mit Lampenöl verschwanden vom Hof des Genossenschaftsladens und die Kannen mit den langen Tüllen aus den Fluren der Häuser. Der süßliche Ölgeruch verflog über den Küchentischen, wo ihn die Lampe mit perlenden Tropfen zuvor verbreitet hatte wie Bazillen die Schwindsucht. Bald scheute man sich nicht mehr vor dem elektrischen Licht, obwohl sein Verursacher ebenso unsichtbar blieb wie die Kleinstlebewesen, von denen die Krankenschwester behauptete, sie seien die Ursache für Tuberkulose.

Anfang des Herbstes konnte es noch passieren, dass man von der Tür aus einige Schritte auf die Lampe über dem Tisch in der dunklen Stube zu machte und sich erst mitten im Raum daran erinnerte, dass die Lampe ihr Licht ja gar nicht durch Petroleum, sondern durch Strom bekam. Aber nach und nach lernte die Hand automatisch in der Höhe der Türklinke nach dem Schalter an der Wand zu tasten, ohne dass man zuvor eigens daran denken musste.

Opa hatte aus Deutschland die neuesten Installationsartikel der Firma Siemens kommen lassen. Die wurden nun zum Selbstkostenpreis an alle Haushalte verkauft, die einen Elektrizitätsvertrag abgeschlossen hatten. Die größte Neuheit darunter war der Lichtknopf, ein Wandschalter, der es ermöglichte, die Lampe durch bloßen Druck und aus größerer Entfernung zum Brennen zu bringen, anstatt wie bislang an der Schnur, die direkt an der Lampe befestigt war, zu ziehen.

Besonders den besseren Herrschaften gefiel dieses Detail, denn damit konnte man bei Besuchern aus der Stadt eine Mischung aus Neid und Verblüffung auslösen. Zumal diese stets bemüht waren, sich blasiert und allwissend zu geben, während die Leute auf dem Land noch ganz aufgeregt waren über ihren gerade erst ins Haus gelegten Strom.

Loikkanen ging von Haus zu Haus und nahm die Installationen mit zwei Männern vor, die er dafür ausgebildet hatte. Die Elektrizitätsgesellschaft versuchte die Leute davon zu überzeugen, dass es sinnvoll sei, auch in die Schlafkammern Leitungen legen zu lassen und in den großen Stuben zwei Lampen anzubringen.

Doch in den meisten Häusern begnügte man sich mit einer 25-Watt-Lampe über dem Küchentisch. Nur in wenigen größeren Häusern wurde eine Leitung in den Viehstall gezogen, ging man bei der Arbeitsbeleuchtung vom Zeitalter der Öllampen und Kienspäne zur Elektrizität über. Das bereitete dem Opa Sorgen.

Denn er hatte gerade darauf gesetzt, dass die Bauernhöfe sich die Elektrifizierung voll zunutze machen würden. Er konnte nicht begreifen, wie Bauern und Bäuerinnen sich damit begnügen konnten, in finsteren Ställen zu hantieren und durch die provisorischen Funzeln ihre Heuvorräte ständiger Brandgefahr auszusetzen.

Die Zahl der Lichtpunkte war von großer Bedeutung, denn die Kalkulation der Elektrizitätsgesellschaft basierte darauf. Die Verbraucher bezahlten halbjährlich entsprechend der Anzahl der Lampen. Darum waren die Bauern nicht bereit, mehr Lampen installieren zu lassen, obwohl der Opa vor ihren Augen Rechnungen auf Papier anstellte und ihnen nachwies, wie richtige Beleuchtung die Effizienz der Arbeit erhöhen und das Hygieneniveau im Stall verbessern würde, was sich dann direkt in der Molkereiabrechnung niederschlagen würde.

Loikkanen gegenüber sagte Opa, in Zukunft werde der Strom vielerlei Maschinen antreiben, auch in den Haushalten, und für deren Anschluss werde man ganz eigene Vorrichtungen verwenden, die man Steckdosen nenne. Darum müsse man sich darauf einstellen, zur Berechnung mittels Kilowattstundenzähler überzugehen.

Aber nicht einmal Loikkanen glaubte, dass man in normalen Haushalten irgendwann elektrische Apparate benutzen würde. Darum seien solche teuren Zähler auch nicht nötig.

Produktionsbetriebe seien etwas anderes, zum Beispiel seine Säge oder die Futtermühlen, Dreschmaschinen und andere Klapperkästen auf den größeren Höfen.

Opa machte sich allmählich ernsthaft Sorgen. Er hatte sich den Triumphzug der Elektrizität ganz anders vorgestellt. Die Menschen gaben sich mit einer mickrigen Lampe zufrieden, während Zins und Tilgung der Kredite, die von der Elektrizitätsgesellschaft aufgenommen worden waren, in jedem Haus drei, vier Lampen und in den Ställen noch mehr erfordert hätten.

Das Leben der Elektrizitätsgesellschaft hing von der Elektrifizierung der Bauernhöfe und Privathaushalte ab, denn wo sollte in den kleinen Dörfern plötzlich das Gewerbe herkommen, dem man Strom in größeren Mengen hätte verkaufen können?

Opa meinte, die Bauern müssten schleunigst auf die Idee kommen, Dreschmaschinen und Elevatoren zu kaufen, um damit die landwirtschaftliche Produktion auf ganz neue Art in Fahrt zu bringen und um das teure Heer von Mägden und Knechten loszuwerden. In Amerika gäbe es sogar Melkmaschinen!

Als Loikkanen sich erkundigte, wo dann die Mägde und Knechte hin sollten, herrschte der Opa seinen Glaubensbruder an, er müsse sein Sägewerk eben so erweitern, dass Mägde und Knechte Arbeit fänden. Noch wichtiger sei es, die Menschen dazu zu bringen, an sich und die anderen zu glauben, damit sie selbst Sägewerke und andere Produktionsstätten gründeten.

Den Privathaushalten wiederum müsse man begreiflich machen, dass man nicht nur über dem Küchentisch Licht brauchte. Auch das Zuhause sei eine Produktionsstätte: Dort nämlich würde eine neue Menschengeneration herangezogen und ausgebildet! Die Schüler müssten gut sehen können, um ihre Hausaufgaben zu erledigen. Auch das Essen und die anderen Arbeiten im Haushalt müssten bei anständiger Beleuchtung gemacht werden; außerdem sollten die Haushalte Apparate in Gebrauch nehmen, die die Arbeit erleichterten. Man müsse den Menschen erklären, dass der Strompreis um ein Vielfaches fallen würde, wenn die gesamte Leistung des Kraftwerks verkauft werden könne. Indem man den Energieverbrauch erhöhe, erhöhe man auch die Produktion. Eine Steigerung der Produktion bedeute ein höheres Einkommen, aber die Ausgaben würden geringer, denn der Energiepreis verbillige sich mit dem Anstieg des Verbrauchs.

Man müsse die Bauern, die sich über Jahrhunderte hinweg Sparsamkeit und Geiz angeeignet hatten, dazu bringen, zu begreifen, dass sie mehr verbrauchen müssten, um mehr zu bekommen, dass aber dieses Mehr weniger koste als früher das Wenige. Und so wurde Opa zum Wanderprediger.

Immer wenn ein neues Dorf ans Netz angeschlossen wurde, feierte man zu Ehren des Stroms ein Fest des Lichts. Das heißt, eigentlich wurde das Fest zu Ehren Gottes ausgerichtet, denn Opa lehrte die Menschen, der Strom sei ein Geschenk Gottes.

Opa und Loikkanen machten aus den Festen des Lichts in den Dörfern geistliche Veranstaltungen, bei denen Buße gepredigt und die Menschen vom Bösen erlöst wurden. Opa drehte mitunter per Schalter das Licht in einem Dorf an und rief aus, so plötzlich sei es möglich, alle Sünden vergeben zu bekommen.

Die Menschen erfuhren, dass es auch eine andere Form der christlichen Erweckung gab als den düsteren, tief schürfenden Pietismus. Sie hörten von einem Pfarrer, der weit weg in Lappland wirkte, den man die Posaune des Nordens nenne und der diese frohe Botschaft ins Leben gerufen habe.

In einem Haus war nach der Elektrifizierung ein Pferd auf unerklärliche Weise gestorben. Man rief Opa herbei, aber es hatte sich dort auch eine Schar schadenfroher Pietisten versammelt.

Der plötzliche Tod des großen und starken Tieres ohne sichtbaren Grund konnte nur das Werk der Mächte der Finsternis sein. Dies war die allgemeine Auffassung, nicht nur unter den Frommen. Und wer sonst als der Strom hätte diese Mächte in die Gegend locken sollen? Opa traf auf dem Hof ein und fand bald einen Erdschluss, der den Tod des Tieres verursacht hatte. Er versprach als Erstes, die Gesellschaft werde dem Bauern das am Stromschlag gestorbene Pferd ersetzen, erwähnte aber nicht sofort, dass der Tod vom unsachgemäßen Umgang der Hausbewohner mit dem Strom herrührte.

Es herrschte eine misstrauische, verbitterte Stimmung, aber der Opa verwandelte die Situation geschickt in eine Gelegenheit zur Strompropaganda. Der Tod des Pferdes sei ein gutes Beispiel für die ungeheure Kraft des Stroms, die man zum Nutzen des Menschen einsetzen müsse, aber auf sichere Weise. Er hielt eine kurze, leicht verständliche Lehrstunde über den Umgang mit Elektrizität.

Denjenigen, die von den Mächten des Bösen sprachen, erklärte er, die Elektrizität sei ein Naturphänomen wie das Feuer oder die Schwerkraft. Gott habe den Menschen zum Herren über die Schöpfung gemacht, damit er die Kräfte der Natur in Gebrauch nehme.

Wer seine Stube mit Birkenscheiten heize, bediene sich

des Feuers, und wer mit dem Vorschlaghammer den Zaunpfahl in die Erde schlüge, nutze die Schwerkraft. Niemand baue einen Ofen ab, nur weil Feuer ausbrechen könne, und niemand verzichte auf den Gebrauch des Hammers, weil er sich damit auf den Finger schlagen könne.

Den Strom habe es auf der Welt seit deren Erschaffung gegeben, aber erst jetzt beginne man damit, ihn zum Besten des Menschen einzusetzen, und all dies sei Gott gefällig, denn es unterstütze die Bemühungen des Menschen, das Gebot zu erfüllen: «Seid fruchtbar und mehret euch und füllet die Erde!»

Lars Levi Laestadius sei nicht nur Pfarrer, sondern auch Naturwissenschaftler gewesen. Darum seien diejenigen, die nach seinen Lehren lebten, positiv eingestellt gegenüber den Naturkräften und der Technik, mit der man sie nutze. Opa kam immer mehr in Fahrt, aber die Schwarzkittel blickten weiterhin misstrauisch.

«Was nützt der ganze Strom, wo der Gaul jetzt ein Kadaver ist?»

«Das ist aber nicht das rechte Christentum.»

«Nicht mal das Blut hat man rechtzeitig ablassen können!»

«Das Fleisch ist verdorben. Das ist die Strafe Gottes!»

Jetzt war der Opa voller Eifer. Die Menschen drehten die Köpfe zwischen ihm und den Pietisten hin und her wie eine Katze, die eine auf der Fensterbank umherhüpfende Meise beobachtet.

Gott tötet keine Pferde! Was ist das für ein Christentum, wenn man aus dem himmlischen Vater einen Pferdemörder macht? Fehlt bloß, dass man ihn einen Pferdedieb nennt! Die Pietisten erbleichten vor Entsetzen und wussten nichts mehr zu sagen. Im Publikum wurde vereinzelt gelacht, aber die meisten hielten die Worte des Opas wohl für eine schlimme Lästerung.

Glaubten die Pietisten, dass Gott existiere, um die Menschen für jede einzelne Kleinigkeit zu bestrafen? Der Himmel war kein Gerichtssaal, wo die ganze Zeit Beschwerden vorgetragen würden und wo man auf Entscheidungen warte, um zu wissen, wie man zu leben habe. War Gott denn ein alter Richter oder Hofgerichtsrat?

«Wenn du jetzt auf die Knie fällst und bereust, Freundchen, vergibt dir Gott vielleicht gerade noch!»

«Ich bitte Gott nicht um Vergebung. Ich bitte die Menschen, gegen die ich gesündigt habe, um Vergebung.» Opa kniete sich auf die Erde, und Loikkanen legte ihm die Hand auf den Kopf.

«Im Namen und im teuren Sühneblut Jesu Christi seien dir alle Sünden vergeben!»

«Will dieser lasterhafte Kerl da nicht Gott um Vergebung bitten?»

«Die Gnade Gottes, liebe Brüder und Schwestern, schwebt immerfort über uns, auch ohne ausdrückliches Bitten.»

Opa stand auf und schlug sich mit seiner Mütze gegen die Knie.

«Einander müssen wir um Verzeihung bitten. Der Vater im Himmel hat uns allen die Macht gegeben, uns gegenseitig von den Sünden zu befreien. Wir alle, werte Brüder, tragen in der Tasche den Schlüssel für das Himmelreich!»

Opas Sündenvergebung vor dem Pferdekadaver blieb vielen im Gedächtnis, und immer öfter kamen Leute zu ihm, um mit ihm auf den Baustellen der Überlandleitung und an den Kaffeetischen der Lichterfeste unter vier Augen zu sprechen.

Diese Feste verwandelten sich mittlerweile regelmäßig in Andachten, bei denen Opa die Männer des Dorfes ermunterte, sich gegenseitig zu verzeihen, und abschließend vergab er der gesamten Gemeinde sämtliche Sünden. Es kam zu beeindruckenden Szenen, wenn der Heilige Geist der Vergebung und der Liebe unter den Leuten umging und ehemalige Widersacher sich weinend umarmten.

Manche Frauen konnten sich nicht beherrschen und brachen in grelle Schreie der Freude und der Rührung aus. Es kam sogar so weit, dass sich Menschen nach der Vergebung der Sünden umarmten und dabei auf den Boden fielen, wo sie ungebremst ins Rollen kamen, weil sie sich weiterhin fest umklammert hielten.

Nach solchen Szenen standen die Bauern und Bäuerinnen vom Bretterboden auf und guckten sich verstohlen um. Die Frauen richteten ihre Röcke gerade, und die Männer klopften sich den Staub von den Hosen. Man suchte sich einen Sitzplatz, räusperte sich und stellte die umgekippten Stühle wieder auf.

Dann konnte es passieren, dass Opa oder Loikkanen anfingen zu lachen und die Leute aufforderten, ganz zwanglos zu sein. Gerade habe man all seine Sünden vergeben bekommen, darüber solle man Freude empfinden! Wenn einen die Freude veranlasse, Laute auszustoßen oder dem Nachbarn um den Hals zu fallen, dann sei das keine Sünde, sondern etwas, woran Gott Gefallen habe. Der Vater im Himmel wolle, dass seine Kinder frei von Sünden seien, damit sie besser lebten und mehr Erfolg auf Erden hätten.

Von der Schuld könne den Menschen nur ein anderer

Mensch befreien, das sei nicht Gottes Sache. Schließlich sündigten die Menschen auch gegeneinander. Gott könne der Mensch ebenso wenig Böses tun wie einem Felsen. Etwas anderes zu glauben sei nichts als Größenwahn.

Beim Lichtfest in einem Dorf gingen die Lichter kurz nach dem Entzünden wieder aus. Die Pietisten stimmten einen schleppenden Choral an, dessen monotoner Rhythmus nur von den seltsamen Winsellauten unterbrochen wurde, die Opa so sehr verabscheute.

Ein älterer pietistischer Bauer erhob sich und rief, der Opa und Loikkanen hätten sich den Menschen zum Gott gemacht. Dieser Gott, der so groß sei wie die Tür eines Getreidespeichers, ziehe nun im Gleichschritt mit dem Strom über die Dörfer und teile Gnade und Vergebung aus. Gott aber erlaube dem Menschen nicht, auf seinem Thron zu sitzen, und habe darum das elektrische Licht in dieser Stube mit einem Schlag gelöscht.

Opa lachte. Offenbar hätten die Pietisten mehrere Götter. Neben dem menschengroßen Gott, den der Hausherr genannt habe, gebe es noch mindestens einen zweiten, der mit einem Schlag das Licht gelöscht habe. Der Name dieses Gottes sei Kurzschluss.

Der Pietist forderte Opa auf, keinen Ulk zu treiben. Neben dem Herrn im Himmel seien Opa und Loikkanen lediglich Götter von drei Ellen. Es sei leicht, den Menschen mit strahlenden Lampen und der Helligkeit des Lichts zu blenden, so wie es im zweiten Buch Mose berichtet werde. Auch die Kinder Israels seien um das Goldene Kalb getanzt. Neben dem himmlischen Licht sei Opas Strom jedoch nichts als ein Irrlicht, das genau dann erlösche, wenn die Not am größten sei und man das Licht am meisten brauche.

Die Zeit des Menschen flöge dahin wie ein Weberschiffchen. Das Alter des Menschen sei nur ein Atemhauch in der Zeitrechnung Gottes. Auch ein großer Mann messe nicht mehr als einen Klafter, und sein Herz sei nicht größer als seine eigene Faust. Ein jeder sei vom Weibe geboren, sterbe und verwandele sich in Erde, in jene Erde, aus der Gott den Adam geformt habe.

Sein Leben lang müsse der Mensch zur Tür hinein und hinaus gehen. Allein der Geist Gottes gelange durch Wände. Die Türen würden nach dem Maß des Menschen gemacht, und das letzte Maß des Menschen sei die Strecke vom Fußende zum Kopfende des Sargs sowie die Länge des Grabes: zwei Meter, nicht mehr. Der Mensch sei aus der Erde gekommen und müsse wieder zu Erde werden, nachdem der Kirchendiener mit zwei Schritten die Parzelle auf dem Friedhof ausgemessen habe und zu graben beginne.

Der Pietist hatte den Daumen als Lesezeichen in die Bibel gesteckt. Er kniete sich vor dem Kohlenfeuer des Herdes nieder und las im Schein der Glut: «Der Mensch, vom Weibe geboren, lebt kurze Zeit und ist voll Unruhe, geht auf wie eine Blume und fällt ab, flieht wie ein Schatten und bleibt nicht. Stirbt aber ein Mann, so ist er dahin; kommt ein Mensch um – wo ist er? Wie Wasser ausläuft aus dem See, und wie ein Strom versiegt und vertrocknet, so ist ein Mensch, wenn er sich niederlegt.»

Der Pietist steckte den Daumen wieder zwischen die Seiten und drohte dem Opa mit der Bibel. Die ewiglichste der Schöpfungen Gottes sei die Erde. Sie habe Bestand, wandle sich immerfort, habe aber Bestand. Alles, was existiere, zerfalle zu Staub. So werde es am Ende auch dem Kraftwerk ergehen und dem Granit des Staudamms. Alles, was Opa und Loikkanen zeit ihres Lebens anfingen, werde zu Erde. Die Erde verschlinge auch den tätigsten Mann und all seine Errungenschaften. Sie seien nichts als Moder und Mulch.

Im Schein von Opas Taschenlampe hatte man in der Stube inzwischen Kerzen und eine Öllampe entzündet. Opa erinnerte daran, dass auch Christus vom Weibe geboren sei und nur kurze Zeit auf Erden gelebt habe. Er forderte den pietistischen Hausherrn auf, sich der Worte des Glaubensbekenntnisses zu entsinnen. Der Heilige Geist komme nicht nur vom Vater, sondern auch vom Sohn, Jesus Christus, der ein Mensch gewesen sei. Falls es Götter von der Größe einer Tür gäbe, so sei Jesus der erste unter ihnen.

Als Opa an dem Hausherrn vorbeischritt, schnupperte er und rief, dieser Mann hier sähe Gott doppelt, denn er sei betrunken.

Die Leute folgten dem Opa die Stromleitung entlang, und schon von weitem sah man die Stelle des Durchschlags, denn der Kurzschluss hatte den Mast, der auf einem Felsen errichtet worden war, in Flammen gesetzt. Der mit Bitumenteer imprägnierte Mast brannte fröhlich knisternd vor sich hin, und Opa sprach zu den Menschen, wobei er auch die Frage stellte, was den Pietisten wohl zu dem Umstand einfalle, dass der mit Querbalken versehene Strommast an ein brennendes Kreuz erinnere.

X

Der Kaufmann hatte es allmählich eilig, mit seinen Würsten zur Versammlung zu kommen. Zweimal hatte er über Handy seine Frau angerufen, und die hatte lamentiert, es seien fast nur noch Prinzen-Bockwürstchen übrig, und die kleinen Dinger zu grillen und in Papier zu wickeln sei harte Arbeit.

Wir saßen im Wohnmobil und warteten darauf, dass Opa aufwachte, weil wir das Gefühl hatten, den alten Mann nicht allein bei der Mühle lassen zu können. Das heißt, das war der Grund, den ich vorschob. Schließlich hatte auch Johannes seinen Großvater schlafend im Wohnmobil zurückgelassen, um sich von seiner Schleifsteinwerkstatt wer weiß wohin auf den Weg zu machen. Ich wollte den Opa zum Versammlungsort mitnehmen, um ihn nebenbei unbemerkt zu interviewen und die Reaktionen des alten Predigers zu beobachten.

Der neugierige Supermarktbesitzer interessierte sich sehr für die Lebensgeschichte des Alten. Er hatte mir gern zugehört. Wir kochten Kaffee mit der Maschine, die Akseli Leinonen erfunden hatte. Der Kaufmann behauptete, sie laufe mit der Autobatterie. Angeblich erhitzt sie immer nur eine kleine Menge Wasser auf einmal und braucht deshalb nicht viel Energie.

Der Kaufmann wollte wissen, wie es Opa Leinonen letztlich mit seinem Kraftwerk ergangen sei und was er später in seinem Leben angefangen habe. Ich erzählte ihm, der Opa sei so lange Betriebsleiter des Kraftwerks geblieben, bis dessen

Betrieb etabliert und gesichert gewesen sei, und dann sei Opa seiner Berufung gefolgt.

Ich wollte wissen, was für eine Berufung der Opa gehabt habe, und Leila sagte, den Bau von Elektrizitätswerken und die Verbreitung des Wortes Gottes. Angeblich ist er sein Leben lang wie ein Zigeuner durch Finnland gezogen und hat Kraftwerke gebaut und gepredigt.

Anfang der 30er Jahre plädierte er für den Ausbau der großen Flüsse Kemijoki und Oulujoki, aber die Herren im Vorstand des Energielieferanten «Imatran Voima» und in der Industrieverwaltung hielten ihn für verrückt. Allerdings war er auch als Experte in Sachen Wasserbau geschätzt. Er leitete als Berater der lokalen Verteilerfirmen den Bau und die Inbetriebnahme vieler kleinerer Kraftwerke in Mittelfinnland und Karelien.

Die größeren Pläne ließen dem Opa aber trotzdem keine Ruhe. Er verfolgte die hohen Herren mit seinem Oulujoki-Projekt, und nachdem er dabei mit dem Kopf gegen die Wand gerannt war, verlangte er, wenigstens am Puntarinkoski in der Nähe von Joensuu ein Kraftwerk bauen zu dürfen. Als auch dieses Vorhaben für überdimensioniert gehalten wurde, packte ihn der Zorn, und er ging nach Schweden.

In Schweden war die Wirtschaft insofern weiter entwickelt, als man dort schon vor dem Krieg angefangen hatte, die Flüsse in Västerbotten und Norrbotten auszubauen. Fast ein Jahrzehnt lang war der Opa auf schwedischen und norwegischen Kraftwerksbaustellen unterwegs und zog als Prediger durch die nordskandinavischen Laestadianer-Regionen. Ich wollte wissen, ob Opa Leinonen dann nach dem Krieg dabei gewesen wäre, als man schließlich anfing, den

Oulujoki auszubauen. Da rief er plötzlich von der Wohnmobilcouch aus, das Ganze wäre von Anfang an Schwachsinn gewesen.

Er setzte sich flink auf und fing an zu erzählen, als wäre er von Anfang an bei dem Gespräch dabei gewesen. Auf die Rückseite des Schaltplans für den Windgenerator zeichnete er eine schiefe Linie und erklärte, das wäre jetzt das Tal, durch das der Oulujoki fließe. Leila musste sich das Lachen verkneifen. Sie biss sich auf die Lippen und stierte aus dem Fenster auf die kleinen Vögel in den Erlen.

Der Opa erklärte, die Idee der Wasserkraft bestehe darin, dass ihre Leistung auf Anhieb und günstig regulierbar sei. Wenn die Belastung im Netz nachlässt, kann man die Wasserzufuhr im Kraftwerk entsprechend reduzieren, dozierte er. Wächst die Auslastung, kann man auch sofort die Leistung wieder steigern. Nichts geht verloren!

Opa drückte zufrieden die Hände zusammen, als wäre dazwischen ein Stoff, den er gesammelt und klein gepresst hätte, wie zum Beispiel ein großes Stück poriger Schaumgummi.

Damit die Wasserkraft als Regelenergie funktioniert, muss man ein System bauen, das das gesamte Gewässer umfasst, fuhr er fort. Er klopfte mit dem Filzstift auf die Linie, die er quer über das Blatt gezogen hatte. Das gesamte Flusstal muss von oben bis unten beherrscht werden.

Da hilft es nichts, den Pyhäkoski auszubauen. Opas Filzstift stocherte blaue Punkte unter die Linie, wo Oulu stand. Bis hinauf müsse man eine Kette von Kraftwerken haben und oben ein Regulierungsbecken, das groß genug sei. Im Fall Oulujoki habe schon ein Riesensee bereit gelegen: der Oulujärvi.

Leila fragte, ob der Oulujoki dann komplett ausgebaut worden wäre. Zu spät, winkte der Opa ab. Wer seid ihr, wollte er plötzlich wissen. Leila sagte, das hier ist Kaufmann Loikkanen. Der Opa fing an, von der Hure von Babylon zu sprechen und vom Leviathan, den er auf dem Weg hierher an der Landstraße hätte stehen sehen.

Beim Reden schaute er sich verstohlen um. Ich wunderte mich darüber und gab das Leila per Gesichtsausdruck zu verstehen, aber sie zuckte bloß mit den Schultern und ließ den Zeigefinger an der Schläfe kreisen. Sie schlug dem Opa vor, zur Versammlung zu gehen, und Opa fragte prompt, ob sie nicht genau deswegen hierher gekommen wären.

Er stand auf und machte ein verschlagenes Gesicht. Das Regulierungsbecken ist bis zum Rand voll, sagte er und klopfte sich an den Kopf. Aber in der Flussmündung bringt man das Wasser nicht zum Laufen. Er verschwand nach draußen. Leila brach in Gelächter aus, aber ich muss sagen, dass ich nicht gleich kapiert habe, wohin er ging. Als er am Fenster vorbeikam, guckte er mich an und ließ den Finger an der Schläfe kreisen.

Ich äußerte laut mein Erstaunen über die Lebensgeschichte des Opas. Leila fragte mich irgendwie wütend, ob ich mich für nichts anderes interessiere als für Kraftwerke und Glaubensangelegenheiten. Ich fragte zurück, wofür sonst. Leila meinte, ich wäre ein typischer Mann. Da kam der Opa wieder um die Ecke, und ich sagte, jetzt müsse ich aber die neue Ware zur Versammlung bringen.

Wir machten uns auf den Weg zum Versammlungsplatz. Der Kaufmann erklärte, wir müssten beim Supermarkt vorbeifahren und Lebensmittel für den Verkauf holen. Er überlegte, ob es möglich wäre, den Strom zu nutzen, der von den Veranstaltern gelegt worden war. Er dachte daran, zwei leistungsstarke Mikrowellenherde und einen Elektroherd mit zwei Platten mitzunehmen.

Ich wunderte mich, dass er mich so etwas fragte. Allerdings vermutete ich, dass er von den Laestadianern keinen Strom bekommen würde, auch nicht gegen Geld. Lauri Halme tolerierte vielleicht gerade noch einen Würstchenstand auf der Versammlung, aber er würde bestimmt keine Stromleitung zu dem Imbiss legen.

Opa schien über das, worüber wir sprachen, nachzudenken. Man solle lieber überlegen, wie man die Energie verwende und wofür, und nicht, wo man noch mehr Strom herbekommen könne, sagte er. Den Oulujoki hätte er vor dem Krieg ausgebaut, in den Mangeljahren, als viel billige Arbeitskraft verfügbar gewesen sei. In der Zeit des Wiederaufbaus hätten die Werke am Oulujoki dann als Basisenergie und später als Regelenergie dienen können.

Jetzt hätten die Kraftwerke am Oulujoki bereits das Ende ihrer wirtschaftlichen Betriebszeit erreicht; sie hätten sich amortisiert, und man könne den Fluss in seinen ursprünglichen Naturzustand zurückversetzen. Es sei ja schon in den 30er Jahren zu sehen gewesen, dass man die Basisenergie auch produzieren könne, ohne die Flüsse auszubauen. Der Kaufmann fluchte im Dunkeln vor sich hin. Er suchte nach einer Verlängerungsschnur.

Opa wunderte sich in dem dunklen Supermarkt, wo wir uns eigentlich befänden, und er war beleidigt, als ich sagte, wir befänden uns in einem Laden. Er fragte, ob ich ihn für meschugge halte, weil ich ihn nicht ernst nähme, wie die Jungen die alten Leute oftmals. Seiner Meinung nach müsse es in einem Laden eine Theke geben und einen Verkäufer und eine Waage und außerdem Licht.

Er schaute zu, wie der Kaufmann Fleischprodukte und Fertiggerichte in Styroporbehälter lud, und fragte, ob Levi zum Stehlen hierher gekommen sei. Ich lachte. Das sei nicht der Levi, sondern der Loikkanen, der Kaufmann dieses Kirchdorfs. Das machte ihn nachdenklich.

Verstohlen blickte Opa zu dem Kaufmann, der sein Auto belud, und flüsterte mir zu, jetzt, als alter Mann, denke er anders als in jungen Jahren, auch über Loikkanen und dessen Glaubenslehre. Gott habe die Gabe des Verzeihens nicht verliehen, damit man den Schleifstein leichteren Sinnes drehen könne. Es gebe im Leben mehr als Sägewerke und Mühlen.

Er beugte sich nah zu mir heran und sagte, sein Vater habe heimlich Bilder gemalt, aber seine Mutter habe die zusammengerollten Leinwände in der Kammer unter der Treppe gefunden und sie mit dem Schustermesser in kleine Stücke geschnitten. Der Vater habe nichts gesagt, aber er habe es ihr auch nicht verziehen. Er wäre auf jeden Fall fortgegangen, auch wenn der Levi nicht das Geld mitgenommen hätte.

Ich fragte den Opa, warum er das glaube, obwohl ich nicht verstand, wovon er sprach. Wahrscheinlich redete er von seiner Kindheit. Er sagte, sein Vater sei ein braver Mann gewesen und seine Mutter so hartherzig, dass der Vater sich mit dem Zirkus aus dem Staub gemacht habe. Das habe er erst später begriffen. Im Alter erinnere man sich gut an die Dinge von einst und könne sie auch verstehen, weil man außer einem guten Gedächtnis auch den Verstand eines erwachsenen Menschen im Kopf habe.

Er sei damals erst fünf gewesen, erinnere sich aber noch heute, wie die Mutter über das windige Hirn des Vaters gezetert habe, das nichts zu Stande brächte als ins Wasser gezeichnete Pläne. Sie habe den Vater einen Leerlauftreter geschimpft. Den Levi habe sie als Windbeutel und die Schleifsteinwerkstatt als Windmühle bezeichnet. Der Kaufmann rief, er nehme nun doch keinen Mikrowellenherd mit. Die Mutter wäre nie allein mit den drei Kindern und den Schulden des Vaters im Nacken zurechtgekommen, wäre sie nicht von Natur aus so hart gewesen wie Stein. Aber so etwas verstehe man als Kind nicht. Opa sagte, er habe sein Leben lang darüber getrauert, dass er dies seinem Vater nicht habe sagen können. Er sah aus, als würde er jeden Moment anfangen zu weinen.

Ich sah ihm in die Augen und nickte, als hätte ich begriffen, wovon er sprach. Der Kaufmann trug ein emailliertes, gerippeartiges Gerät zum Auto und erklärte, er nehme den Gaskocher mit und probiere, ob man die Hackfleischspieße im Wasserbad dämpfen könne. Wir setzten uns in den Lieferwagen des Kaufmanns und fuhren zum Versammlungsort. In der Senke am Rand des zentralen Platzes hatte sich Wasser gesammelt, und der Kaufmann musste mit Schwung durch die Riesenpfütze fahren. Der Bagger hatte mehrere Gruben ausgehoben, und die Männer spannten rotgelbe Plastikbänder um die schlammigen Löcher.

Aus den Lautsprechern kam ein Lied, das nicht zu verstehen war; anschließend wurde durchgesagt, man solle auf dem Versammlungsgelände überflüssige Fahrten mit dem Auto vermeiden. Neben der Traglufthalle stand eine Reihe Plastikklos, die von der Finland Festivals GmbH gemietet waren. Eines der Häuschen trug auf der Tür einen Aufkleber, auf dem stand: «Leningrad Cowboys meet Moses.»

Vor den Toiletten standen die Leute Schlange, und durch

die Drehtür der Traglufthalle bewegte sich ein anhaltender Menschenstrom hinaus und hinein. An den Griffen der Drehtür hingen kleine Jungen, die sich so eine kostenlose Karussellfahrt verschafften, wie Chaplin, dem es nie gelungen war, durch eine solche Tür in ein Haus zu gelangen.

Opa sah zu, wie der Kaufmann den Gasherd auf einen Tisch aus leeren Milchkästen stellte. Die Gläubigen aßen Würste. Ein kleines Mädchen warf das Papier auf die Erde und wurde sofort gerügt. Es rannte zu einem Bottich mit Deckel, auf dem MOLOK stand. Opa fragte, ob der Levi auf diesen Markt hier gekommen sei, um Schleifsteine zu verkaufen.

Der Opa deutete mit dem Finger auf mich und fragte die Leila irgendwas. Meine Alte platzte schier vor Neugier. Was sagt er? Ich hörte nicht, was der alte Kerl von sich gab, aber ich hörte, wie Leila ihm erzählte, dass ich der Kaufmann Loikkanen sei und hier Wurst verkaufe, und das hier sei kein Markt, sondern eine Sommerversammlung. Dann hörte ich den Opa erklären, er wäre früher schon bei Loikkanens Versammlungen gewesen.

Bei Loikkanens Zusammenkünften waren angeblich mal Dachschindeln für das Sägewerk gemacht und mal das Bett für eine neue Gattersäge gegossen worden. Loikkanen hätte immer das Wort Gottes und die weltliche Arbeit zu verbinden gewusst. Martha und Maria in einer Haut. Meine Alte wollte wissen, wovon er redete. Von irgendeiner Marja, sagte ich.

Die Alte schnaubte. Sie hielt den alten Kerl wahrscheinlich für schamlos. Ich sagte, er würde an sich ganz vernünftiges Zeug reden, außer dass wir jetzt keine Schindeln hobelten, sondern lediglich Grillartikel verkauften. Aber das Wort

Gottes überlassen wir gern denen da, solange sie nicht nur deshalb den Mund aufmachen, sondern auch willens sind, eine Bratwurst hineinzuschieben, fügte ich hinzu.

Der Opa ging ein Stück weiter und guckte sich die Löcher an, die der Bagger gegraben hatte. Er maß sie per Schrittlänge aus und peilte mit zusammengekniffenem Auge und Daumen, ob die Löcher auf einer Linie lagen. Leila meinte, man solle den Opa nicht immer ganz ernst nehmen. Er lebe gleichzeitig in mehreren Jahrzehnten und bringe manchmal die Menschen in seinem Kopf durcheinander. Er würde unter Umständen über einen längst toten Mann so reden, als wäre er hier oder als könnte er jeden Moment auftauchen.

Meine Alte lächelte süßlich, obwohl man ihr ansah, dass sie noch beleidigt war. Leila sagte, sie gehe jetzt mit dem Opa ins Tonstudio, weil da sicher auch der Johannes Leinonen sei, und sie wolle sich von Panu frische Akkus für ihr Aufnahmegerät geben lassen.

Ich fragte sie, wer Panu sei, und Leila erzählte, das wäre der Tonmann, der für die Tontechnik der Versammlung zuständig wäre und den Radiosender betreibe. Ach der Rocker, der dir hinterher läuft, lachte ich. Leila zwinkerte mir zu.

Opa kam wieder zu uns und teilte mit, hier würde ein Haus gebaut, weil Sohlengruben ausgehoben worden seien. Er machte sich Gedanken wegen der Bodenbeschaffenheit. Angeblich war es schlecht, auf Lehmboden ein Haus zu bauen. Dann gingen sie zu dem Studio, das auf Räder gebaut war.

XI

Wir gingen zum Studio von Roadsound und erfuhren, dass Johannes sich auf den Weg zur Mühle gemacht hatte, um Opa und das Wohnmobil zum Versammlungsplatz zu holen. Opa fragte, ob das hier der Kontrollraum sei. Sozusagen, antwortete Panu. Er fing an, Opa die Studiogeräte zu zeigen. Ich bat um aufgeladene Akkus, und Panu gab mir welche.

Ich wunderte mich, wie Johannes zur Mühle kommen wollte. Panu sagte, Johannes habe das Fahrrad aus dem Kofferraum des Roadsound-Geländewagens genommen. Er habe vor, den Opa mit dem Wohnmobil zur Versammlung zu bringen und bei der Gelegenheit ein paar Dinge zu erledigen. Opa fragte, wann wir zu der Versammlung gingen, von der die ganze Zeit die Rede sei.

Panu erzählte, er habe Johannes versprochen, ihm einen Adapter zu besorgen, mit dessen Hilfe man in der Mühle fernsehen könne. Johannes habe gesagt, er könne nicht mit Geld bezahlen. Opa hielt seine Hand in segnender Haltung wie die Engel auf alten Heiligenbildern: Doch, das Fernsehen könne durchaus im Dienst des Reiches Gottes stehen.

Johannes habe Panu gebeten, mich zu fragen, wie das mit der Bezahlung zu machen sei. Panu äußerte sein Erstaunen, warum Johannes behauptet hatte, kein Geld besitzen zu dürfen. Er wollte wissen, woher ich Johannes kannte. Ich sagte, ich sei seine Kusine.

Johannes hatte ihm die Renovierungsarbeiten gezeigt, die er im Mühlenhäuschen vornahm. Der Schornstein war oben eingebrochen, und Johannes hatte vor, den gesamten Kamin abzureißen und neu zu bauen. In der Küche habe ein Kubikmeter Maurersand gelegen, daneben habe ein Betonmischer gestanden. Ich sagte, Johannes' Pläne seien mir bekannt.

Panu fragte, ob Johannes tatsächlich einen neuen Kamin mauern und mit Blech verkleiden könne. Der kann alles Mögliche, aber manchmal wäre es auch gut, wenn er mal jemanden um Hilfe bitten würde, entgegnete ich. Opa erklärte, er würde einen Schornstein schon mauern können, das sei ja nichts als eine gerade Röhre. Aber wenn man einen Feuerherd machen wolle, dann müsse man einen richtigen Maurer engagieren.

In dem Wohnhäuschen ist die Brandinspektion gemacht worden, und die Öfen sind in Ordnung. Der Kamin ist oberhalb des Daches eingefallen, sagte ich. Panu wunderte sich. Ich würde über das Mühlenhäuschen reden, als würde es mir gehören. Opa fragte Panu, ob er nicht wisse, dass er Johannes' Ehefrau vor sich habe.

Ich mein, ich hab echt angefangen mich zu fragen, was Leila für den Kerl eigentlich bedeutet. Ich bin schon ein bisschen schizomäßig drauf gekommen. Okay, okay, hab ich gedacht, ich will mich ja nicht wie ein Keil irgendwo dazwischen klemmen. Leila hat angefangen zu lachen und gemeint, dem Opa würden ab und zu mal Leute und Ereignisse durcheinander geraten.

Johannes hätte irgendwelche finanziellen Schwierigkeiten, hat sie mir erzählt, und deshalb würde sie ihm helfen. Sie wäre seine Kusine, und sie würden sich von klein auf kennen. Die ganze Sippschaft gehöre zu diesen Laestadianern. Gehörst du echt zu diesen Typen?, hab ich sie gefragt. Sie hat nur gemeint, sie wolle da was erforschen.

Du bist doch nicht etwa eifersüchtig? Sie hat mich von hinten an den Hüften gepackt. Ich weiß nicht, hab ich gesagt. Ist schon ne Sorte für sich, die Truppe hier. Allmählich hatte ich nicht übel Lust, von der Versammlung wegzukommen und zum Beispiel in den Keller von der Fledermaus zu gehen oder gemütlich im Salve zu sitzen oder in ner anderen Kneipe, Hauptsache in der Stadt! Ich mein, damit man wenigstens mal wieder normale Menschen zu Gesicht bekommt!

Der alte Opa hat mich am Rückenteil meiner Lederjacke gezupft und wissen wollen, was da drauf stehe. Don't, hab ich zu ihm gesagt. Wie redest du mit einem alten Mann?, hat sich Leila prompt aufgeregt. Nee, das steht auf meinem Rücken, hab ich ihr gesagt. Aus Nieten gemacht: DON'T.

Früher hat da mal gestanden: «Don't tell Mama!», aber dann haben sie eine Schwulenkneipe mit dem Namen aufgemacht, und ich hab einen Teil der Nieten rausreißen müssen. Dabei hat «Don't tell Mama» null mit schwul zu tun. Das ist ein Song.

Panu sah rührend aus, weil er so verwirrt war und wahrscheinlich auch ein bisschen beleidigt. Ich versuchte, ihn in bessere Stimmung zu bringen, weil ich ihn als Vergleichsperson für meine Untersuchung ausgewählt hatte und seine Kommentare zu der Versammlung aufzeichnen wollte. Außerdem war er mir eine große Hilfe, weil ich die Akkus für mein Aufnahmegerät laden musste.

Ich fragte ihn, ob er wisse, wann das große Zelt kommen solle. Er sagte, Lauri Halme sei da gewesen und habe mitgeteilt, die LKWs, die das Zelt transportierten, wären bald da. Panu oder sein Boss mussten die Lautsprecher und Mikrofone im Zelt installieren, sobald es stand. Der Boss war dieser geheimnisvolle Dave, der sich bislang noch nicht einmal gezeigt hatte.

Halme hatte behauptet, das Zelt würde innerhalb von zwei Stunden stehen. Dort solle am Sonntag der größte Gottesdienst aller Zeiten stattfinden, für die Austeilung des Abendmahls waren zwölf Pfarrer vorgesehen. Der Altar lag in Form von Fertigelementen bereit. Die sollten parallel zum Zeltaufbau zusammengesetzt werden.

In derselben Fuhre mit dem Zelt käme auch eine mobile Druckmaschine. Mit der sollte die Anthologie religiöser Gedichte gedruckt werden, die während der Versammlung zusammengestellt würde. Man wollte angeblich eines der kleineren Zelte über die Offset-Maschine stellen, weil sie nach der Ankunft des großen nicht mehr benötigt wurden. Die Friedensgemeinde hatte fünf Zweihundertmannzelte gemietet. Normalerweise wurden die als Bierzelte bei diversen Sommerfesten benutzt.

Ich hatte Lauri Halme über die Organisation interviewt und ihn gefragt, warum das große Zelt und die Druckmaschine nicht schon vor Beginn der Versammlung da wären. Er hatte erwidert, die Miete von Zelt und Maschine sei so teuer, dass sie versuchten, sie nur für die Zeit zu beanspruchen, in der sie auch gebraucht würden.

Lauri zufolge hatte man sich bei der Organisation der Versammlung nach dem JOT-Prinzip gerichtet. Die Abkürzung bedeutete Just On Time. Angeblich handelte es sich dabei um ein Prinzip der modernen Logistik, mit dem man versuchte, den Kreislauf von im Produktionsprozess benötigtem Material zu optimieren.

Lauri Halme war Ingenieur bei einem riesigen Elektrogroßhändler, und dort hatten sie es geschafft, durch zur rechten Zeit erfolgte Transporte den Lagerbedarf der Bezirksverkaufsorganisationen auf einen Bruchteil des ursprünglichen Volumens zu reduzieren. Dadurch hatten seinen Worten zufolge große Einsparungen erzielt werden können. Ich wollte wissen, ob man damit auch umfangreiche Entlassungen «erzielt» habe, und Lauri erwiderte, das sei leider der Preis der Effizienz.

Er berichtete, das Finanzmanagement des Zentralverbandes der Friedensgemeinden habe dem Organisationskomitee der Sommerversammlung ein hohes Ertragsziel gesteckt. Die größte Versammlung der Geschichte müsse mit einem kleineren Budget auskommen als im Vorjahr, obwohl sie außerhalb des Stammgebiets der Erweckungsbewegung stattfinde.

Neben der Studiotür lehnte ein Spinnangelset in einer Verpackung aus Plastik und Pappe an der Wand. Opa nahm es in Augenschein, und Panu sagte, er dürfe es gern aufmachen. Er erzählte, ein Junge sei hier gewesen und habe Campingartikel verkauft. Panu hatte gedacht, auf der weiteren Tour könnte er vielleicht ein bisschen fischen, weil fast alle Festivals am Wasser veranstaltet würden. Der Junge hatte behauptet, er arbeite für die örtliche Tankstelle. Ein Schlüsselanhängerfeuerzeug hatte sich Panu ebenfalls gekauft.

Er ging auf die Toilette, und Opa fragte mich, ob das hier Orthodoxe seien. Ich verstand nicht, wen er meinte. «Die hier, der Junge da.» Ich wunderte mich, wie er darauf kam. Opa behauptete, die hätten griechisch-katholische Heiligenbilder. Ich musste lachen.

Panu hatte Opa die Studioeinrichtung gezeigt, und ich

hatte gehört, wie Opa fragte, was das für kleine Bilder auf dem Fernseher seien. Panu hatte ihm erklärt, das sei kein Fernseher, sondern ein Computer, und die kleinen Bilder seien Icons, also quasi Ikonen für die Dateienverwaltung.

Ein Mann erschien im Studio. Er trug ein schwarzes Sakko und einen roten Schal um den Hals. Außerdem hatte er schwarze Lederhosen und Cowboystiefel an. Gott zum Gruß, sagte Opa. Der Mann warf seine schwarzen Haare über die Schulter zurück: «Gott zum Gruß!» Opa fragte den Mann, ob er Buße getan habe, und der Mann erwiderte, er habe es versucht.

Ich bin aufs Klo, und als ich zurückkomme, Scheiße, da steht Dave im Studio. Er war beim Vulkanrock abgeturnt, und ich hatte damit gerechnet, dass er nicht vor Sonntag aus dem Wohnmobil rauskommt. Er zeigt normalerweise seine Visage einen ganzen Tag lang nicht, wenn er mal wieder anfängt, sich Gedanken zu machen und zu beten.

Er hat mit dem alten Kerl gequatscht. Beide total abgedreht. Der alte Opa hat erklärt, er hätte gerade den Leviathan gesehen angeblich, irgend so ein Ungeheuer. Und Dave hatte garantiert eine Sauriernacht hinter sich, da bin ich mir absolut sicher.

Kurz danach hat mich der Opa angeplärrt, er hätte hier auf der Baustelle des Turms von Babel einen jungen Mann gefunden, der ernsthaft im Glauben stehe. Dave hat sich eine gedreht, und der Opa hat erklärt, von der Sünde des Rauchens sei er schon im Jahr zweiundsechzig losgekommen, als Kekkonen zum zweiten Mal gewählt wurde.

Die sind gut klar gekommen, die zwei. Der Opa hat erzählt, er wär schon im Jahr sechsundfünfzig Wahlmann des

Präsidenten gewesen, und es wäre gar nicht so einfach zu sagen, wo Kekkonen die Stimmen her bekommen hätte, mit der er die ganze Chose dann gewonnen hätte.

Er hat sich ganz dicht neben Dave gestellt und leise gesagt, aber trotzdem so, dass ich es hören konnte, der Armas Mustamäki von der Landbund-Liste wär auch Wahlmann gewesen, hätte aber für Fagerholm gestimmt, weil der angeblich weniger kommunistenfreundlich gewesen wäre als Kekkonen. Dave hat gemeint, das wär eine irre Legende. Ich hab überhaupt nichts kapiert. Kannste ja auch nicht, bist ja schließlich kein Kind aus der Kekkonen-Zeit, hat Dave gekichert.

«Kekkonen auf Skiern und Kekkonen mit der Angel ...» Er hat das Spinnangelset genommen und damit Luftgitarre gespielt. Was für ein abgefuckter Song soll das denn sein? Dave hat mich angeguckt, als wär ich ein Vollidiot: der Finnische Winterkrieg! Hat ein Lyriker namens Jarkko Laine gemacht. Ich hatte geglaubt, er denkt sich die Wörter beim Singen einfach aus.

Heißt du nicht auch Mustamäki?, hab ich Leila gefragt. Ja, hat sie gesagt, und weiter? Wer ist dann dieser Armas Mustamäki?, wollte ich wissen, und Leila hat erzählt, ihr Vater heiße Armas. Was ich damit sagen will: Das wusste ich selbst nicht. Plötzlich haben wir gecheckt, dass Dave und der Opa verschwunden waren.

Dave ist nur eine rauchen, hab ich gesagt. Die stehn da draußen. Dort regnete es aber. Ich konnte ja nicht ahnen, dass die zusammen einfach weg sind. Leila ist nachgucken gegangen, und tatsächlich waren sie nirgendwo zu sehen. Sie hat angefangen zu schreien, Johannes würde sie umbringen, weil ihr der Opa entwischt wär.

XII

Im Regen radelte ich vom Versammlungsplatz zur Mühle. Als ich das Wohnmobil betrat, war Opa nirgends zu sehen. Ich erschrak, denn ich hatte Angst, er könnte sich am Stauwehr herumtreiben.

Opa hatte sich nämlich ganz begeistert alles angesehen, weil die Mühle das Heim seiner Kindheit war. Schon im Voraus hatte er die Grundrisse vom Müllerhäuschen, von der Mühle und von der Werkstatt auf ein Blatt Papier gemalt. Er erinnerte sich an die Wehrkonstruktion und zeichnete auf, wie die Maschinerie in der Werkstatt mit Hilfe einer Achse, die aus der Kammer mit dem Räderwerk kam, funktionierte.

Er lamentierte, weil Vater nicht auf die Idee gekommen wäre, das schwere Schwungrad an der Vorgelegewelle zu befestigen. Mit «Vater» meinte er seinen Vater. Den Großvater meines Vaters.

Ich fand Opa weder am Wehr noch in der Werkstatt. Auch im Häuschen war er nicht. Ich fragte mich, ob er vom Wehr gefallen sein konnte, aber auch dann wäre er nicht spurlos verschwunden gewesen. Am wahrscheinlichsten schien mir, dass er im Wald verschwunden war.

Ab und zu trug der Wind ein ansteigendes und abfallendes Geräusch über den See, wie ein Seufzen. Man hätte es nicht für Musik gehalten, nicht einmal für ein von Menschen erzeugtes Seufzen, wenn man nicht gewusst hätte, dass es sich um ein Kirchenlied handelte, das Tausende Gläubige sangen.

Als ich im Wohnmobil nachschaute, was für Kleider Opa angezogen hatte, bemerkte ich ein Blatt Papier auf dem Tisch. Es war der Schaltplan eines Windgenerators, auf dessen Rückseite Leila eine Nachricht geschrieben hatte. Sie waren mit dem Kaufmann hier gewesen und dann zum Versammlungsplatz gefahren. Opa war mitgekommen. Leila versprach, auf ihn aufzupassen.

Offensichtlich waren die Sachen, die ich bestellt hatte, per Linienbus eingetroffen, und der Kaufmann hatte den Generator, die Spannungsregler, die Relais und das Installationszubehör zur Mühle gebracht. Ich schaute mir den Windgenerator an und überlegte, ob man ihn umbauen konnte, sodass er mit Wasserkraft lief, und ob die Schiffsschraube, die ich entdeckt hatte, sich für diesen Zweck anpassen ließ.

An der Tankstelle stand hinter der Waschanlage der Kadaver eines alten Schleppers, wie er bei der Flößerei verwendet worden war. Und der hatte noch eine einwandfreie Bronzeschraube. Aake Huttunen, der Tankstellenbesitzer, war einverstanden, ihn mir zum Altmetallpreis zu verkaufen.

Ich hatte schon angefangen, mit dem Werkzeug von der Tankstelle einen Unterbau mit Kugellager zu machen, auf dem ich die Schraube installieren könnte, aber ich brauchte Opas Rat für die Platzierung der Schraube in der Strömung vom Mühlwehr und für das Übersetzungsverhältnis von Schraube und Generator.

Ich räumte das Wohnmobil aus und brachte alles ins Häuschen – Geschirr, Kleider und den Rest, meinen ganzen Hausrat. Die hintere Kammer war bereits fertig und die Backstube auch fast so weit. Ich hatte bei Vater einen Dreifuß geschweißt, auf dem ich mir im Kachelofen der Kammer

Essen kochen konnte, solange der Herd in der Wohnküche wegen der Schornsteinrenovierung außer Betrieb war.

Ich schaute nach, dass ich auch nichts im Wohnmobil vergessen hatte, dann saugte ich, wischte Staub und machte den Flüssiggasherd sauber. Das Fahrzeug von außen zu waschen lohnte sich nicht, es würde auf dem schlammigen Acker sowieso wieder schmutzig werden.

Ich fuhr mein provisorisches Zuhause zum Versammlungsplatz und parkte es zwischen den anderen Wohnmobilen von FinnMobil. Erkki Heino kam im Sakko in den Regen gelaufen und winkte mich in die Lücke zwischen zwei anderen Fahrzeugen ein.

Der Sohn von Akseli Leinonen hat das Wohnmobil zurückgebracht, so wie es mit der Leila ausgemacht war. Ich hatte ja schon gehört, dass er in irgendeine Hütte aufs Land ziehen wollte, aber ich hab nicht gewusst, dass die auf demselben Gemeindegrund stand, auf dem auch die Versammlung stattfand. Und es war mir auch nichts davon bekannt gewesen, dass die Hütte nix anderes war als die Schleifsteinmühle, die einer aus der Leinonen-Sippschaft gegründet hatte.

Jedenfalls war der Wagen in gutem Zustand, es war praktisch nicht damit gefahren worden, und natürlich war er voller Instrumente, die der Akseli gebosselt hatte und die seinen Verkaufswert erhöhten.

Allerdings hatte er doch so viel auf dem Zähler, dass man sagen musste, er ist gebraucht. Hat ja keinen Zweck, zu behaupten, es wär bloß ein Vorführwagen gewesen, zumal das Modell ja auch schon zwei Jahre alt war.

Ich hatte der Leila versprochen, dass ich hundertfünfzig Riesen dafür rausschlage. Die mussten eigentlich drin sein.

Außen war er dreckig, aber das waren die anderen Fahrzeuge mittlerweile auch. Doch, doch, da konnte man direkt auf dem Versammlungsplatz mit dem Verkaufen anfangen. Ich hab den Jungs gesagt, das ist einer, den ich in Zahlung genommen hab.

Ich bin mit dem Johannes dann ins Fahrzeug rein und hab mir die Ausstattung angeguckt. Da war jetzt natürlich allerhand, was man für den Familienurlaub nicht unbedingt brauchte, aber das gab's praktisch zusätzlich, wenn jemand an solchen Spielereien seinen Spaß hatte.

Johannes hat Kaffee gekocht – mit der Maschine, die sein Vater gebaut hatte. Ich hab ihn gefragt, ob das nicht auf die Batterie gehe, aber er hat gemeint, auf dem Dach seien Solarzellen und im Boden lägen sechs zusätzliche Sechzig-Amperestunden-Akkus. Ich hab mich dann mal ein bisschen erkundigt, was der Akseli heutzutage so treibt.

Angeblich baut er tatsächlich Orgeln, in Kustavi, wo er hingezogen ist, nachdem er in Rente gegangen war. Er macht sie auf Bestellung für die Friedensgemeinden überall im Land, also für die Laestadianer. Ich wollte wissen, wie's der Mutter so gehe. Johannes hat gesagt, es geht, und da hab ich nicht weiter gefragt.

Auf einmal hat ein Kerl vor der Tür gestanden und gefragt, ob hier Wohnmobile verkauft würden. Ich hab ihn zu den Jungs geschickt. Von Johannes wollte ich wissen, ob ihm von dem Besitz von FinnMobil was geblieben wär, und er hat gesagt, er hätte das Häuschen, die Mühle und den Flussanteil als Vorerbe bekommen. Dazu dieses Auto.

Darüber wunderte ich mich. Das Auto gehörte doch der Leila. So steht es auf dem Papier, erklärte Johannes. So langsam kam mir das Verhältnis von den beiden schon komisch vor, aber die zwei waren ja schon als Kinder immer im Geschäft wie Pech und Schwefel gewesen.

Erkki Heino dachte an die alten Zeiten zurück, als wir immer bei FinnMobil spielten und er uns verstecken musste, wenn einer von unseren Vätern uns suchte.

Ich sagte, Akseli dürfte wohl nicht allzu oft im Geschäft gewesen sein. Er lachte. Meistens sei es tatsächlich Armas Mustamäki gewesen, der zum Suchen gekommen sei, oder dessen Frau.

Erkki wollte wissen, wieso Leila das Auto auf dem Papier gehörte, obwohl ich es verkaufte. Ich erzählte, dass ich im Haus meines Vaters eine große Renovierung vornähme und als Honorar das Auto bekäme, das mein Vater eigentlich nie benutzt hätte. Der Wagen müsste auf Leilas Namen laufen, weil es bei mir sofort gepfändet worden wäre.

Erkki fragte besorgt, ob an den Besitzverhältnissen des Fahrzeugs irgendetwas nicht ganz koscher wäre. Nein, nein, versicherte ich. Das ist mein Auto, obwohl es Leila gehört. Jemand kam und fragte, ob hier Autos verkauft würden. Ich wunderte mich ein bisschen, weil er genau wie Aake Huttunen aussah, Besitzer der Tankstelle im Kirchdorf, dem ich die Schiffsschraube abkaufen wollte. Wieso wollte der auf der Laestadianerversammlung Autos kaufen?

Ich hab dann keine weiteren Fragen mehr gestellt, obwohl, ehrlich gesagt, das, was der Johannes da erzählt hat, hat sich schon sehr obskur angehört. Wenn ich die Beteiligten nicht gekannt hätte, hätte ich so einen Auftrag nie angenommen, das ist so sicher wie das Amen in der Kirche. Aber der Leila musste ich nun mal vertrauen. Was konnte man ihr schon dreinreden? Schließlich war sie die Tochter vom Chef und hatte Anteile an der Firma.

Ich hab also gesagt, dass so an die hundertfünfzigtausend Finnmark zu erwarten wären. Wem ich die geben solle. So viel?, hat sich der Johannes gewundert. Ich hab ihn gefragt, ob sie beide sich nicht untereinander über den Verkauf unterhalten hätten.

Johannes hat gemeint, die Leila hätte versprochen, sich um den Verkauf zu kümmern und das Geld auf ein Konto zu überweisen, auf das sie beide Zugriff hätten. Ich wollte wissen, ob sie verheiratet seien. Wir?, hat er gefragt. Er war ganz verdutzt.

Ich hab ihm gesagt, meine Frau und ich hätten keine gemeinsame Kasse, obwohl wir schon vierundvierzig Jahre verheiratet wären. Johannes hat gemeint, so wär das nicht.

Ihm säßen bloß wegen dem Konkurs seines Architektenbüros derartige Inkassodrohungen im Nacken, dass es für ihn besser sei, kein Geld zu verdienen. Wenn man eine Mark verdiene, nähmen sie einem sofort zwei Mark ab. So isses, verdammte Scheiße, hat in dem Moment jemand an der Tür gesagt.

Der Mann, der kurz vorher nach den Wohnmobilen gefragt hatte, kam rein. Er fragte nach dem Verkaufsleiter. Ich wunderte mich schon, warum die Jungs ihm keine Modelle vorgeführt hatten, aber er hatte es abgewehrt, weil er nicht zum Kaufen da war, sondern selbst was verkaufen wollte. Er hat uns praktisch eine Zusammenarbeit angeboten.

In der Gemeinde gab es nämlich eine kleine Firma aus dem Bereich Klimaanlagenbau, und dort sind sie auf die Idee gekommen, Dunstabzugshauben für Wohnmobile im Installationspaket zu entwickeln, nachdem sie gehört hatten, dass wegen der Versammlung Tausende Fahrzeuge am Kommen waren. Der Mann wollte wissen, ob wir uns dafür interessieren würden: Dunstabzugshauben für die Fahrzeuge, die wir verkauften.

Die Jungs hatten ihm gesagt, sie hätten nicht genug Vollmacht, um so weit tragende Entscheidungen treffen zu können, da müssten sie sich zuerst beim Chef erkundigen. Wenn man sie frage, würde allerdings in jedes Wohnmobil eine Dunstabzugshaube hineingehören. Zum Spaß hatten sie angefangen, den Kerl ein bisschen auf den Arm zu nehmen. Ich sagte ihm, wir hätten in allen Fahrzeugen serienmäßig Dunstabzugshauben, die mit Batteriestrom betrieben würden. Da ist er dann gegangen.

Johannes hat ihm was hinterhergerufen, irgendwas wegen Kugeln, ob die zu verkaufen wären, und dass er sich über die Preise von Bronzeschrott schlau gemacht hätte. Offenbar kannte er den Mann. Sie unterhielten sich über eine Bootsschraube, die Johannes von ihm kaufen wollte. Vom Häuschen und von der Mühle hatte ich schon gehört, aber von einem Boot wusste ich nichts. Wo wollte er damit denn herumfahren?

Ich hab ihn dann noch ein bisschen nach seinem Architekturbüro ausgefragt. Hatte es da nicht einen Kompagnon gegeben? Was war denn mit dem? Johannes hat erzählt, der Kompagnon, ein gewisser Mäkelä, hätte seine Regresspflicht so verkettet, dass er nicht persönlich für die Schulden der Firma aufkommen müsste. Johannes dagegen schien als Gegenleistung für sein Architektendasein einen ewigen Klotz am Bein zu haben.

Darum hätte er mit Leila ausgemacht, dass sie sein Eigentum auf ihren Namen nahm, also alles, was er so hatte, besser gesagt, was er als Vorauserbe bekommen sollte, sprich die Mühle, in die er jetzt einziehen wollte. Auch sein gesamter Geldverkehr musste über Leila umgeleitet werden. Also falls er mal was auf Rechnung verdienen sollte.

Ich fragte ihn, ob die Leila ihm gesagt hätte, wie hoch der Preis für das Wohnmobil sein würde. Johannes meinte, das könne man vorher ja nicht wissen. Ich sagte ihm, die Leila hätte mir verboten, es für weniger als hundertfünfzigtausend zu verkaufen. Das ist gut, wenn so viel herausspringt, hat er ganz erstaunt gemeint.

Ich fragte ihn ganz direkt, woher er wissen wolle, dass die Leila ihn nicht auch so übers Ohr haute wie dieser Mäkelä. Er sagte, der Leila vertraue er vollkommen, und außerdem hätte ihn der Mäkelä nicht eigentlich betrogen. Hundertfünfzigtausend, staunte er noch mal und lobte die Leila. Die wäre eine echte Geschäftsfrau. Er hätte nie geglaubt, dass für das Auto so viel rausspringen würde. Dann hat er angefangen zu rechnen, was man für das Geld alles kriegen könnte. Ich hab mir seine Pläne angehört und ihn gefragt, ob das ganze Geld in die Renovierung von dem Häuschen gehe. Vom Häuschen und der Mühle, hat er gesagt. Die ganze Anlage müsste in einen Zustand versetzt werden, dass man nach der Renovierung bis zu seinem Lebensende ohne Geld dort leben könnte. Für das Brauchholz wollte er ein paar Hektar Wald kaufen.

Ich fragte ihn, wie das gehen solle, ohne Geld zu leben. Es muss, hat Johannes gesagt, weil er unter Gewerbeverbot stehe und solche Schulden habe, dass er auch als Angestellter nichts verdienen könne. Ich hab nur gemeint, es würde ihm noch ergehen wie dem Pferd von dem Zigeuner, das genau in dem Moment gestorben sei, als es gelernt habe, ohne Futter zu leben.

Johannes bestand aber darauf, dass er alles genau ausgerechnet hätte. Er würde umsonst wohnen und sich seine Nahrungsmittel selbst anbauen. Zwei Schafe wollte er sich besorgen und außerdem jagen und fischen. Er und Akseli waren allerdings auch große Jäger, und der Kaufmann hatte ihm angeblich auch schon versprochen, dass er der Elchjagdgemeinschaft beitreten dürfe.

Ich hab ihm gesagt, auch wenn du noch so viel fischst und Kartoffeln ziehst, so kommt auf dieser Welt doch keiner ohne Geld aus. Johannes hat erklärt, dass er gar nicht vorhätte, ganz ohne Geld zu leben, aber man dürfte es halt in der Buchhaltung nicht sehen.

Er behauptete, er hätte die Geschäftsbeziehungen wieder neu belebt, die früher zwischen den Schleifsteinproduzenten der Gemeinde und der ganzen Welt existiert hätten. Angeblich war eine Baumarktkette in Peru sofort bereit, seine Schleifsteine in den Verkauf zu nehmen, und mit einer Genossenschaftshandlung in Sambia und einer Großhandelsfirma in der Türkei würde, wie er sagte, auch korrespondiert.

Was bei dem Exporthandel heraussprang, musste über eine Textilfirma, die auf der Kanalinsel Guernsey registriert war, so umgeleitet werden, dass mit dem Ertrag des Schleifsteinverkaufs Ware für einen finnischen Importeur gekauft wurde. Von dieser Importfirma bekäme Johannes dann das Geld, das er brauchte, in Form von Spesen.

Ich fragte ihn, wie so was gehen solle. Er erklärte mir, dass die Importfirma der Leila gehörte. Außerdem könne er im Sommer Schleifsteine schwarz an die Touristen verkaufen und bekäme damit einen Teil von seinem Geld herein. Zusätzlich kannte der Kaufmann aus dem Kirchdorf angeblich viele Köche und Metzger, die Schleifsteine ohne Quittung kaufen wollten. Na dann viel Glück, hab ich zu ihm gesagt.

Johannes hat mich aufgefordert, mal auszurechnen, wie viel von meinem Einkommen für Steuern, Schulden und Wohnen abgeht. Wenn man all diese Ausgabenposten vom Geldbedarf abziehen könne und wenn man dann noch bedenke, dass er fürs Essen viel weniger brauche als der Normalbürger, dann benötige man gar nicht so übermäßig hohe Summen an reinem Geld. Er behauptete, in seinem Briefkasten würden keine Rechnungen landen.

Ich sollte doch mal an die Parlamentsabgeordneten denken, hat er gesagt. Was ist mit denen?, fragte ich verwundert. Und an diverse Aufsichtsräte, fügte er noch hinzu. In Finnland gäbe es stinkreiche Leute, die weder Einkommen noch Vermögen hätten. Was in der Buchhaltung oder auf dem Kontoauszug als Einkommen stehe, sage gar nichts aus über die tatsächliche finanzielle Situation eines Menschen.

Johannes hatte sich mal den Spaß gemacht, bekannte Persönlichkeiten, die über zweihunderttausend im Jahr verdienten, mit Leuten zu vergleichen, die so gut wie keine Einkünfte hatten. Es hatte sich herausgestellt, dass die mit dem großen Einkommen nach Steuern, Schulden, Tagesmuttergebühren und so weiter in größeren finanziellen Schwierigkeiten stecken konnten als diejenigen, die der Logik nach so arm sein mussten, wie es ärmer gar nicht ging.

Was haben die Parlamentsabgeordneten damit zu tun?, wollte ich wissen. Johannes erklärte, die würden sich nicht trauen, ihre Diäten zu erhöhen, und hätten deshalb ein System erfunden, durch das sie steuerfreies Geld in Form von Spesen und Aufwandsentschädigungen abschöpfen könnten. Das Geld, das ihnen tatsächlich zur Verfügung stehe, tauche im Bruttolohn nicht auf, und dadurch entgingen die Parlamentarier dem Zorn der Wähler, den ihnen eine eigenmächtige Diätenerhöhung sofort einbringen würde.

Was seinen Haushalt betraf, erinnerte er mich daran, dass ihm auch Wasserkraft zur Verfügung stand, er also auch hinsichtlich der Energie autark war. Nicht mal die Produktion verursache Kosten, weil der Rohstoff in unbegrenzter Menge in der Erde enthalten sei, und die Maschinenkraft komme ebenso aus dem Fluss wie der Strom, der im Haushalt benötigt werde.

Ich sagte Johannes auf den Kopf zu, er wäre komplett meschugge. Der Junge entgegnete, er hätte keine Chance, anders zu leben, weil ihm der Konkurs des Architekturbüros alle Voraussetzungen für normales Arbeiten und Unternehmertum genommen habe. Und irgendwie müsse er sein Leben ja organisieren.

Der Besitzer von Esso im Kirchdorf kam erneut ins Wohnmobil und setzte Erkki Heino auseinander, dass er Dunstabzugshauben verkaufe. Er redete etwas von einer Klimaanlagenfirma und von Installationspaketen. Ich fragte mich, was das wohl für ein Schwindel war. Schließlich ist der Mann kein Klimaanlageninstallateur, sondern Benzinverkäufer.

Offensichtlich war es so, dass der Tankstelleninhaber nur als Vertreter der Klimaanlagenfirma auftrat. Er verkaufte ja auch eigene Sachen, alles, was in den Ecken seiner Tankstelle liegen geblieben war, Crocket-Sets und Federballschläger. Sein Sohn fuhr mit dem Pick-up der Tankstelle auf dem Versammlungsgelände herum; er hatte Panu gerade eine Spinnangel verkauft, als wir mein Fahrrad aus dem Geländewagen luden.

Ich hatte dem Jungen erklärt, es lohne sich nicht, den Laestadianern so etwas anzubieten, weil die keine Spiele spielten. Dadurch wollte ich den Preis für die Boulekugeln drücken, aber der Junge hatte sich nicht getraut, den Preis zu senken, ohne vorher seinen Vater gefragt zu haben.

Darum fragte ich jetzt Aake Huttunen nach dem endgültigen Preis der Kugeln. Ich sagte, ich hätte mich über den Kilopreis von Bronzeschrott informiert, und forderte ihn auf, die Schraube zu wiegen. Ich versprach ihm, den Kauf zu tätigen, sobald ich Opa gefunden hätte, der entscheiden müsste, ob die Schiffsschraube als Wasserturbine geeignet wäre oder nicht.

Huttunen verschwand, und Erkki fragte, wie wir es geschafft hätten, das Architekturbüro in den Graben zu fahren, obwohl wir seines Wissens erfolgreich gearbeitet hätten. Ich erzählte ihm nichts von dem Entwicklungsprojekt, für das Mäkelä in Finnland und im Ausland Kredite aufgenommen hatte, ohne vorher genau genug veranschlagt zu haben, inwieweit eine kleine Firma wie unsere in der Lage war, ohne Vorschuss die ganze unsichtbare Vorarbeit zu leisten.

Wir hatten gute Jahre hinter uns, obwohl im Land so gut wie nicht gebaut wurde. Wir machten Lagerlogistikkonzepte für Baustellen und bekamen einen Großauftrag vom Helsinki Festival. Die Bauplanung stellten wir vollständig ein und konzentrierten uns stattdessen darauf, ein komplettes System für die Lagerung und den Transport von Material auf Baustellen zu entwickeln.

Ich entwarf mit einem Assistenten zusammen die Projekte, und Mäkelä verkaufte bereits die Idee in der ganzen Welt und versuchte Patentschutz darauf zu bekommen. Personalkosten fielen keine an, weil der Assistent ein Diplomand von der Hochschule war, und für uns selbst hatten wir kein Gehalt berechnet. Trotzdem liefen die Fixkosten ständig, und nach und nach fingen die Schulden an zu drücken.

Am Ende brauchten die großen Baufirmen ihre Bestellung bloß auf Eis zu legen und zu warten, bis unsere Firma pleite war, um dann selbst die Resultate unserer Arbeit zu übernehmen und weiterzuentwickeln. Ich sagte Erkki, die Firma sei wegen der Rezession in der finnischen Baubranche den Bach hinuntergegangen.

Ich wollte ihn nicht verwirren und erzählte ihm darum auch nicht, dass Mäkelä über ein kompliziertes Konstrukt den Betrieb weiterführte. Das Ganze basierte auf ausländischen Aufträgen und Rechnungslegung in fremden Währungen.

Ich hatte keine Lust, ihm davon zu erzählen, weil ich mit der ganzen Sache nichts mehr zu tun haben wollte, auch wenn die neuen Produkte des inzwischen nach Italien verlegten Büros angeblich weltweit erfolgreich waren.

Ich fragte Erkki, ob das Wohnmobil seiner Meinung nach in anständigem Zustand war und ob er glaube, es während der Versammlung verkaufen zu können. Erkki sagte, sie hätten sogar schon Neuwagen verkauft, für über eine Million. Hier wird richtig Geld ausgegeben, sagte er.

Mit ziemlicher Sicherheit stünden mir am nächsten Werktag hundertfünfzigtausend Finnmark zur Verfügung. Ich dankte ihm und ermunterte ihn, sich eine anständige Provision zu nehmen. Das versteht sich von selbst, rief er mir nach. Ich machte mich auf den Weg, um das Versammlungsgelände zu durchkämmen und Opa zu finden.

XIII

Die Hackfleischspieße konnte man nicht dämpfen. Sie wurden zu wässrig. Wir haben es dann so gemacht, dass wir die Würstchen kochten und auf den Grill bloß Steaks und Spieße legten. Die Fertigpizzen wärmten wir vorsichtig in einer Form mit dickem Boden auf. Wenn man den Deckel drauf tat, war das fast wie im Ofen.

Wegen des Regens herrschte nicht so viel Betrieb, aber trotzdem waren immer Leute auf dem Hauptplatz, und die hatten keine Lust, zu ihren Wohnmobilen zu gehen und zu kochen oder sich ein Brot zu schmieren; darum lief das Geschäft die ganze Zeit. Auf einmal tauchte Opa Leinonen mit einem jungen Mann am Imbiss auf.

Der Opa hatte sich irgendwo eine durchsichtige Regenjacke besorgt, aber der junge Mann musste die Hände unter die Achseln stecken, weil ihm kalt war. Er sah aus wie ein Dichter: schwarze Klamotten und rotes Halstuch, lange Haare und Schnurrbart. Aber was heißt jung. Er war bestimmt schon in den Vierzigern. Wie läuft's bei Kekkonen mit dem Rock 'n' Roll, hat er mich gefragt.

Ich gab beiden einen Käseknacker, weil es so aussah, als würden davon welche übrig bleiben. Der Kerl sagte was auf Englisch. Was hat er gesagt?, fragte ich meine Alte. «Well done, Johnny-boy.» Ich fragte, wie's gehe. Rock 'n' Roll, sagte er mit vollem Mund und machte mit Daumen und Zeigefinger einen Kreis. Der Opa erklärte, er und der fromme Junge hier würden die Menschen zur Buße überreden.

Er guckte sich um und fragte verwundert, was das für ein Jahrmarkt wäre. Ich sagte ihm, das hier wäre die Sommerversammlung der Laestadianer. Der andere schielte über sein Wurstpapier auf die Leute, die in ihren bunten Windjacken in die Traglufthalle gingen oder herauskamen. Ich fragte ihn nach seinem Namen, und er sagte, er heiße Dave.

Der Opa wusste, dass im Zelt eine Versammlung stattfand, aber was passierte darum herum? Ich hatte keine Lust, ihm auseinander zu setzen, dass das alles zur Versammlung gehörte. Ich sagte aber, das sei kein Zelt, sondern eine Traglufthalle. Das Zelt komme später, und dann müssten wir verschwinden, weil es so groß sei, dass es den ganzen Platz einnehme.

Da wurde der Opa nachdenklich. Er wusste nicht mehr, ob es richtig war, immer größere Zelte aus Amerika kommen zu lassen. Wieder kamen welche von den Autohändlern und kauften Würste, und der Opa fragte sie, ob sie religiös seien. Dave sagte, die Jungs würden spätestens dann zu glauben anfangen, wenn das Jüngste Gericht anstehe.

Opa erzählte, er hätte auf dem Weg hierher den Leviathan und die Hure von Babylon gesehen, und nachdem er jetzt hier auf den Markt gekommen sei, begreife er, warum sich die beiden gezeigt hätten. Der ältere Autoverkäufer fragte den Opa, ob er der Leinonen sei.

Er stellte sich als Erkki Heino vor und sagte, der Enkel des Opas wäre vor kurzem erst bei den Vorführwagen gewesen und hätte sich dann auf den Weg gemacht, um ihn, seinen Großvater, zu suchen. Er lud den Opa ein, sich in einem Wohnmobil ein bisschen aufzuwärmen. Sie nahmen ihre Würste und gingen.

Ich hab im Wohnmobil vom Johannes wieder Kaffee gekocht und dem Opa erzählt, die Maschine wäre eine Erfindung vom Akseli. Er hat gelacht und gemeint, der Junge wär schon immer gut im Bosseln gewesen.

Der Jüngere hat irgendwas gesungen. Unsere Jungs sagten, das wäre Bob Dylan. Die Haare hingen ihm in die Augen, mit den Händen schlug er sich auf die Lederhose, und das Kinn hat er im Takt nach vorne geschoben, dass der Kopf gezuckt hat wie bei einem Vogel. Die Jungs riefen, da ist ein Impala auf dem Acker.

Sind wir jetzt in der Savanne, oder was, fragte der Jüngere. Ganz nüchtern war der nicht. Wir sind raus, und tatsächlich war da ein Impala, Chevrolet Impala. Der Rocker guckte sich den rosafarbenen Amischlitten an und sagte leise, jetzt könne auch die Hure von Babylon nicht mehr weit sein.

Ein amerikanischer Wagen fuhr übers Gelände. Meine Alte wunderte sich, weil bei uns im Ort niemand so einen hat. Den Laestadianern gehörte der aber auch nicht. Die Leute in der Schlange drehten sich um und sahen zu, wie der Schefrolett Gas gab und die Anhöhe hinauffuhr.

Die Reifen drehten ständig durch, aber die Karre schaffte es schließlich doch, den Hang hochzukommen, und verschwand auf der anderen Seite. An der hinteren Stoßstange war eine Kordel befestigt, an der schepperten leere Dosen.

Sogar die Frommen haben den Amischlitten bestaunt. Irgendwo war eine Hochzeit, weil Bierdosen hinten am Auto schepperten. Die Räder wühlten sich in den Weg, weil der vom Regen aufgeweicht war. Da nützte es auch nichts, vom

Gas zu gehen. Am Hang hatten sie Glück, dass sie nicht stecken geblieben sind. Sie haben uns von dort aus zugewinkt.

Auf der Rückbank hat das Brautpaar gesessen, also zumindest die Braut, weil es weiß geschimmert hat. Den Bräutigam hab ich nicht gesehen. Einer von den Laestadianern hat erzählt, er hätte Anfang der 60er Jahre so eine Büchse gehabt. Meint der die Braut?, hat einer von unseren Jungs geflüstert. Die kannten diese Laestadianer noch nicht. Die glaubten, das wären totale Blödmänner.

Viele meinen, die würden nicht kapieren, was auf der Welt vor sich geht, aber das ist ein Irrtum. Sogar in Amerika haben die sich ausgebreitet. Oder war es umgekehrt? Dass der ganze Kram ursprünglich aus Amerika kommt? Jedenfalls wurde von der Versammlung die ganze Zeit eine Satellitensendung zu den Amis geschickt.

Das sind keine Nieten! Wie unser Chef … also der Armas, leck mich am Ärmel, der ist innerlich ein Held, wie er im Buch steht. Der ist wirklich aus Beton, durch und durch, verdammt! Und sie sind alle scharf auf Autos. Sogar in der Politik mischen die mit. Mit denen darfst du dich nie, nie anlegen …

Wie sie die Riesenhalle gebaut haben, die Hartwall-Arena, da hat mein Chef den Hjallis Harkimo ganz schön angepisst, als er für die Importeure die Sponsorenverträge ausgehandelt hat. Also im Sportbereich haben die auch die Finger drin, Eishockeyliga und so weiter.

Komm bloß nicht auf die Idee, bei denen um Gnade zu betteln … in solchen Sachen.

Einmal kam ein Pfarrer zu uns ins Geschäft. Wollte einen Wagen kaufen. Hat gesagt, den da wolle er haben. Keine Ahnung von Autos, hat man sofort gesehen. Mein Kollege sagt ihm einen Preis, und zwar einen verflucht hohen, einfach so. Da sagt der Pfarrer «Aha» und zieht das Geld aus der Brieftasche. Leck mich am Ärmel, der zahlt den Gaunerpreis bar und fährt mit dem Wagen davon. Mit seinem verdammten Beffchen am Hals.

Es vergeht ein Jahr, und derselbe Pfarrer kommt und will die Kiste in Zahlung geben und sich einen neuen Wagen kaufen. Da überkommt meinen Kollegen das Mitleid, und er nennt einen niedrigen Preis für den neuen und mords was für den alten. Aber der Pfarrer hat mittlerweile von einem anderen Pfarrer das Handeln gelernt.

Er sagt, er sei nicht mehr so dumm wie beim letzten Mal. Er wisse jetzt, dass der Verkäufer immer mehr sage, als es koste, und der Kunde müsse runterhandeln, was zu viel sei. So habe es ihm der andere Pfarrer verdammt noch mal erklärt.

Meinem Kollegen ist das Geschäft gründlich in den Arsch gegangen. Da kam der Boss und hat ihn angeschrien wie ein Vorarbeiter am Hafen, und der Kollege hat noch Glück gehabt, dass er nicht rausgeflogen ist. Ist das nicht gut, wenn man einem Pfarrer Rabatt gibt?, hat er versucht sich zu rechtfertigen. Aber da ist der Armas erst richtig wütend geworden.

Er hat geschrien, gute Geschäfte wären Gott gefällig, darum müsste man sie so oft wie möglich machen. Wenn man die Gelegenheit dazu auslasse, dann sei das eine Sünde! Wer von Gott berufen sei, der habe auch im Geschäftsleben Erfolg!

Angeblich war nämlich gerade das ein Zeichen dafür, dass man berufen war. Also, wenn man Erfolg hatte und so weiter. Den Verlust zahlst du von deinem eigenen Geld, hat der Boss gesagt. Außerdem hätte der Pfarrer nicht mal den richtigen Glauben.

Und fang mit denen bloß nicht erst an, wenn's um Autos geht! Auch die Amikarre da hat auf dem Acker den Geist aufgegeben, aber die Laestadianer haben sie gleich repariert. Ist mit Karacho in ein Schlammloch gefahren und ausgegangen. Die hatten schon geahnt, was passiert; gleich sind zwei Fromme hingerannt und haben was zu dem Fahrer gesagt, wahrscheinlich, dass er die Motorhaube aufmachen solle.

Die waren noch keine dreißig Sekunden unter dem Blech, da ist der Motor wieder angesprungen, und es ging weiter. Haben bloß den Verteiler trocken gelegt.

Bei denen gibt es viele Ingenieure und Kleinspekulanten aus dem Baugewerbe. Die sind nicht hilflos, die Kerle. Wie hätten sie auch sonst so eine gottverdammte Stadt wie diese für drei Tage mitten auf den Acker stellen können, wenn sie nicht wüssten, was sie tun? Angeblich besitzen die sogar Fertighausfabriken und Fensterfirmen. Egal, was die anfangen, die haben immer Erfolg!

Sie hatten Strom, sie hatten Wasserleitungen, sogar ein Ärztezentrum hatten sie hingestellt, leck mich am Ärmel, das reinste Feldlazarett. Aber es sind ja auch Kinder auf die Welt gekommen während der Versammlung! Eine eigene Radiostation gab es, und ununterbrochen ist per Satellit nach Amerika gesendet worden. Die sind zwar gegen Fernsehen und all so was, aber das heißt noch lange nicht, dass sie nichts davon verstehen. Manche von denen sind schließlich Elektrohändler!

Einmal hab ich meinen Chef gefragt, was die eigentlich gegen das Fernsehen haben. Da gäb's angeblich so schlechte Sendungen. Gegen den Apparat an sich hätten sie nichts.

Außerdem hat der Armas noch gesagt, wie er die Sache sehe, unterscheide sich die Meinung der Laestadianer nicht von dem, was die führenden Fernsehkritiker im Land meinten. Was willst du darauf noch sagen? Sie haben ja Recht. Es kommt nichts als Scheißdreck.

Nicht lange nachdem das Ami-Auto vorbeigekommen war, hörte man so was wie ein gedämpftes Brummen. Das verwandelte sich in lauten Maschinenlärm, und dann fuhr ein Satz Motorräder quer übers Feld.

Das heißt, sie fuhren auf dem Feldweg, der quer durch das Feld läuft, aber aus der Entfernung sah es aus, als würden sie auf dem Acker fahren. In dem Moment, in dem sie direkt an einem vorbeigefahren sind, hat man nichts anderes mehr gehört.

Es sind immer zwei Maschinen nebeneinander gefahren, und es waren viele. An die fünfzig Motorräder in Doppelreihen. Kann sein, dass es auch sechzig oder siebzig waren. Auf jeder Maschine saß ein Mann in Schwarz, und alle hatten sie einen Bart und lange Haare.

Die Frommen guckten eine Zeit lang, aber ich glaube, die Kerle haben sich selbst gewundert, wo sie da hingeraten waren. Ihre Augen konnte man allerdings nicht sehen, weil alle schwarze Brillen aufhatten.

Der kleine Huttunen, also der Bengel vom Huttunen, dem die Esso im Kirchdorf gehört, hatte eine Hängematte unter den Arm geklemmt, während er die Motorräder anstarrte. Der arme Kerl versuchte, solche Dinger an die Laestadianer zu verkaufen, obwohl es weit und breit nicht einen Baum gab, an dem man eine Hängematte festbinden konnte. Pass auf, dass dir nicht die Augen aus dem Kopf fallen, hab ich zu dem Jungen gesagt.

Weiter hinten, am Seeufer, gibt es ein kleines Wäldchen

mit einer Art Holzvilla aus Kiefernbalken. Dorthin waren die Motorradfahrer unterwegs. Sie hatten sich das Haus für ihre Hochzeit gemietet.

Der Opa guckte sich an, wie die Motorräder an unseren Vorführwagen vorbeigefahren sind, und dann hat er erklärt, er kenne die Harley Davidson. Nach dem Krieg wär er viel mit so einer gefahren, als die Straßen schlecht gewesen wären und die Autos spärlich.

Ich war gerade im Wagen, um mit einem Kunden die Papiere fertig zu machen, darum hab ich von der Motorradprozession nicht mehr gesehen, als was man halt durch das Rückfenster eines Wohnmobils so sehen kann, weil wir die Fahrzeuge ja in einer Reihe stehen hatten, mit dem Rücken zum Zufahrtsweg.

Die Jungs haben erzählt, der Kumpel vom Opa, der wie ein Dichter aussah, hätte mit der Hand über der Stirn genau beobachtet, wo die Maschinen hinfuhren. Sie sind in den kleinen Wald, der nicht weit vom See auf den Feldern stehen gelassen worden war. Dort sind sie geblieben, wahrscheinlich, um Hochzeit zu feiern, weil ein Brautpaar in dem Auto gesessen hatte, das zuerst dahin gefahren ist.

Der alte Opa hatte angeblich gefragt, ob die Versammlung in dem Wald dahinten stattfinde. Das müssen wir abchecken, hat der Jüngere gemeint. Opa war sicher, dass die Versammlung mitten im Wald war, weil die ganzen Pietisten dorthin gefahren wären. Er wunderte sich bloß, warum die ihre Versammlung mitten in einem solchen Markttreiben abhielten.

Der Opa hatte ja selber einen langen Bart und wehende Haare, und einen schwarzen Anzug trug er auch. Er kündigte an, er würde jetzt zur Versammlung der Pietisten gehen und mit ihnen über Glaubensfragen sprechen. Die Pietisten wären nämlich viel weisere Männer, als er das in jungen Jahren geglaubt hätte.

Ich hab mit den Jungs geschimpft. Sie hätten ein bisschen auf den Alten aufpassen sollen, damit er nicht einfach wer weiß wohin läuft. Aber die Jungs haben nur gelacht. Die Rocker würden den Opa sofort zum Ehrenpräsidenten machen, als alten Harley-Fahrer und mit genauso einem Bart, wie sie ihn selber alle hatten.

Der Jüngere sollte sich ihrer Meinung nach aber lieber nicht zu der Hochzeit aufmachen, weil zerlumpte Hippies bei solchen Typen nicht gern gesehen sind.

Ich habe nicht einmal geglaubt, dass die beiden überhaupt dorthin gegangen sind, aber die Jungs hätten den alten Leinonen ruhig aufhalten können, bis seine Angehörigen ihn gefunden hätten. Weil die ihn natürlich gesucht haben, den fast hundert Jahre alten Greis.

XIV

Ich suchte nach Opa. Ohne eigentliches Ziel ging ich über das Versammlungsgelände und ließ mich in die Viertel treiben, die von den Wohnmobilen gebildet wurden. Große Scharen von Kindern rannten durch die Gassen, und unter Planen, die über die Gassen gespannt worden waren, versuchte man Wäsche zu trocknen.

Ich kam mir vor wie im Urlaub im Ausland, in irgendeiner Altstadt am Mittelmeer, in Dubrownik oder Neapel zum Beispiel. Ich wusste nicht genau, wo ich mich befand, aber die Antenne der Radiostation war von jeder Stelle aus zu sehen, und das Dach der Traglufthalle ragte über die Wohnmobilviertel hinaus wie der Rücken einer riesigen Kreatur.

Um Opa machte ich mir keine Sorgen. Ihn kannten ja alle, er war ein großer Prediger, den ließen sie nicht einfach so herumirren, bestimmt saß er in irgendeinem Wohnmobil und ließ sich Kaffee einflößen, und er bekam dicke Scheiben Hefezopf abgeschnitten und Hahnenkämme angeboten.

Nervös war ich vielmehr, weil ich Opa eigens hergebracht hatte, um mir von ihm Ratschläge für den Bau der Wasserturbine zu holen, und jetzt war er in einer Menge von achtzigtausend Menschen verschwunden, ausgerechnet in dem Moment, wo es darum ging, mit dem Tankstellenbesitzer das Geschäft mit der Schiffsschraube abzuwickeln.

Ich kannte selbst viele Leute aus der Versammlungsgemeinde und musste ständig jemanden grüßen. Das erinnerte mich an die Sommerversammlungen meiner Kindheit, und es entstand ein vertrautes, sicheres Gefühl. Ich ging wieder in Richtung Hauptplatz zurück und kam hinter der Traglufthalle vorbei, wo die Einzelteile für den Feldaltar lagen.

Die Konstruktion aus gewaltigen Brettern und Sperrholzplatten sollte offenbar am nächsten Tag zusammengebaut werden, damit vor dem Altar das Heilige Abendmahl des Herrn ausgeteilt werden konnte. Das erinnerte mich an die großen Bankettafeln, die im Süden unter freiem Himmel aufgestellt wurden, bei den Spanferkelfesten für die Touristen.

Lauri Halme kam mit zwei Männern aus dem Maschinenraum der Traglufthalle. Er grüßte und fragte, wann ich gekommen sei und ob ich ein Wohnmobil hätte oder im Zelt übernachtete. Er wunderte sich kein bisschen, obwohl er bestimmt wusste, dass ich zuletzt als Kind bei einer Versammlung gewesen war.

Ich erzählte ihm, dass ich neuerdings hier in der Gemeinde wohnte und den Opa zu Besuch geholt hätte, damit er noch einmal im Leben auf eine Sommerversammlung kam. Lauri wollte wissen, wo der Opa jetzt wäre. Ich musste zugeben, dass er verschwunden war.

Lauri war auch der Meinung, dass Opa auf dem Versammlungsgelände nicht weit käme, bis ihn jemand zum Kaffee einladen würde. Er meinte, Opa wäre hier unter den Seinen, und bestimmt würde man sich um ihn kümmern. Lauri selbst war gerade auf dem Weg zum Essen und bat mich, mit ihm zu kommen.

Mutter hatte mir schon mehrfach die Botschaft überbringen lassen, ich solle essen kommen, und weil Johannes Leinonen nun gerade mal da war, bat ich ihn, mich zu begleiten. Um seinen Opa solle er sich keine Sorgen machen, sagte ich ihm.

Auf der Versammlung gab es mindestens fünfzehntausend Familien, die es gewöhnt waren, sich um Kinder und alte Leute zu kümmern.

Wir waren im Maschinenraum der Traglufthalle gewesen, um das Gebläse kleiner zu stellen. Die alten Leute hatten sich beklagt, in der Halle würden ihnen die Ohren zugehen. Zuerst hatten wir geglaubt, der Ton wäre zu laut, aber Panu von Roadsound, der dafür zuständig war, behauptete, das wäre unmöglich.

Als wir der Sache auf den Grund gingen, stellten wir fest, dass einem beim Betreten der Halle tatsächlich die Ohren zugehen konnten. Wir vermuteten, dass es mit dem leichten Überdruck zu tun hatte, der in der Traglufthalle herrschte, eben wegen der eingeblasenen Luft. Aus demselben Grund war am Halleneingang auch eine Drehtür installiert, als eine Art Luftschleuse.

Wir überlegten, ob der Ohrenverschluss zu verhindern wäre, indem man den Überdruck reduzierte. Das aber setzte voraus, dass die Gebläsestärke reduziert wurde. Also gingen wir in den Maschinenraum und stellten von Hand das Gebläse kleiner.

Wir gingen zum Wohnmobil der Halmes. Die hatten ein großes Bungalow-Zelt, das mit dem Wohnmobil verbunden war, und dazu noch ein zweites Zelt, in dem die älteren Kinder schliefen. Insgesamt war so viel Platz wie in einem kleinen Einfamilienhaus.

Liisa Halme hatte einen großen Topf Rentiergeschnetzeltes gekocht. Das aßen wir mit echtem Kartoffelbrei. Den Unterschied merkte man, wenn man zuvor im eigenen Wohnmobil nur Tütenpüree gegessen hatte. Wenn das Mus im

Topf weniger wurde, nahm eines von den größeren Kindern aus einem anderen Topf gekochte Kartoffeln, schälte sie, gab Milch und Butter dazu und zerstampfte das Ganze.

Die Preiselbeermarmelade nahmen sie aus einem Drei-Liter-Gurkenglas. Mutter Halme erzählte, sie hätten mit der ganzen Familie im letzten Herbst sechshundert Kilo Preiselbeeren gesammelt. Die Jungen hätten fast einen Monat lang praktisch im Sumpf gewohnt und Moltebeeren gesammelt, und von dem Geld hätten sie sich Fahrräder und Skateboards und weiß Gott was noch gekauft. Liisa redete ununterbrochen.

Lauri sagte, das meiste Geld wäre für den Gokart draufgegangen. Ja, furchtbar, lachte Liisa los. Das hab ich ja ganz vergessen! Die Schlingel haben sich ein Auto gebaut, und jetzt fahrn sie damit Rennen.

Lauri erklärte, die Jungen hätten sich einen Rasenmäher mit Blechschaden gekauft und den Motor ausgebaut. Aus Metallstangen hätten sie sich den Rahmen für den Gokart geschweißt, dazu hätten sie Reifen gekauft und als Bausatz die Mechanik für die Kraftübertragung. Liisa schlug die Hände auf die Knie und trocknete sich die Brille mit der Schürze: Es ist ja ihr Leben und nicht meins!

Es wurde noch mehr Geschnetzeltes gebracht, und das musste gegessen werden. Liisa drängte ihren Mann, sich nachzulegen, damit er bei Kräften bliebe. Schließlich wurden die Teller abgeräumt, und die Kinder trugen sie zum Spülen. Die Hausherrin goss Kaffee ein und brachte Kaffeegebäck. Aus dem Gefrierschrank nahm sie fertig geschnittenen gebackenen Käse.

Ich wollte wissen, wie es möglich wäre, dass sie über genug Strom für Gefrierschränke und Öfen verfügten. Lauri sagte, der Ofen laufe mit Flüssiggas, ebenso die Kühlschränke, von denen einer voll war mit vorgekochtem, tiefgefrorenem Essen. Das taute langsam auf, hielt sich aber für die Zeit der Sommerversammlung gut.

Es interessierte mich zu erfahren, ob dieser Nahrungsmittelplan die Idee der Halmes war. Gott bewahre! Selbstverständlich hätten auch alle anderen das Essen und die Wecken, und was jeder halt so verzehren wollte, tiefgekühlt dabei.

Lauri erklärte, die moderne Technik habe die Organisation der Versammlungen enorm erleichtert. Das Komitee konnte sich ohne weiteres darauf verlassen, dass der Großteil der Menschen autark zur Versammlung kam. Sie hatten das Essen dabei und sogar das Trinkwasser. Die Mahlzeiten wurden dezentral in den Küchen der Wohnmobile zubereitet und familienintern eingenommen.

Zu Opas Zeiten war noch zentral gekocht worden, sprich, für die Versammlung war eine große Kantine aufgemacht worden. Damals wäre es undenkbar gewesen, zigtausend Menschen auf ein freies Feld zu holen und davon auszugehen, dass sie sich aus dem Nichts ernährten wie die Gemeinde am See Genezareth, die Jesus mit fünf Broten und zwei Fischen gespeist hatte.

Liisa dachte an die alten Zeiten zurück und erzählte, als sie noch ein kleines Mädchen gewesen sei und der Opa die großen Sommerversammlungen in Rautiosaari bei Rovaniemi organisiert habe, da hätten die Leute in den Bauernhöfen übernachtet, und das Essen wäre für die ganze Schar in Kesseln gekocht worden. Auch bei ihnen sei in der Stallküche Rentiereintopf für die Familien gekocht worden, die auf ihrem Hof in den Speichergebäuden, in der Erntekammer und auf dem Dachboden im Viehstall übernachtet hätten.

Auch in den Scheunen hatten Leute übernachtet, weil die voll waren mit weichem Heu; dadurch konnte man viele Leute unter den Dächern unterbringen, die es auf dem Hof ohnehin gab. Die Felder waren Stoppelfelder, und auf denen wurden große Zelte aufgebaut, die der Opa aus Amerika hatte kommen lassen. Weil die Versammlungen ständig größer wurden, war es einfach unmöglich, alle Leute in den umliegenden Häusern und Höfen einzuquartieren. Etwas später, Anfang der 60er Jahre, kamen allmählich Zelte und Campingausrüstung in die Geschäfte. Nach und nach hatten die Leute Autos, und auch in Finnland wurden Autourlaub und Zelten auf dem Campingplatz populär.

Die Verbesserung der Campingausrüstung ermöglichte es den Familien, die zu den Versammlungen kamen, sich selbst ihre Mahlzeiten zu kochen, und im Gegenzug konnte die zentrale Essensversorgung reduziert werden. Dadurch wurden die Versammlungen noch größer.

Lauri sagte, sein Vater habe immer erzählt, dass es in den 50er Jahren eine schwierige Phase gegeben habe, als noch keine moderne Campingausrüstung zur Verfügung gestanden habe, es aber auch nicht mehr möglich gewesen sei, die vielen Menschen in den Häusern zu beköstigen.

In jener Zeit hatte Opa in großer Anzahl Feldküchen aus Überschussbeständen der Armee sowie alte Zirkuszelte gekauft. Die Zelte bekam er zum Spottpreis, weil die Zirkusse mit der allgemeinen Verbreitung von Film und Fernsehen dahinsiechten. In einem Zelt wurde immer die Zentralküche eingerichtet, und aus den anderen wurden Essenszelte gemacht.

Ich erinnerte mich an die Reserveübung, an der ich im Herbst zuvor hatte teilnehmen müssen. Gut, dass die Sommerversammlung nicht von der finnischen Armee organisiert wurde. Allein die Übernachtung von achtzigtausend Menschen im Gelände stellt eine richtig große Feldbiwakierungsoperation dar. Vom Essen und der anderen Versorgung ganz zu schweigen. Schon die Anreise der Leute entspricht dem Konzentrationsmarsch von zehn Jägerbrigaden ins Operationsgebiet. Jede Armee könnte stolz sein auf die Realisierung einer solchen Truppenverlegung in der entsprechenden Zeit. Bei dem Manöver im letzten Herbst waren nur zehn Prozent von der Menschenmenge der Versammlung beteiligt gewesen, und trotzdem war alles ein einziges Chaos gewesen.

Liisa dachte daran zurück, wie schön es als Kind immer auf den Sommerversammlungen gewesen war, wenn man nach einem Jahr wieder seine Freunde aus den anderen Gegenden Finnlands traf. Bei einer Versammlung hab ich ja auch meinen kleinen Lauri hier kennen gelernt! Sie legte ihrem Mann den Arm um den Hals.

Liisa schnitt Scheiben von einem Vierfachhefezopf und nötigte mir Löffelbiskuits aus einer Tupperschüssel auf. Sofort kam eine Schar kleinerer Kinder an, und Liisa gab ihnen allen Löffelbiskuits in die Hand.

Sie erinnerte sich, was es als kleines Mädchen für ein schönes Gefühl war, wenn der Opa oder ein anderer Prediger mitten in seiner Rede Kinder in den Arm nahm und dann wieder ihrem Spiel überließ, nachdem er ihnen die Hand auf den Kopf gelegt hatte. Ich hatte das Segenspenden immer als unangenehm und beängstigend empfunden, aber darüber wollte ich jetzt nicht reden.

Lauri Halmes Handy klingelte, und schon wollte er wieder los. Es kamen Fahrzeuge an, die er in Empfang nehmen musste. Für mich hatte es geklungen, als wäre der Lkw mit der Druckmaschine im Kommen. Liisa goss Lauri aber Kaffee nach, und er blieb sitzen.

Auf einmal fragte er mich nach den Schutzdächern, die ich vor dem Konkurs unseres Büros für Baufirmen entworfen hatte. Ich erzählte ihm, die Schutzdächer seien nur ein Teil des LAATICO-Projekts gewesen, bei dem wir nach Komplettlösungen für die Materialdisposition großer Baustellen gesucht hätten.

«Laatikko» – wie das finnische Wort für Kiste?, fragte Lauri. In gewisser Weise. Es handelt sich um ein Verpackungs-, Lager- und Transportsystem von Stückgut, das auf dem Container- und Kassettenprinzip basiert und die einschlägigen Posten in der Lagerbuchhaltung auf einen Bruchteil reduziert.

Der Begriff selbst kommt von der Wortfolge «Liftable And Accessible Truckfriendly International Container Organisation» – L. A. A. T. I. C. O. Mäkelä hat sich den Namen für die internationale Vermarktung ausgedacht. Man kann sich das System bildlich als ineinander geschachtelte Kisten vorstellen.

Ich wollte etwas über die Zelte wissen. Johannes erzählte, er habe angefangen, provisorische Schutzdächer für den Lagerbereich großer Baustellen zu planen, durch die man schnell wetterempfindliche Materialien schützen konnte, vor allem Mineralwolle, Zementprodukte und Rigipsplatten. Die nähmen alle viel Platz weg und vertrugen überhaupt keine Nässe.

Bald hatte Johannes festgestellt, dass die traditionellen Planen beim Bau der provisorischen Schutzdächer ziemlich unpraktisch waren; darum hatte er eine neue Serie von

Schutzabdeckungen entworfen, die nicht auf dem üblichen Rechteck, sondern auf der Dreiecksform basierte.

Er war davon ausgegangen, dass auch bei Stabkonstruktionen die dreifüßige Struktur die stabilste war, und entwickelte auf dem Prinzip der Tripodie eine Schutzabdeckung mit drei Ecken. Diese Dreiecke konnte man endlos miteinander verbinden, und sie wurden mit Aluminiumstangen gestützt, die zusammen ebenfalls eine Dreieckskonstruktion bildeten.

So entwickelte er ein ständig wachsendes und unendlich variables System, eine Art Zellengewebe, aus dem man Schutzdächer und Zelte für unterschiedliche Bedürfnisse machen konnte.

Das System beruhte auf der Trigonometrie, nach deren Prinzipien alle Flächen in Dreiecke und alle räumlichen Elemente in Tetraeder zerlegt werden können. Das sieht man ja auch bei Computersimulationen, wo in der Grafik die darzustellenden Elemente zu mehreren Schichten vereinfacht werden, die sich aus Dreiecken zusammensetzen.

Der Firmenpartner von Johannes, ein gewisser Mäkelä, hatte das Produkt vermarktet, außerdem ließen sie es patentieren. Dieser Mäkelä hatte sich ein Bild darüber verschafft, was weltweit an provisorischen Schutzdächern angeboten und was gebraucht wurde.

Es stellte sich heraus, dass eine große Nachfrage nach leichten, schnell auf- und abbaubaren Konstruktionen bestand, dass aber auf der ganzen Welt niemand auf deren Herstellung spezialisiert war.

Da fingen die Jungs an, den Prototyp eines großen Zeltes zu planen. Sie untersuchten, welche physikalischen Prinzipien galten, wenn so ein Zelt stand.

Sozusagen als Nebenprodukt entstand dabei das Zelt, das jetzt schon seit einigen Jahren als Veranstaltungshalle beim Helsinki Festival dient. Mäkelä war es gelungen, die Veranstalter für das Zelt zu begeistern, und nachdem er die Idee verkauft hatte, sollte Johannes anfangen, so ein Zelt zu entwerfen.

Lauris Handy klingelte erneut. Er musste zum Hauptplatz, anscheinend, um die Druckmaschine aufzustellen. Er forderte mich auf, irgendwann mal vorbeizuschauen. Er hoffte, ich könnte ihnen Ratschläge für die technische Organisation der Versammlung geben. Ich konnte mir nicht vorstellen, was für Ratschläge sie brauchten.

Lauri zog sich eine Regenjacke über und verbot mir, in den Regen zu gehen, wenn es nicht unbedingt sein müsse. Er sagte, der Regen mache ihm ein bisschen Sorge; schließlich hätten sie hier zwanzigtausend Autos auf Lehmboden stehen. Um den Opa solle ich mir keine Gedanken machen, meinte er.

Mutter Halme kochte noch mal Kaffee, und der musste getrunken werden. Ich nahm noch etwas von dem Labkäse, den ich seit Jahren nicht mehr gegessen hatte. Liisa stellte zusätzlich Pökellachs und Rentierfleisch auf den Tisch, aber ich lehnte ab. Sie machte mir aber trotzdem ein paar Lachsbrote aus Gerstenfladen, wickelte sie in Folie und befahl mir, sie einzustecken.

Der Regen wurde stärker. Aus dem Radio kamen ständig die Worte des Predigers, und man hörte deutlich, wie es auf das Dach der Traglufthalle prasselte. Im Wohnmobil klang es, als fielen keine Wassertropfen vom Himmel, sondern Kieselsteine. Der Käse quietschte zwischen den Zähnen wie in

Kindertagen. Es donnerte, und auch das hörte man übers Radio, jedoch mit kleiner Verzögerung.

Mit dem Sturzregen kam ein absolut unglaublicher Wind auf, der das Wohnmobil zum Schwanken brachte und die Planen vom Bungalow-Zelt der Halmes knattern ließ. Eine Weile tobte der Sturm maßlos, dann hörte er abrupt auf. Es war dunkel gewesen, obwohl es erst ein Uhr war, aber jetzt kam die Sonne heraus, und die Halme-Kinder riefen draußen, am Himmel seien zwei Regenbögen.

Sie stritten sich darüber, wo ein Regenbogen endete, und einigten sich schließlich auf den Standort des Goldkruges: Er musste sich in dem kleinen Wäldchen befinden. Lauri war noch in der Nähe, und ich hörte ihn erklären, dass so etwas bloß Aberglaube sei. Ein Regenbogen entstehe, wenn das Licht der Sonne von den Wassertropfen gebrochen und reflektiert werde.

Lauri fügte hinzu, dass man einen Regenbogen nur dann sehen könne, wenn man die Sonne im Rücken habe. Was man da in verschiedenen Farben als Bogen sehe, sei Bestandteil eines Kegels, dessen Achse über die Sonne und das Auge liefe. Wenn der Mensch auf den Regenbogen zugehe, trage er natürlich auch diesen Kegel mit sich, und der Regenbogen entferne sich in dem Maße, in dem sich der Mensch nähere.

Ich brach nun selbst auf, und die Hausherrin begleitete mich zur Tür. Das jüngste der Kinder weinte, und Liisa fragte es nach dem Grund. Die älteren Geschwister hätten gesagt, der Papa wäre dumm. Das Kleinste wollte wissen, ob am Ende des Regenbogens trotzdem Gold sein könne. Liisa verstand nicht, was das Kleine meinte. Der Regenbogen ist ein Zeichen des Bundes, sagte sie. Welcher von beiden?, fragte das Kleine und deutete zum Himmel, an dem sich zwei Zeichen des Bundes wölbten. Liisa lachte und winkte ab. Ist das Dach von der Traglufthalle da ein bisschen eingedellt?, fragte sie mich. Mit den Lachsbroten in der Tasche machte ich mich auf dem Weg zum Tonstudio.

XV

Johannes ist ins Studio gekommen, und Leila hat gleich losgelegt, von wegen sie hätte nie gedacht, dass der Opa einfach so den Abgang machen würde. Ist er alleine weg?, hat Johannes gefragt. Leila hat ihm erzählt, dass der Chef von Roadsound bei ihm wäre. Na, dann ist ja alles in Ordnung.

Ich hab nur gemeint, dass Dave vielleicht nicht gerade die Idealbesetzung war, um den Opa zu hüten. Könnte sein, dass er selbst noch eine Zeit lang ziemlich neben der Spur wär. Er hatte beim Vulkanrock ganz schön gebechert, und erst hier hat er sich dann beruhigt und angefangen zu beten.

Dave hat das öfter mal. Im Winter geht er sogar irgendwohin zum Meditieren. Früher immer nach Indien, aber Goa ist angeblich längst out. Letzten Winter war er in Mexiko, in Yucatan.

Johannes hat aber trotzdem behauptet, der Opa hätte kein Problem, weil ihn alle kennen und schon auf ihn aufpassen würden. Er hat dann Leila was von einem Autodeal gesagt, und dass er Wald kaufen müsse, sobald er das Geld kriege.

Mit dem Kaufmann hatte er sich schon einen Streifen Wald angeguckt, sieben Hektar, angeblich billig zu haben. Zwei Hektar waren als wertlos eingestuft, und der Rest auch bloß zweite oder dritte Klasse. Deshalb wär er so billig. Angeblich wuchs auf dem wertlosen Boden trotzdem ganz schön was an Langholz.

Ich hab ihn gefragt, was er mit einem Wald anfangen

wolle. Ich brauch doch Brennholz, hat er gemeint und mich angeguckt, als hätte jeder einen Holzschuppen daheim stehen. Also ich kenn jedenfalls keinen, der Brennholz braucht, Mann. Und dann gäb's ja auch immer was zu bauen. Aus dem Holz da könnte man Bretter sägen. Aha, hab ich gesagt, so so.

Leila hat dann ausgerechnet, ob es ihr Vermögen zu sehr belasten würde, aber dann hat sie gemeint, den Wald könnte man ja auf die Firma kaufen. Wer kauft den Wald hier eigentlich?, hab ich mich gewundert.

Johannes erklärte, er dürfe praktisch keinen Besitz haben, und darum nähme ich alles Eigentum auf meinen Namen. Ich wollte ihm mit meiner Mimik zu verstehen geben, dass er nicht alles öffentlich hinausposaunen müsse, aber er redete einfach weiter und sagte, er könne überhaupt nicht mit Geld umgehen und dürfe auch nichts besitzen.

Zum Spaß sagte ich, Johannes sei so etwas wie mein Franziskanerbruder. Prompt wollte Panu wissen, ob wir nicht Cousin und Kusine wären. Ich erklärte ihm, dass ich Mönche meinte. Panu hielt Johannes nicht für einen Mönch. Ich behauptete, er sei ein Franziskanermönch in dem Sinn, dass die auch nichts besitzen dürften, aber auf alles das Nutzungsrecht hätten.

Johannes berichtete, er sei im Wohnmobil von Lauri Halme zu Gast gewesen und habe sich dort mit Rentiergeschnetzeltem, gebackenem Käse und Hefezopf voll gegessen, bis kurz vorm Platzen. Ich stellte mir Johannes als Opfer von Liisa Halmes Nötigungen vor und musste lachen. Schon immer hatten die Frauen auf den Versammlungen Johannes und Akseli gefüttert wie arme Waisenknaben; dabei hat es ihnen nie an etwas gefehlt.

Panu meinte lobend, auf der Versammlung gäbe es gutes Essen. Die ganze Palette an Traditionsmahlzeiten habe er gekostet. Er kapierte zwar nicht, was für ein folkloristischer Nahrungsschatz ihm hier auf der Versammlung geboten wurde, aber er wusste die Vielfalt auch so zu schätzen: «Die Liisa ist okay, und überhaupt sind die Folks hier echt astrein!»

Ich fragte, ob Lauri was von dem Zelt gesagt habe. Johannes antwortete, Lauri habe ihn nach Zeltplänen ausgefragt. Da verriet ich ihm, dass Mäkelä vorhatte, sein großes Zelt auf die Versammlung zu bringen. Das wollte Johannes nicht glauben.

Ich wunderte mich. Wusste Johannes nichts von Mäkeläs Vorhaben, das Riesenzelt nach Venedig zu verkaufen, als Ersatz für das abgebrannte Opernhaus? Johannes wollte von all dem nichts wissen. Trotzdem fragte er kurz darauf, warum das Zelt hierher gebracht werde, wo es doch nach Italien solle. Was habe die Sommerversammlung der Laestadianer mit der Oper von Venedig zu tun?

Ich erzählte ihm, dass Mäkelä das Zelt zum Selbstkostenpreis an den Zentralverband der Friedensgemeinden vermietet habe, damit die Laestadianer es versuchsweise aufbauten. Johannes wollte wissen, wie Mäkelä auf die Idee gekommen sei. Er habe doch nichts mit den Laestadianern zu tun.

Ich sagte ihm, ich hätte Mäkelä auf die Idee gebracht und zugleich als Vermittlerin zwischen dem Organisationskomitee und Mäkeläs neuer Firma fungiert. Außerdem hätte ich versprochen, Johannes zu überreden, den Aufbau des Zeltes zu überwachen. Recht schönen Dank, verdammt! Johannes verließ das Studio. Du hast auch allen Grund, dankbar zu sein, rief ich ihm hinterher.

Eine Weile schwiegen wir. Panu fragte, wer Mäkelä sei. Ein alter Bekannter, antwortete ich. Er und Johannes hätten zusammen ein Architekturbüro gehabt, hätten es in gewisser Weise immer noch. Mäkelä habe Johannes' Frau ausbezahlt, als sich die beiden scheiden ließen.

Leila hat auf dem Hocker gesessen und sich die Schläfen massiert. Ist er sauer?, hab ich sie gefragt. Und ob. Wo isser denn hin? Leila hat gemeint, der Kerl kann nirgendwo hingehen, weil er ganz und gar mir gehört. Du bist ne ziemlich taffe Frau, hab ich gesagt. Sie hat bloß gelacht. Geht ja nicht anders, wenn alle Typen weich wie Weißbrot sind. Bist du vielleicht so was wie der liebe Gott? Mir ist direkt kalt geworden.

Was hast du mit ihm vor?, hab ich sie gefragt. Nur Gutes. Dann hat sie die Tür aufgemacht und gefragt, ob die sieben Hektar auch bestimmt reichen würden. Johannes kam wieder herein. Er wollte wissen, was als Nächstes von ihm verlangt werde. Leila hat einfach das Telefon genommen und jemanden angerufen.

Am anderen Ende hat sich jemand gemeldet, und sie hat einen gewissen Teemu ans Telefon gebeten. Schon wieder ein neuer Typ. Ich hab's nicht geglaubt. Aber diesmal war es irgendein Kind. Hat die Kinder?, hab ich Johannes zugeflüstert. Ja, ja, einen Jungen. Elf Jahre alt. Macht das Wasser plitschiplatschi?, hat Leila ins Telefon nachgemacht. Äh, elf Jahre alt? Johannes hat geflüstert, der Junge wär geistig behindert.

Nach dem Telefonat hat Leila erzählt, dieser Mäkelä wäre immer noch zur Zusammenarbeit bereit und würde Johannes als Teilhaber nehmen. Wie kann ich denn Teilhaber sein?, hat er sich gewundert. Du kaufst ja auch einen Wald, hat Leila gekontert.

Johannes hat sich quer gelegt: Mit Mäkelä mache er nichts mehr. Leila hat gesagt, Mäkelä hätte versucht, Johannes zu erreichen. Er gab zurück, er hätte von den Anrufen gehört. Mäkelä hofft, dass du beim Zeltaufbau hilfst, hat Leila gesagt und Johannes die Hand auf die Schulter gelegt.

Sie hat ihn gefragt, ob er wirklich glaube, bis ans Lebensende ohne Geld in einer Hütte leben zu können. Mäkelä hätte gute Aufträge, für die er über Umwege gutes Geld bezahlen würde, und alles könne man so regeln, dass Johannes das Geld auch bekäme. Aber er hat nur abgewinkt und eine Grimasse geschnitten, als hätte Leila versucht, ihm Batteriesäure einzuflößen.

Ich wollte wissen, ob Johannes das Zelt fürs Helsinki Festival entworfen hätte. Das ist nämlich ziemlich geil. Angeblich hat Mäkelä jetzt den Zeltmaßstab vergrößert, aber ansonsten wäre es das gleiche Zelt.

Nichts ist mehr das Gleiche, wenn man den Maßstab vergrößert, hat Johannes wütend geschrien. Leila hat gefragt, ob das Zelt seiner Meinung nach nicht funktioniere. Das kann niemand wissen, hat Johannes behauptet. In ein paar Stunden werden wir's ja sehen, hat Leila gemeint.

Johannes schrie, das Zelt gehe ihn nichts an. Seine einzige Verpflichtung bestehe darin, Opa zu finden, den ich nicht davon abgehalten hätte, zu verschwinden. Ich erinnerte ihn daran, dass er selbst gesagt hatte, Opa sei auf dem Veranstaltungsgelände in Sicherheit. Ich ließ ihn nach draußen gehen, damit er sich beruhige.

Panu fragte, wofür man Johannes beim Zeltaufbau brauche. Mäkelä wollte Johannes sicherheitshalber dabei haben, weil er dem Gehilfen nicht traute, der mit dem Zelt kommen würde.

Mäkelä selbst wagte es nicht, finnischen Boden zu betreten, nachdem er die Fakturierung seiner Firma ins Ausland verlegt hatte, während die Konten der Konkursmasse im Minus steckten.

Panu fragte, ob ich wolle, dass Johannes in Mäkeläs Machenschaften verwickelt werde. Ich sagte, ich wolle Johannes Arbeitsmöglichkeiten auf dem Gebiet verschaffen, das er beherrsche. Mäkeläs Büro habe in Italien Erfolg, es könne Johannes Planungsaufträge beschaffen, ohne dass er in sein Business hineingezogen werde. Panu behauptete, ein finnischer Steuerschwindler könne nicht einfach in ein anderes EU-Land wechseln und dort seine Geschäfte fortsetzen. Jedenfalls nicht sonderlich lange. Ich sagte ihm, Mäkelä sei kein Steuerschwindler, sondern ein heimtückischer Schuldner, ein Konkursbetrüger.

Mich interessierte nicht, wie Mäkelä seine Sachen geordnet hatte. Vielleicht war seine Firma anderswo als in Italien registriert, oder er setzte Strohmänner ein. Auf jeden Fall funktionierte das System, und er hatte in Italien einen guten Ruf, will sagen, sein Büro.

Panu sagte, allmählich frage er sich ernsthaft, warum ich Johannes mehr helfe, als er selbst an Hilfe annehmen wolle. Was hätte ich über Johannes' Leben zu entscheiden? Über sein Leben darf er selbst entscheiden, aber ich helfe ihm, weil er nicht immer so gut darin ist, sich selbst zu helfen; außerdem sind wir seit der Kindheit die besten Freunde und Cousin und Kusine, erklärte ich.

Leila hat behauptet, sie wären fast so was wie Geschwister, weil Johannes als Kind lange bei ihnen gewohnt hätte. Warum?, hab ich gefragt. Anscheinend hat Johannes eine ziemlich krasse Kindheit gehabt.

Beide Familien hatten im selben Haus gewohnt, und außer den Wohnungen war da auch noch ein Autohandel drin gewesen. Der hat Leilas Vater gehört. Der Vater von Johannes war auch als Teilhaber in der Firma. Jedenfalls war Johannes immer bei Leila daheim gewesen, wenn er nicht gerade in der Werkstatt rumrannte, die zu dem Autohandel gehörte.

Angeblich war Johannes immer verdreckt wie ein Schornsteinfeger, weil er ständig an irgendwas in der Werkstatt herumbastelte. Sein Vater war genau so. Alle zwei haben manchmal noch um Mitternacht gewerkelt, die Lötkolben haben nur so gequalmt, und am nächsten Morgen hat der Johannes in der Schule die Backe aufs Pult gelegt und gepennt.

Sein Vater hat alle möglichen Extras und Schikanen in die Autos eingebaut, die sie in dem Geschäft – FinnMobil – verkauft haben. Zu der Zeit haben sie auch noch mit schwerem Gerät gehandelt, und er hat zum Beispiel eine Wärmepritsche für Kieslaster entwickelt. Aus den Anlagen von Kühltransportern hat er eine Variante gemacht, die unter finnischen Bedingungen anwendbar war.

Der Junge hat Spielsachen gebastelt, die mit Verbrennungsmotoren liefen, Autos und Traktoren und andere Dinger, für die es nicht mal Namen gibt. Angeblich hat er auch immer versucht, ein Flugzeug zu bauen.

Sie haben gegessen, wann es sich gerade mal ergeben hat, und Akseli, also der Alte, war sowieso der Meinung, feste Essenszeiten seien eine sinnlose Erfindung. Ein Menschenkind wisse ebenso gut wie jede andere Kreatur, wann es essen müsse. Leila hat erzählt, sie hätten in der Werkstatt Elektrowürste gemacht. Was soll'n das sein, hab ich mich gewundert.

Der Kerl hat Strom durch eine Wurst gejagt. Plus ans eine Ende und Minus ans andere. Zweihundertzwanzig Volt sind durch die Wurst gegangen, und da war sie in ein paar Sekunden gar. Man musste bloß aufpassen: Wenn die Wurst auch nur ein bisschen zu lang am öffentlichen Netz hing, ist einem das Scheißding explodiert. Angeblich lacht sich der Vater vom Johannes noch immer über Mikrowellenherde tot. Die Leute würden nicht kapieren, dass sie sich aus jeder Steckdose eine schnellere Methode besorgen könnten. Man müsse dem Fertiggericht bloß einen Stromschlag verpassen. Ich hab mich gefragt, ob der eigentlich keine Mutter gehabt hat. Also eine Frau. Der Vater, mein ich.

XVI

Akseli war ein äußerst lieber Mensch. Man kann nicht sagen, dass er seine Frau in irgendeiner Form vernachlässigt hätte. Er ist außerdem unheimlich geschickt und souverän in allem, was er anfängt. Genau deshalb wurde Kaisa alles zu viel. Kaisa ist meine Tante, die Mutter von Johannes.

Solange Kaisa es zu Hause aushielt, wurde alles so gemacht, wie sie es wollte. Damals verkündete Akseli noch nicht, die Menschenkinder wüssten wie die Tierjungen, wann sie essen müssten. Das sind seine ganz eigenen Gedanken. Solange Kaisa daheim war, hat er die nie geäußert. Er hielt seine Frau schließlich für eine Autorität in der Kindererziehung und in der Haushaltsführung. Seine eigenen Gedanken hat er erst ausgesponnen, nachdem er alleine geblieben war.

Akseli funktionierte wie die schwedische Gesellschaft: Kaisa bekam immer alles, was sie wollte, und wenn sie alles bekommen hatte, fragte Akseli, was sie sich noch wünsche. Kaisa brauchte nichts zu tun. Sie kam auch gar nicht dazu, weil Akseli schon alles erledigt hatte, einfach so, nebenbei.

Kleider mussten keine gekauft werden, weil Akseli sie für die ganze Familie nähte. Das machte ihm Spaß. Und die Kleider waren geschmackvoll, auch diejenigen, die er für Kaisa nähte. Die männlichen Leinonens sind nämlich allesamt Schöngeister. Auch Opa plante nicht nur Kraftwerke, sondern auch die Kontore und die Wohnungen für das Personal.

Und es reichte ihm nicht, die Gebäude zu zeichnen. Hinzu kamen parkähnliche Gärten, für die er die Pflanzungen und Wege entwarf. Kraftwerke waren für Opa so etwas wie Gesamtkunstwerke.

Sogar die Grafik der Kraftwerksaktie konnte er so gestalten, dass sich darin Motive des Gebäudes und der Anpflanzungen rundum wiederholten. Wenn es damals üblich gewesen wäre, hätte sich Opa bestimmt auch gern Dienstuniformen für das Kraftwerkspersonal ausgedacht.

Kaisa kam gar nicht dazu, ihr Zuhause zu gestalten, weil Akseli schon alles eingerichtet und möbliert hatte. Und sie hatte auch eigentlich nichts hinzuzufügen. Die Frauen aus der Nachbarschaft kamen und bewunderten die Vorhänge, und Kaisa konnte natürlich nicht sagen, dass sie die gar nicht genäht hatte.

Als das Haus gebaut wurde, tischlerte Akseli parallel dazu den größten Teil der Möbel. Alles war für genau dieses Haus entworfen, und Akseli hatte einen sehr guten Blick und einen ebenso guten Geschmack. Alles war schön und funktionell, was aus seinen Händen kam. Das ganze Haus war ein One-Man-Design-Produkt. Ich weiß das, weil ich jetzt darin wohne.

Es ging ihm nicht darum, zu sagen, wo der Schrank stehen sollte. Akselis Lösungen waren einfach so unschlagbar, dass es nichts dagegen einzuwenden gab. Und so etwas hält keine Frau aus. Eine Frau muss ihr Zuhause selbst gestalten dürfen, selbst wenn es unpraktisch und weniger stilvoll ausfällt.

Kaisa war Hauswirtschaftslehrerin, und Akseli machte sich schnell alle Regeln für eine gesunde Ernährung, die Reinhaltung des Hauses und die Wäschebehandlung zu Eigen. Es dauerte nicht lange, bis er anfing, die Methoden des Hauswirtschaftsverbandes zu verbessern und zu überlegen, wie man einfacher und effektiver zum gewünschten Resultat kommen könnte.

Akseli baute einen Hauswirtschaftsraum dreißig Jahre, bevor der Begriff in der Terminologie der Hauswirtschaftsbranche etabliert wurde. Er besorgte sich Informationen über in Amerika entwickelte Waschmaschinen und baute eigenhändig eine. Als Kaisa ihn bat, mit ihm die Laken zu ziehen, erfand er ein Gestell, mit dem man sie alleine ziehen konnte. Aus der Netzeinholanlage eines Hochseetrawlers, einem Elektromotor und einer Hydraulikpumpe baute er eine Tischmangel.

Irgendwann warf Kaisa das Handtuch. Sie war nicht einmal mehr bereit, den Hauswirtschaftsraum zu betreten, den Akseli eingerichtet hatte. Allerdings erledigte Akseli die Wäsche gern selbst, weil er sich dabei ständig Verbesserungen für seine Apparaturen ausdenken konnte. Die Leinonens brauchen so gut wie keinen Schlaf, Zeit hatte er also genug.

Im Kleiderpflegeraum wurden die gewaschenen Textilien in Bett- und Tischwäsche und andere Kategorien aufgeteilt, gefaltet und direkt den entsprechenden Behältern zugeführt. Mit einem von Hand gekurbelten Lift wurden die Behälter in den ersten Stock befördert und dort auf die Gleitschienen des Wäscheschranks geschoben.

Später entwickelte er seinen Wäschelift so weiter, dass die Kleiderbehälter vom Erdgeschoss aus direkt in die Schränke gesteuert wurden. Im Kleiderpflegeraum konnte man waschen, trocknen und mangeln und die Wäsche als fertige Kassette nach oben schicken. Wenn man dann selbst wieder nach oben kam, lag die Wäsche gefaltet und sortiert in Schubläden auf Gleitschienen. Ich kann sagen, dass alles bis auf den heutigen Tag funktioniert.

Akseli hielt begeistert Vorträge darüber, wie es bei seinem Haushaltssystem möglich war, den Arbeitsaufwand bei der Wäsche zu minimieren. Jedes Kleidungsstück musste nur ein Mal angefasst werden, statt wie früher vier Mal. Bei der Behandlung der Schmutzwäsche galt die gleiche Systematik. Sie wurde oben in einen Schacht geworfen, der sich den Wäschesorten entsprechend in vier Kanäle teilte.

Das Putzen rationalisierte er in ähnlicher Weise, indem er aus seinem Industriegebläse eine Art Zentralstaubsauger entwickelte. Staubsauger, wie wir sie heute haben, waren damals noch nicht üblich. Akseli konnte überhaupt nicht verstehen, warum Kaisa anfing zu weinen, als er ihr befahl, das Kehren mit Besen und Schaufel aufzugeben.

Da Kaisa hartnäckig weiterfegte, versah Akseli Besen und Schaufel mit langen Stielen, damit sich seine Frau nicht bücken musste. Kaisa brach sie ab und ging mitsamt dem Besen auf alle viere. Akseli machte ihr weiche Knieschoner aus dem Schutzgummi eines LKW-Zuggelenks und alten Strümpfen.

Für den Staubsauger dachte sich Akseli erfinderisch neue Anwendungen aus. Er saugte die Asche aus dem Backofen, wenn Kaisa sich mit dem Besen der Ofenklappe näherte. Kaisa verlor den Verstand.

In den Frauenzeitschriften heißt es immer, der Mann sei in der Krise, weil die moderne häusliche Sphäre für ihn keine natürliche Rolle mehr bereithalte und er sich daheim nicht mehr nützlich machen könne. Genau das musste Kaisa als Frau erleben.

Akseli war der ideale Mann. Er war so vollkommen, dass er seine Frau total unnötig machte. Kaisas Selbstwertgefühl fiel in sich zusammen. Als Letztes versuchte sie, in der ureigensten Frauenrolle zu reüssieren, aber der kleine Johannes schrie mit rotem Kopf. Da nahm Akseli Kaisa das Baby aus der Hand und brachte es dazu, sich zu beruhigen. Als Johannes erneut anfing zu schreien, ließ Akseli nicht zu, dass Kaisa das Kind auf den Arm nahm.

Er teilte ihr seine Beobachtung mit, dass das Baby genauso schnell lerne zu weinen, wie der Jagdhund belle, ohne Verstand, bloß weil an der Büchse der Lauf einschnappe und er glaube, die Jagd würde beginnen. Der Junge sei indes kein Hund. Er sei ein Mensch. Er habe einen Verstand im Kopf, aber dieser Verstand müsse sich entwickeln. Er sei zu dem Schluss gekommen, erklärte Akseli, dass es nicht gut sei, dem Jungen beizubringen, dass er jedes Mal etwas zu essen oder sonst etwas Angenehmes bekomme, wenn er seine Mutter sehe, höre oder rieche.

Akseli forderte Kaisa auf, immer wenn das Baby anfange zu schreien, bis dreißig zu zählen. In einer halben Minute werde es schon nicht sterben, was immer es auch habe, aber es werde lernen, dass man nicht immer sofort alles bekomme, was man wolle, und dass die Welt nicht dem Schrei eines Menschen gehorche, nicht einmal dem eines Babys.

So verstehe das Kleine nach und nach, dass es sich nicht lohne, wegen jeder Kleinigkeit Lärm zu schlagen, und es ahne, dass man in dieser Welt vielleicht auch alleine zurechtkomme. Es lerne, die unverzügliche Bedürfnisbefriedigung aufzuschieben, und begreife, dass man die Welt beherrsche, indem man sich selbst beherrsche, und nicht, indem man andere springen lasse.

Kaisa wurde vollkommen willenlos. Sie hörte auf zu essen und zu trinken und musste an den Tropf.

Ihre Grundfunktionen konnten gesichert werden, aber sie geriet in einen katatonischen Zustand. Sie brach jeden

Kontakt zur Außenwelt ab. Nicht einmal die Haut funktionierte, und Kaisa war kurz vorm Sterben. Die Ärzte versuchten Akseli daran zu hindern, aber er ging zu Kaisa und fragte sie, was er tun könne.

Was müsse passieren, damit für Kaisa alles gut wäre? Sie solle es einfach sagen, dann wisse er, wie er es anzustellen habe. Er breitete die Arme aus und jammerte, er könne nicht wissen, was er tun solle, wenn Kaisa nichts sage. Warum reden wir nie miteinander?, stammelte er. Kaisa fing an zu kreischen.

Das ist ein sehr gutes Zeichen, sagten die Ärzte begeistert. Bei Ihrer Frau setzt die Besserung ein. Sie erklärten dem erschrockenen Akseli, dass er gerade eine Intervention vorgenommen habe. Das sei immer riskant, aber jetzt sei es gelungen, die Abwehr der Patientin, die sich in sich zurückgezogen habe, zu durchbrechen. Ich hab doch nur gefragt, was ich tun kann, wunderte sich Akseli. Und er bekam Kaisa auch nie wieder zu sich nach Hause, obwohl er eine erfolgreiche Intervention vorgenommen hatte.

Die Ärzte waren von Kaisas Kreischen jedoch so begeistert, dass sie anfingen, ihren Hintergrund und ihre Geschichte zu kartieren, indem sie Akseli befragten. Eine Psychiaterin erläuterte ihm: Hier stehen sich Ihre Souveränität und die Identität Ihrer Frau gegenüber. Das Selbstbild Ihrer Frau hat einen Sprung bekommen und ist schließlich zerbrochen, weil sie sich bei der Kinderpflege hilflos vorgekommen ist. Das Gefühl, als Mutter versagt zu haben, hat Ihrer Frau im ureigenen weiblichen Kompetenzbereich das Selbstvertrauen geraubt.

Akseli gab sich große Mühe, den Missstand zu beseitigen. Er hütete sich nun vor allem, was nur annähernd mit den Empfehlungen des Hauswirtschaftsvereins zu tun hatte, und machte rein gar nichts mehr im Haushalt. Bei den Frauen aus der Nachbarschaft regte sich ungestümes Mitleid mit Vater und Sohn. Auf den Gemeindeversammlungen wurden die beiden gefüttert und getränkt. Und die Weiber fingen an, gemeinschaftlich die Wäsche der beiden zu waschen. Sie teilten sich in Schichten auf und gingen abwechselnd zu den Leinonens putzen.

Akseli wusste nicht, wie er sich verhalten sollte, aber er wagte es nicht, sich zu widersetzen, denn er hatte bereits eine Frau auf dem Gewissen. Er mied darum das Weibervolk, um nichts verkehrt zu machen, und mit zunehmendem Alter bekam er Angst vor Frauen. Er ging nicht mehr zu den Gemeindeversammlungen, weil er dachte, schon so viel Unrecht getan zu haben, dass er eine Vergebung der Sünden nicht mehr annehmen konnte.

Johannes hatte mit den Mädchen ebenso wenig Erfolg. Wir waren viele Mädchen in der Nachbarschaft, und Johannes musste beim Spielen immer der Vater oder der Pfarrer sein. Wenn wir ein Haus eingerichtet und Johannes als Vater geholt hatten, fing er sofort an, die Konstruktion zu verbessern und die Wohnung neu einzurichten.

Er wunderte sich, dass die Puppen keine Nachthemden hatten, obwohl sie die ganze Zeit schliefen, und machte ihnen welche aus den Strümpfen seiner Mutter. Als Taufe gespielt wurde, nähte er der zu taufenden Puppe ein Schleppenkleid aus Kissenstoff, von dem er einen ganzen Ballen von zu Hause mitgebracht hatte.

Als die Mädchen dann versuchten, auch so etwas zu machen, wunderte er sich, warum sie die Seite mit den Spitzen abschnitten. Ohne Spitzen war ein Kissenstoff seiner Meinung nach kein Taufkleid, sondern bloß ein Lappen. In ihrer

Dummheit wurden sie so wütend auf sich selbst, dass sie Johannes davonjagten.

Johannes war auch derjenige, der auf die Idee kam, die Katzen aus dem Viertel als Kinder einzusetzen, aber er war der Einzige, bei dem sie brav auf dem Arm blieben. Er zog den Katzen die Kleider an, die er selbst gemacht hatte, und putzte sie mit dem Schmuck seiner Mutter heraus.

Die Mädchen waren nicht fähig, die Tiere im Zaum zu halten, und daher zum Zuschauen gezwungen. Johannes veranstaltete für die Katzen Hochzeiten, Beerdigungen und Krönungszeremonien. Denen wurde beigewohnt wie Theateraufführungen. Eine Zeit lang waren die Mädchen davon entzückt, aber bald schon hatten sie genug.

Sie verlangten, zu den Basisspielen zurückzukehren, und die Katzen wurden wieder zu Babys. Den Mädchen gelang es aber nicht, sie zu füttern, die Kinder sprangen ihnen vom Arm, fauchten und maunzten. Eines von den Mädchen bekam blutige Schrammen.

Geduldig legte Johannes die Kinder den Müttern immer wieder an die Brust, aber sie wollten einfach nicht schnurren und mit geschlossenen Augen trinken, so wie auf Johannes' Arm. Da wurden die Mädchen so eifersüchtig auf Johannes, dass sie mit Steinen nach ihm warfen und ihn mitsamt seinen Katzen fortschickten.

Später war viel von einem Kater die Rede, der mit einem goldenen Armreif um den Hals durch die Gärten streunte, aber das Tier wurde nie erwischt, obwohl viele nach ihm jagten. Am Ende sogar mit Gewehren.

XVII

Opa Leinonen kam mit dem Dichter zum Imbiss zurück. Der Opa wollte unbedingt auf die Versammlung. Ich versuchte ihm noch einmal zu erklären, dass er schon auf der Versammlung war, aber er wollte zur Versammlung der Pietisten, die angeblich im Wald stattfand. Der Dichterrocker lobte die Würste von vorhin so wortreich auf Finnisch und Englisch, dass ich den beiden ein paar Krakauer gab.

Der Dichter hatte eine Holzfällerkerze von der Größe einer Dose Erbsensuppe dabei. Die steckte er an. Das Zündbrikett zwischen den kreuzförmigen Einschnitten im Holzklotz loderte auf, und meine Alte erschrak: Gleich brennt das ganze Auto. Ich befahl ihr, sich zu beruhigen. Das Auto fährt mit Diesel, und das ist nichts anderes als eine Brennflüssigkeit zweiter Klasse, sagte ich.

Die Alte tuschelte wütend, ich solle keine Würste an Gammler verteilen. Ich sagte ihr, jedes erfolgreiche Unternehmen muss im Rahmen der normalen Gastfreundschaft seine Kontakte pflegen. Bei großen Veranstaltungen sind immer auch alle möglichen Gammler auf den Beinen, meinte meine Alte und versuchte unauffällig zu dem Langhaarigen zu schielen, aber der merkte es und zwinkerte ihr zu.

Der Opa erklärte, der Junge hier steht fest im Glauben. Ich sagte, soweit ich wisse, sei das der Geschäftsführer von der Tonfirma. Meine Frau wusste nicht, was sie davon halten sollte. Es ging ihr nicht auf Anhieb ein, dass einer, der so aussah, überhaupt irgendetwas führen konnte. Ich heiß Dave, sagte der Rocker zu meiner Alten und streckte ihr die Hand hin.

Er wollte wissen, wo die Motorradfahrer hin seien. Ich sagte ihm, in dem Wäldchen stehe ein Blockhaus, das demselben Bauern gehöre, der auch seine Felder als Versammlungsort verpachtet habe. Das Blockhaus wiederum werde für verschiedene Anlässe vermietet, und jetzt finde da anscheinend eine Hochzeit statt.

Dave äußerte die Vermutung, eine westfinnische Hochzeit wäre trauriger als eine ostfinnische Beerdigung. Ich sagte, die Hochzeitsgäste kämen nicht von hier. Er überlegte, ob er mal nachsehen sollte, aus welcher Gegend Finnlands sie kamen.

Halme tauchte auf und fing an sich mit Dave zu unterhalten. Der war auf einmal ein ganz anderer Kerl. Auch meine Alte staunte, wie der mit Halme ganz sachlich über die Tontechnik auf der Versammlung redete. Halme bemerkte den Opa und begrüßte ihn.

Opa hockte vor der Holzfällerkerze wie an einem Lagerfeuer. Halme fragte, wo das Licht herkäme. Ich erzählte ihm, der Sohn vom Tankstellenbesitzer würde die Dinger hier verkaufen, zusammen mit anderem Krimskrams.

Ich teilte dem Opa mit, dass Johannes ihn suchte, dass man aber davon ausginge, er würde keinerlei Probleme haben. Der Opa wunderte sich, was für Probleme er haben sollte. Der Mann von Roadsound fragte, ob ich mit der Radiostation zufrieden wäre und ob es an der Tonwiedergabe etwas auszusetzen gäbe.

Was es an Problemen gegeben hat, haben wir selbst verursacht, antwortete ich. Ich erzählte ihm, dass wir auf das große Zelt warteten und mit Panu schon ausgemacht hätten, wie die Tonwiedergabe darin eingerichtet werden sollte. Ein LKW kam zwischen den Feldern angefahren und blieb auf der Anhöhe stehen. Ich ging hin, um zu sagen, wo die Lafette hinrangiert werden sollte.

Die Druckmaschine musste so zwischen den in die Erde gegrabenen Löchern platziert werden, dass die hydraulischen Stützpfoten auf den Sohlen standen. Der Lkw fuhr ein Stück nach vorn, dann rangierte er rückwärts die Lafette an ihren Platz. Die Doppelräder drückten sich gut fünfzehn Zentimeter tief in die Erde. Sie hatte mittlerweile Wasser gezogen.

Als die Lafette in der richtigen Position stand, senkten sich die Stützpfoten auf die Teller der Sohlenkonstruktion, aber es war noch nicht das volle Gewicht für sie vorgesehen. Mit dem Bagger wurde zunächst Erde gebracht, dann wurden die Löcher mit Schaufeln zugemacht.

In jedem Loch steckte eine Kreuzkonstruktion aus Stahl, und um diese Gerüste herum wurde die Erde verdichtet. Je mehr sich die Löcher füllten, desto mehr Gewicht wurde auf die Platten, die mit den Sohlenkonstruktionen verschraubt waren, gegeben.

Schließlich ruhten die Stützpfoten der Lafette mit vollem Gewicht auf den Platten. Anders gesagt, die gesamte Masse der Druckmaschine war auf die Sohlenkonstruktionen und über diese auf die Erde verteilt. Das Einspeiskabel wurde angeschlossen, und der Faktor teilte mit, sie wären bereit, mit dem Drucken zu beginnen, sobald sie Strom hätten und das Zeltdach über die Maschine gespannt wäre, damit die Papierbögen ausgeladen werden konnten.

Ich ging zum Studio, um das Ergebnis des Gedichtwettbewerbs zu verkünden und mitzuteilen, dass die Anthologie mit den Texten der Teilnehmer jetzt gedruckt werde und dass man sie während der Versammlung zum Vorzugspreis kaufen könne.

Dave ging neben einer Grube in die Hocke, als die Männer die Löcher mit Erde füllten und mit dem Stampfer die Erde rund um die Metallgerippe verdichteten, die sie in die Löcher eingelassen hatten. Mit einem Brocken Lehm in der Hand kam er zum Imbiss zurück.

Es standen Leute in der Schlange vor unserem Imbiss, und die wollten wissen, wohin Halme verschwunden war. Sie beschwerten sich, dass einem in der Traglufthalle noch immer die Ohren zugingen. Die Männer vom Organisationskomitee sagten, Halme wäre ab ins Studio, aber es könnte auch jemand anders das Gebläse in der Halle kleiner stellen. Angeblich kam das Zugehen der Ohren vom Überdruck. Es regnete wieder heftig, und die Leute verschwanden in der Halle, aber Opa und Dave blieben vorm Imbiss unter der Markise, obwohl es der Opa ziemlich eilig hatte, zur Versammlung zu kommen. Ich hatte keine Lust mehr, ihm schon wieder zu erklären, dass im Blockhaus eine Hochzeit stattfand und keine Andacht.

«Sein oder nicht sein?» Dave hielt sich den schädelgroßen Lehmklumpen vors Gesicht. Er kicherte. Dann legte er den Brocken auf den Tresen und pickte einen Krümel davon ab. Ich fragte ihn, ob das ein Fruchtbarkeitstest sein solle.

Mit dem Zeigefinger rollte er das Lehmstück hin und her, es dehnte sich zu einem Wurm, wurde immer dünner und dünner, ging aber nicht kaputt und war bald ganz lang und dünn. Dave ließ den bläulich grauen Faden zwischen Daumen und Zeigefinger baumeln: Yoldia-Lehm!

Ich sagte ihm, die Felder hier hätten alle Lehmboden. Er

behauptete, es gäbe viele Arten von Lehm. Ich fragte, was an dem hier so besonders sein solle. Er kicherte. Diesen Lehm darf man nicht stören. Wie jetzt?, fragte ich. Überhaupt nicht. Man muss ihn in Ruhe lassen. Er ist es gewohnt, hier zu liegen, seit der Eiszeit, als Grund des ehemaligen Yoldia-Meeres.

Ich konnte nicht verstehen, wie man Lehm stören konnte und was er tat, wenn er gestört wurde. Was stört ihn denn? Alles. Dave beschrieb mit der Hand einen Bogen über das ganze Feld und die Autos und die Wohnmobile und deutete zum Schluss auf den LKW-Anhänger, auf dem die Druckmaschine loslegte und die frommen Gedichte, die die Laestadianer geschrieben hatten, ausspuckte.

«Der weiße Mann glaubt, dass man die Erde besitzen kann», kicherte Dave mit dem Kopf an den Knien. Ich verstand nicht, was er redete, und wurde sauer. Was trieb der da eigentlich? Er sagte, er halte eine Rede an den Großen Vater in Washington.

Wir können keine Gnad' erlangen,
als die, die wir vom Herrn empfangen.
Fort, Schmerzen, Qual und trüber Sinn,
stattdessen nichts als Liebe hin.

Mitten in unserm Alltagstrott
danken wir dem Gnadengott.
Fester Glaube, Gottvertrauen,
in allem wir auf Liebe bauen.

«Musik einspielen?», stand auf dem Zettel, den mir Panu vor die Nase hielt. Ich konnte nur nicken, und er schob ein paar Regler auf dem Mischpult nach oben. Die rote Linie auf dem

Monitor schoss dem Himmel entgegen, und einen Moment sprühte das Sternbild auf dem Monitor, das aussah wie ein Radarbild, Funken. Wahrscheinlich sagte das auch etwas über die Eigenschaften der austretenden Töne aus.

Auf dem gesamten Versammlungsgelände ertönte eine Fanfare. Die hatte Panu losgelassen, nachdem ich das Siegergedicht vorgelesen und zu Panus Zettel genickt hatte. Ich sagte ins Mikrofon, das Gedicht hätte die siebzehnjährige Anni Korpimäki aus Ranua geschrieben.

Ins Radio sagte ich noch etwas von dem Buch, das aus dem Ertrag des Gedichtwettbewerbs gemacht wurde. Ich schätzte, dass wir schon am Nachmittag druckfrische Exemplare verkaufen konnten. Mit dem Finger deutete ich auf eine CD mit Zionsliedern der Gruppe «Die Frühlingsbienen». Panu zeigte einen Ring aus Daumen und Zeigefinger und legte die CD ein. Mein Hemd war schweißnass, und ich hatte das Gefühl, Säure im Mund zu haben.

War's hart?, lachte Panu. Ich sagte, dass ich es nicht gewohnt wäre, aufzutreten. Außer natürlich da, wo es beruflich dazugehöre, und bei den Sitzungen der Friedensgemeinde, aber nicht im Radio.

Panu sagte, da kriegt jeder Schiss, wenn er zum ersten Mal vorm Mike steht. Ich fragte nicht, was für einen Mike er meinte, sondern verließ das Studio, nachdem ich erledigt hatte, was erledigt werden musste. Es stieß mir säuerlich auf.

Ich ging wieder zur Halle. Wie ich hörte, war das Gebläse noch weiter reduziert worden. Ich drehte eine Runde durch die Drehtür, und meine Ohren gingen zu. Die Leute fragten, ob ich käme oder ginge, aber ich konnte ihnen nicht rechtzeitig antworten, weil sie schon wieder auf der anderen Seite der luftdichten Tür waren.

Ich blieb vor der Tür stehen, weil sie sich noch mehr gewundert hätten, wenn ich ihnen noch eine halbe Umdrehung weiter gefolgt wäre. Jemand äußerte sich erstaunt über die laute Zirkusfanfare, die er kurz zuvor gehört hatte, aber ich konnte nicht antworten, weil die Drehtür den Mann schon geschluckt hatte.

Ich rief die LKWs an, die das Zelt transportierten. Die Verbindung war schlecht. Ich musste laut sprechen und ging über den Hauptplatz auf der Suche nach einer besseren Verbindung. Opa Leinonen kam mir entgegen und fragte, warum ich hier durch die Gegend taumelte und schrie. Ich sagte ihm, ich suchte ein besseres Feld. Hier gibt's doch Feld genug, meinte er verblüfft.

Schließlich kapierte er, dass ich telefonierte. Er wollte wissen, mit wem ich telefonierte, und ich sagte ihm, ich wäre in Verbindung mit den Fahrzeugen, die das große Versammlungszelt lieferten.

Opa fragte, mit welchem Fahrzeug das Zelt gebracht würde. Ich sagte, man bräuchte für den Transport sechs LKWs und einen Kranwagen. Da fing er an, laut zu quasseln, und ging kopfschüttelnd davon. Mitten auf dem Platz winkte er ab, ohne sich umzudrehen. Ich verstand nicht, was er gegen Zelte hatte.

Der Kaufmann hatte anscheinend seine Würste verkauft, denn er machte sich zur Abfahrt bereit. Er hängte den Wohnwagen, der als Kiosk gedient hatte, an seinen Lieferwagen und zog ihn zum Feldweg. Dort kehrte er um, fuhr den Lieferwagen an die ursprüngliche Stelle zurück und richtete an der Hecktür noch eine kleine Verkaufsstelle ein.

Es war ziemlich Besorgnis erregend zu sehen, wie die Räder vom Auto des Kaufmanns die Erde aufwühlten und wie der feuchte Lehm das Heck zum Schlittern brachte. Wo er gewendet hatte, bevor er mit der Anhängerkupplung im richtigen Abstand vor dem Wohnwagen zum Stehen kam, blieben schlammige Reifenspuren zurück. Ohne Allradantrieb hätte er seinen Anhänger nie vom Fleck gebracht.

Ein junger Mann fuhr in einem Wagen mit offener Ladefläche mit Vollgas die Anhöhe hinauf. Hinter ihm spritzte meterweit Schlamm in die Luft und auf die Autos und Wohnmobile der Menschen. Auf dem Weg nahm er Anlauf und schleuderte mit Hilfe der Handbremse die Hinterräder herum. Ich ging hin und fragte ihn, ob er nichts Besseres zu tun hätte, als hier mittendrin den Rallyefahrer zu markieren. Es war ein Junge aus dem Ort, auf der Autotür prangte ein blauroter Aufkleber: Esso Huttunen.

Der Regen nahm immer mehr zu. In den Reifenspuren des Kaufmanns stand schon so viel Wasser, dass es nach beiden Seiten spritzte, als er seinen Wagen an die ursprüngliche Stelle fuhr. In meinem Magen brannten das Geschnetzelte und der Kaffee.

Halme lief mit dem Telefon am Ohr über den Platz. Er hatte anscheinend eine schlechte Verbindung, weil er in den Hörer brüllen und dieselben Worte mehrmals wiederholen musste. Auf der Suche nach einem Funkfeld kam er am Imbiss vorbei, und wir hörten, wie er was vom Achsengewicht und von Rädern sagte, ob sie ein gutes Profil hätten.

In der Senke hatte sich Wasser wie in einem Teich gesammelt, die Schuhe der Leute hinterließen Muster auf dem Feld, und in jeder noch so kleinen Mulde stand sofort das Wasser. Ich lud die restliche Ware hinten ins Auto und hängte den Wohnwagen an die Anhängerkupplung.

Zu Opa und Dave sagte ich, sie müssten jetzt den Kiosk wechseln, weil der hier jetzt versetzt werde. Ich empfahl ihnen, sich irgendwo aufzuwärmen, zum Beispiel in der Traglufthalle. Der Opa sagte zornig, er gehe in kein Zelt. Aake Huttunen schlitterte mit seinem Pick-up übers Gelände. Er hatte seinen Jungen aus dem Auto gejagt und fuhr jetzt selbst. Auf der Ladefläche standen Ölfässer.

Das Auto mit der offenen Ladefläche, das zuvor schon mit Vollgas die Anhöhe hochgefahren war und mit Schlamm gespritzt und die Handbremsendrehung gemacht hatte, kam den Hügel wieder herunter. Jetzt hatte es Fässer geladen, und die waren offensichtlich voll, denn die Räder pflügten sich tief in den Boden.

Ich gab Anweisungen, es davonzujagen und dafür zu sorgen, dass keine weiteren Autos mehr aufs Versammlungsgelände gelangten. Mittlerweile waren da nämlich noch mehr Fahrzeuge von Außenstehenden unterwegs, und es sah aus, als würden sich sämtliche jungen Männer aus dem Ort auf dem Gelände treffen. Die kamen wohl deshalb, weil es reichlich Jugendliche auf der Versammlung gab, darunter natürlich viele Mädchen.

Ich schlug eine Eisenstange in die Erde und bewegte sie hin und her, um das Loch größer zu machen. Opa kam zu mir und fragte, ob ich Heureuter aufstellen wolle. Seiner Meinung nach sollte man jetzt kein Heu mähen.

Wenn man bei dem Wetter aufhäufen muss, erhitzt sich das Heu auf der Stange, und man muss alles wieder abnehmen und neu aufschichten. Und trotzdem können die Kühe dann noch Koliken kriegen, und man muss mit dem Messer die Gase aus dem Pansen ablassen.

Ich sagte, auf diesem Feld sei das Heu längst gemacht, aber ohne Reuter. Heutzutage werde mit einem vortrocknenden Häcksler gemäht, und die Schwaden würden dann in große Rundballen gepresst und diese wiederum von einer Beutelfüllmaschine in weißen Kunststoff gewickelt. Ich deutete auf den Rand des Wäldchens, wo Rundballen lagerten. Sie leuchteten dort wie die Eier von Rieseninsekten.

Um das Auto von Aake Huttunen standen Männer herum. Anscheinend war da ein Wortgefecht im Gange. Ich lief hin, um zu hören, worum es ging, und Aake erklärte, zuerst hätten sie ihn herbestellt, um Diesel zu bringen, und dann jagten sie ihn davon, wenn er die Naphtha-Fässer abliefern wolle. Er meinte es allmählich ernst.

Ich erklärte den Frommen, dieser Mann verkehre hier berechtigterweise. Er bringe Kraftstoff, der für die Generatoren benötigt werde. Die Männer sagten, man habe ihnen befohlen, überflüssiges Fahren auf dem Versammlungsgelände zu unterbinden. Ich sagte, das hier sei nicht überflüssig.

Aake rollte die Fässer auf Dielen von der Ladefläche. In seiner Wut nahm er von den Frommen keine Hilfe an, obwohl sie ihm welche angeboten hatten. Die Fässer dröhnten nur so, als Aake sie umstieß und aufs Feld rollte.

Als alle auf der Erde lagen, schob er die Handschuhe in den Schlamm unter jedes Fass und stellte eines nach dem anderen der Reihe nach auf. Zweimal Scheiße und dreimal Leck mich am Arsch waren dazu nötig, aber dann standen fünf Fässer neben den Generatoren. Mit rotem Nacken fuhr Aake davon. Der Schlamm spritzte nach allen Seiten.

Ich schlug mit der Stange weitere Löcher in die Erde, um zu sehen, wie weit sie das Wasser aufsog. Opa war der Meinung, sie würde gar nichts aufsaugen. Die Löcher, die ich gemacht hatte, füllten sich tatsächlich sofort mit trüber Brühe. Das ganze Feld schien durch und durch gesättigt zu sein. Das Wasser, das nicht aufgesogen werden konnte, bildete große Pfützen. Viel hing jetzt davon ab, wie die Drainage des Feldes funktionierte. Wenn sie zog, würde sich die Verschlammung auf die Oberfläche beschränken, und der Unterboden würde halten.

Man konnte nichts anderes tun, als alles der Verfügungsgewalt Gottes zu überlassen.

Der Leiter von Roadsound kam zu mir und fragte, ob ich schon gemerkt hätte, dass das Dach der Traglufthalle eine Delle habe.

XVIII

«**Als Adam hundertdreißig** Jahre alt war, zeugte er einen Sohn, ihm gleich und nach seinem Bilde, und nannte ihn Set. Als Set hundertfünf Jahre alt war, zeugte er den Enosch. Der Enosch zeugte den Kenan und der Kenan den Mahalel, da war Kenan erst siebzig Jahre alt.

Mahalel zeugte Jered, und Jered zeugte Henoch. Henoch zeugte Metuschelach im Alter von fünfundsechzig, aber das gesamte Leben des Metuschelach betrug neunhundertundneunundsechzig Jahre.» Dave fragte Opa, wie alt er denn sei. Ich bin noch keine hundert, antwortete er nachdenklich. Johannes sagte, Opa sei achtundneunzig. Er fragte, wovon der Alte gerade gesprochen habe. Dave erklärte ihm, sie kämen gleich an die Stelle, an der Anakin den Luke zeugte und Luke sich mit Prinzessin Leia vermählte.

Ich fragte Opa, worauf er hinauswolle mit seiner Aufzählung der Nachkommen Adams. Auf Noah natürlich, antwortete er, auf Noah, welcher Gnade fand, als der Herr beschloss, durch die Sintflut alles Fleisch auf der Erde zu vernichten. Opas durchsichtige Regenjacke raschelte vehement. Mit den Händen untermalte er Gottes Abscheu, als es diesen reute, die Menschen auf Erden gemacht zu haben.

«Ich will die Menschen, die ich geschaffen habe, vertilgen von der Erde, vom Menschen an bis hin zum Vieh und bis zum Gewürm und bis zu den Vögeln unter dem Himmel; denn es reut mich, dass ich sie gemacht habe. Von heute an will ich regnen lassen auf Erden vierzig Tage und vierzig Nächte und vertilgen von dem Erdboden alles Lebendige, das ich gemacht habe.»

Opa drehte sich nach allen Seiten und wies mit den Händen auf die Wohnmobile und Zelte, auf die Traglufthalle und die Generatoren, die auf ihren Lafetten stampften und deren Auspuffrohre blauschwarzen Dieselqualm in den Nieselregen ausstießen.

Und Opa fing an zu beschreiben, wie die Arche der Bibel zufolge gemacht werden müsste: aus Kiefernholz, mit Kammern darin und innen und außen verpecht. Länge dreihundert Ellen und fünfzig Ellen die Breite.

Er warf verstohlene Blicke auf die Traglufthalle, an der das Wasser herunterlief und deren vierflüglige Tür Menschen hinein- und hinausschaufelte. Die Höhe betrage dreißig Ellen, und die Tür solle mitten in die Seite gesetzt werden, durch die man die Tiere hineinführen könne, je ein Paar.

Er spreche in Gleichnissen, erklärte er. Auf dem Weg hierher habe er den Leviathan gesehen, welcher ein Ungeheuer sei, das auf dem Grunde des Meeres lebe. Dies verheiße einen Anstieg der Gewässer. Obgleich der Regenbogen sich auch an diesem Tag gezeigt habe als Zeichen des Bundes, solle der Mensch sich darauf nicht verlassen.

Gott sei einen Bund mit dem Menschen eingegangen, damit der Herr sich nicht mehr mit Maßnahmen wie der Sintflut in die Vorgänge auf der Welt einmischen müsse. Man müsse die Zeichen zu lesen verstehen, die der Herr gebe, und verstehen, selbst Buße zu tun.

Opa forderte alle auf, sich dessen zu entsinnen, was nach der Sintflut geschehen war: Sem, Ham und Jafet, die Söhne Noahs, bekamen viele Söhne, und diese bekamen wiederum Söhne.

Die Söhne Jafets waren Gomer, Magog, Madai, Jawan, Tubal, Meschech und Tiras. Ihre Söhne wurden die Kittäer und die Rodaniter. Von diesen haben sich ausgebreitet die Bewohner der Inseln der Heiden, ihren Sprachen, Geschlechtern und Völkern nach. Die Söhne Hams bekamen Söhne, und auch Sem, der älteste Sohn Noahs, zeugte Söhne. Das waren die Nachkommen der Söhne Noahs nach ihren Geschlechtern und Völkern, und von denen her haben sich ausgebreitet die Völker auf Erden nach der Sintflut. Aber alle Welt hatte nur eine Zunge und eine Sprache.

Die Nachkommen Noahs zogen los und fanden eine Ebene im Land Shinar und wohnten daselbst. Und sie sprachen untereinander: Lasst uns eine Stadt und einen Turm bauen, dessen Spitze bis an den Himmel reiche. Und der Herr fuhr hernieder, dass er sähe die Stadt und den Turm, die die Menschenkinder bauten.

Und der Herr sprach: «Siehe, es ist einerlei Volk und einerlei Sprache unter ihnen allen, und dies ist der Anfang ihres Tuns; nun wird ihnen nichts mehr verwehrt werden können von allem, was sie sich vorgenommen haben zu tun.» Inzwischen hatten die LKWs mit dem Großzelt den Feldrand erreicht. Lauri Halme rannte ihnen auf dem Feldweg entgegen.

Opa forderte uns auf, zu überlegen, was der Herr zu tun beschlossen habe, nachdem die Menschen den Turm gebaut hatten, dessen Spitze bis zum Himmel Gottes reichte.

Es war nicht damit getan, legte Opa uns dar, dass der Herr den stolzen Turm umwarf. Er verwirrte auch die Sprache der Menschen, sodass der eine den anderen nicht mehr verstand. Gott zerstörte die Stadt Babel und zerstreute ihre Einwohner in alle Länder, da er es nicht für gut erachtete, dass sich die Menschen zu einer großen Schar versammelten und etwas so Großes errichteten, mit dessen Hilfe sie an die Seite Gottes zu treten trachteten. Opa erzählte, er habe auf dem Weg hierher auch die Hure Babylon gesehen, als Zeichen dafür, dass der Mensch Gott nicht in einer großen Masse anbeten solle; vielmehr solle jeder Einzelne bei sich Zwiesprache halten mit Gott. Ich fragte Johannes, was der Opa unterwegs da eigentlich gesehen habe, weil er ständig vom Leviathan und der Hure Babylon rede.

Johannes flüsterte, sie hätten nördlich von Mikkeli an einer Shell-Tankstelle angehalten, und der Opa habe die stark befahrene Fernstraße Fünf überquert, wie die Kinder Israels das Rote Meer durchschritten hätten. Auf der anderen Seite der Straße befinde sich der Vergnügungspark Visulahti, und an dessen Eingang habe ein sechs Meter hoher Tyrannosaurus Rex gestanden sowie eine aus demselben Material hergestellte Pocahontas von Disney.

Mit ernstem Gesicht trat Dave zu Johannes, legte ihm beide Hände auf die Schultern und schaute ihm fest in die Augen. Luke! Geh in das Dagobah-Sonnensystem. Dort wirst du Yoda finden. Er wird dich unterweisen, und aus dir wird ein Jedi werden. Möge die Kraft mit dir sein!

XIX

Das Dach der Traglufthalle sah aus wie ein Sattel. Johannes und Leila kamen zu mir. Ich fragte Johannes nach seiner Einschätzung: Würde das Dach halten? Ich war zu den LKWs gerannt und hatte mitgeteilt, dass mit dem Zeltaufbau nicht begonnen werden konnte, bevor klar war, was mit der Halle passierte.

Johannes ging ein Stück zurück, um sich die Druckstelle im Hallendach anzusehen. Er schätzte, die mittlere Tiefe des entstandenen Beckens betrage noch nicht mehr als dreißig Zentimeter. Auf der Basis dieser Schätzung berechneten wir die Menge des Wassers, die auf dem Zelt stand. Die Fläche der ovalen Delle taxierten wir auf ungefähr dreißig Quadratmeter. Dementsprechend hätten wir es mit circa acht Kubikmeter Wasser da oben zu tun.

Halme und Johannes haben rumgerechnet wie bei einem Physik-Quiz für superschlaue Gymnasiasten, das von einer Bank gesponsert wird. Ich hab gesagt, unter dem Wasserbecken da oben steht unser Equipment, und das hol ich jetzt da raus. Die haben nicht mal gehört, was man ihnen gesagt hat.

Johannes war der Meinung, man solle nichts überstürzen. Er sagte, die Vergrößerung der Wassertasche höre bald auf, weil das Becken, das sich im Dach gebildet habe, jeden Moment überlaufe. Ich sagte, wir könnten nicht das Risiko eingehen, dass die Traglufthalle mitten im Gottesdienst über Tausenden Menschen einstürze. Johannes wollte wissen, wann das große Zelt kommen sollte.

Nachdem er gehört hatte, dass die LKWs schon am Feldrand warteten, fragte er, wie viel Zeit für den Aufbau veranschlagt wäre. Mäkelä hatte versichert, das Zelt würde in weniger als zwei Stunden stehen, wenn sich der Aufbautrupp an die Anweisungen hielte. Johannes überlegte kurz und sagte, das wäre sicher möglich.

Er schlug vor, die Versammlung kaltblütig in der Halle fortzusetzen, sie aber sofort ins Zelt zu verlegen, sobald es stehe. Die Verantwortung lag aber bei mir. Panu fragte, wer für die Geräte von Roadsound aufkomme, wenn die Halle zusammenbreche. Die bricht nicht zusammen. Johannes nahm einen vollen Wassereimer, der an der Stelle stand, wo der Imbiss des Kaufmanns gewesen war. Hier, sagte er, und gab Panu den Eimer in die Hand.

Was soll ich'n damit? Fangen wir jetzt an, mit Eimern den Swimmingpool auf dem Dach da oben zu leeren, oder was? Johannes hat behauptet, das Hallendach wär keinem größeren Gewicht ausgesetzt als meine Hände mit dem Eimer hier. He, heb dir deine Physikexperimente für später auf, hab ich zu ihm gesagt.

Da hat er Bilder auf den Boden gemalt und erklärt, wie sich das Hallendach neige und dass darum das Wasser bald runterlaufen müsste. Irgendwas von Parabeln und Punktlast hat er gelabert und behauptet, die Belastung für das Dach wär noch nicht so groß. Ich hab ihm gesagt, du hast doch selbst gerade erst gesagt, dass da oben fünf bis acht Tonnen Wasser stehen.

Was Johannes sagte, war insofern vernünftig, als die Punktlast, die auf die Konstruktion wirkte, ziemlich gering war. Das brachte mich auf den Gedanken, dass man versuchen konnte, das Wasser herunterzubringen, indem man mit einem Schlag das Gebläse voll aufdrehte.

Die Idee war, durch den Druck des Gebläses abrupt das Dach anzuheben, worauf das Wasser in einem Schwall herunterlaufen würde. Johannes war der Meinung, das sollte man versuchen.

Der Faktor kam und teilte mit, die Druckmaschine habe angefangen zu zittern, und die Vibration scheine zuzunehmen. Er sagte, die Lager der Maschine würden keine größeren Seitwärtsbewegungen vertragen. Ich ging nachsehen, was dort los war.

Vorher trug ich den Männern auf, von Hand alle Gebläse gleichzeitig aufzudrehen. Johannes versprach zu beobachten, wie das Hallendach reagiere.

Halme ist mit dem Druckerheini abgezischt. Johannes ist mit den anderen Typen zur Traglufthalle gegangen. Die haben sich eingebildet, durch Blasen mehrere Tonnen Wasser in Bewegung bringen zu können! Ich hab gesagt, ihr seid nicht ganz dicht. Johannes hat aber behauptet, das wär möglich. Er hat mal schnell die Fläche vom Hallendach berechnet und gemeint, in der Halle wär hundertmal mehr Fläche, die Luftdruck weiterleiten, als Fläche, die Wasser tragen würde.

Der Kaufmann ist auch aufgetaucht und hat sich gewundert, was die Typen da eigentlich machten. Ich hab ihm gezeigt, dass sich auf dem Hallendach Wasser gesammelt hatte und dass hier jetzt schwer überlegt wurde, wie man es da runterkriege. Der Kaufmann kam gar nicht mehr aus dem Staunen raus, von wegen, wie kann Wasser auf einem runden Dach stehen bleiben?

Ich hab ihm gesagt, hey, so 'ne Halle, Mann, die ist wie eine Plastiktüte. Wenn du die aufbläst, wird sie prall und bleibt so. Wenn sie anfängt zusammenzuschrumpeln, kann es dafür nur einen Grund geben, nämlich, dass das Blasen gefadet worden ist.

Der Kaufmann hat gewusst, dass sie das Gebläse runtergefahren haben, weil den alten Leutchen in der Halle die Ohren zugegangen sind. Das kommt halt vom Überdruck, bald wird er noch stärker, hab ich gesagt. Die wollen das Gebläse nämlich voll fett losröhren lassen.

Mit welchem Fett? Der Bulettenschmied hat's irgendwie nicht gepeilt. Sie drehen das Gebläse voll auf, alle Reglernasen nach Südost! Johannes hatte nämlich behauptet, das Dach mache einen Satz nach oben, und das Wasser komme runter, wenn sie mit einem Schlag auf hundertachtzig losföhnten.

Ich bin dann auch in die Halle, um mir den Maschinenraum anzugucken. Da waren drei Hochleistungsgebläse drin, und die mussten sie von Hand gleichzeitig und volle Kanne losbrüllen lassen. Drei Typen sind an die Maschinen gegangen, und Johannes hat uns ein Stück weggeschickt, damit wir guckten, was mit dem Dach passiere.

Der Faktor war wegen der Vibration der Offsetmaschine außer sich. Mir fiel an der Maschine nichts Außergewöhnliches auf, aber ich widersprach ihm nicht. Er kannte seine Maschine ja wohl. Ich ging nach draußen und drehte eine Runde um die Lafette.

Ich bückte mich, um mir die Sohlen genau anzuschauen, auf denen die Stützpfoten ruhten. Bewegung war nicht zu erkennen, aber wenn man die Hand auf die Platte legte, die auf der Sohlenkonstruktion befestigt war, spürte man eine Vibration wie bei einer Haushaltsmaschine, wenn der Quirl an ist. Ich legte die Hand auf die Erde neben der Platte. Der Lehmboden zitterte.

Ich bin mit Leila so weit gegangen, bis wir gut beobachten konnten, was mit dem Hallendach passierte. Der Kaufmann ist in der Mitte stehen geblieben, sodass wir ihn gesehen haben und er den Johannes, der den Jungs im Maschinenraum die Kommandos gab. Es war ausgemacht, dass der Kaufmann uns ein Zeichen geben würde, wenn Johannes den Männern an den Maschinen das Signal gab. Der Kaufmann hat den Arm geschwenkt.

Wir haben auf das Dach geglotzt, aber ein Scheißdreck hat sich da bewegt. Keinen Mucks hat die Delle gemacht. Allerdings hatte ich mir das ja auch gedacht.

Zwei Sekunden später hat man auf einmal ein Wahnsinns-Gemaunze gehört. Wir haben uns umgeguckt, wo das wohl herkam, und da haben wir gesehen, dass die Generatoren schwarze Rauchwolken ausspuckten und einen Krach machten, als würden zehn Laster um die Wette von einer Raststätte starten. «Die Schlümpfe sind wieder da, yeah, yeah», kam auf einmal aus den Lautsprechern.

Verdammte Scheiße, hab ich geflucht. Ich blöder Hammel hatte nicht dran gedacht, dass die Gebläse natürlich wieder für einen Belastungs-Peak im Stromnetz sorgen und mir die Mühle im Studio zum Abstürzen bringen würden. Prompt war wieder derselbe Song angesprungen wie am Vormittag.

Ich war noch neben der Druckmaschine auf allen vieren, als aus den Lautsprechern wieder dieses Gedudel kam. Es war erneut zu Spannungsschwankungen gekommen, weil die Generatoren nicht schnell genug auf den plötzlichen Leistungsbedarf der Gebläse reagierten.

Ich ging hinüber und fragte, ob sich das Dach bewegt habe. Leila sagte, es sei nichts passiert, jedenfalls nichts, was man mit bloßem Auge sehen könne. Ich fragte Panu, ob er das Lied abstellen könne. Er glaubte, diesmal würde er es auf Anhieb wegbekommen. Ich trug ihm auf, nicht zu pfuschen, und verbot ihm, den Betrieb des Radiosenders zu gefährden. Den bräuchten wir vielleicht noch, falls es richtig ernst werden würde.

Ich hab mich auf die Socken ins Studio gemacht, um die Musik zu faden. Dave war mal wieder verschwunden, und ich hab Leila gebeten, mitzukommen und die Sendung zu überwachen, während ich die Schlümpfe weghacke.

Der Kaufmann hat gefragt, ob er sich das Studio mal ansehen dürfe. Aber klar doch, hab ich gesagt. Tja, da ist dann der ganze Trupp mitgekommen.

XX

Wir sind ins Studio gegangen. Alle normalen Würste hatten wir verkauft, es waren nur noch Krakauer, Balkan- und Deutsche Bratwürste übrig, die wollten einfach nicht gehen. Ich habe auch meine Alte mitgenommen, damit sie das Lokalradio mal richtig von innen sehen konnte.

Im Studio war niemand, und wir haben uns ein bisschen gewundert, wo Dave und der Opa schon wieder steckten. Panu hatte sie angeblich auf der Straße zu den Lastern mit dem großen Zelt gehen sehen.

Wieso geht der da hin, wenn er das ganze Zelt nicht ertragen kann? Und warum hat er überhaupt so einen Hass auf Zelte? Leila war sauer und schrie mich an, ich wär ein typischer Mann. Wieso?, wunderte ich mich.

Sie sagte, sie hätte mir mindestens zwei Stunden lang aus dem Leben vom Opa erzählt, und ich hätte mich für nichts anderes interessiert als für Kraftwerke, Versammlungen und Zelte. Aber wofür hätte ich mich denn sonst interessieren sollen?

Leila wurde richtig laut. Ob mir noch nie in den Sinn gekommen wäre, dass der Opa auch Familie gehabt hätte, Frau und Kinder? Ob ich nicht verstehen könne, dass sich Menschen veränderten und entwickelten und sich irgendwann im Leben auch mal für was anderes interessierten als dafür, wie man Strom macht und immer größere Gebäude hinstellt? Ich verstand nicht, warum sie so wütend war.

Meine Alte wollte wissen, ob der Opa nur ein Kind gehabt

hätte. Das wunderte sie, weil die Laestadianer doch normalerweise eine ganze Herde Kinder haben. Sie lamentierte so lange über die wenigen Kinder vom Opa, dass ich sie fragen musste, ob sie in ihrem Alter immer noch nicht wisse, wie Kinder entstehen.

Sofort hat sie gestichelt, jetzt ginge es aber darum, warum der Opa keine Kinder habe. Ich sagte ihr, wenn du weißt, wie man Kinder macht, dann verstehst du auch, dass keine zu Stande kommen, wenn man nicht versucht, welche zu machen. Sie fragte, ob ich von uns reden würde. Ich sagte, das hält ja kein Mensch aus mit dir. Aake Huttunen, der Tankstellenbesitzer, stand plötzlich vor der Tür. In seinem Schlepptau der Amtmann. Der fragte, wo hier die verantwortlichen Personen seien.

Der Kaufmann und seine Alte wollten sich mal unser Studio angucken. Leila hat wegen irgendwas Stress mit dem Wurst-Dealer gekriegt. Und nicht lange, da hat der Händler seine Alte angeschrien. Dann haben sich drei neue Typen ins Studio gedrängt. Langsam wurde es eng.

Ich hab nicht gewusst, wer die drei Gestalten waren, aber als Letzter ächzte sich ein Polizist durch die Tür, ein Wachtmeister in Uniform. Der Erste hatte eine Esso-Jacke und verdreckte Jeans an, mit Arbeitshandschuhen hinten in der Hosentasche. Der Zweite war so an die fünfzig, ein kleiner Kerl in trockenem Zustand, wie ein Marder, dem man das Fell abgezogen hat.

Der hat gleich an der Tür gefragt, wer hier die verantwortliche Person war. Ich hab von unten gesagt, das bin ich. Ich war nämlich auf allen vieren unter dem Mischpult, weil ich das Überspielkabel für die Tonwiedergabe aus dem Tisch ziehen musste. Er hat ziemlich lang geguckt, nachdem ich rausgekrochen war.

Er hat gemeint, ihm wären da Sachen zu Ohren gekommen, die ihn zwingen würden, persönlich vor Ort zu erscheinen, obwohl Wochenende wär. Er hat gesagt, er müsse mit einem ganz engen Budget auskommen, und Noteinsätze außerhalb der Dienstzeit kämen die Gesellschaft teuer zu stehen. Wenn jemand eine Vorstellung von Verantwortung haben müsste, dann ja wohl wir. Ich hab ihn gefragt, von wem er spreche und wer er eigentlich sei.

Der Amtmann stellte sich zweimal auf die Zehenspitzen. Er erklärte, er sei der Amtmann. Panu fragte ihn, was er wolle. Der Amtmann sagte, bei ihm seien Beschwerden eingegangen. Panu wunderte sich. Sie hätten eine gültige Sendeerlaubnis, und die Übertragungen würden gemäß der vorgegebenen Bedingungen durchgeführt. Auf einmal fing er an zu lachen.

Ich konnt mich nicht mehr halten. Der Typ hat gemeint, ich wär Laestadianer! Hat sich eingebildet, ich wär Larry Halme oder ein anderer aus dem Organisationskomitee der Friedensgemeinde. Ich hab mich umgedreht, den Rechner gebootet und versucht, mich zu beherrschen. Musste mir allerdings ziemlich auf die Unterlippe beißen. Dann hab ich meine Visage wieder im Griff gehabt und mich umgedreht. Und wie ist der Finlandia-Lauf letzten Winter über die Bühne gegangen?, hab ich den Sheriff gefragt.

Da war er geplättet. Woher ich das wüsste. Sein Kiefer war richtig am Zittern, und die Hand ist ihm nur so durch den Scheitel gepflügt. Waren Sie in Mikkeli dabei?, hat er gefragt. Ich war nicht dabei, aber einen gut durchtrainierten Skiläufer erkenne ich immer am elastischen Schritt und den kraftvollen Armbewegungen.

Der Sheriff hat sich immer weiter den Schädel gestriegelt. Ich hatte ihn bei der Herfahrt auf dem Randstreifen in Fahrt gesehen, aber man hätte es ihm auch so angemerkt, dass er einer von den Deppen war, die mit Rollskiern über die Landstraße brettern, wenn normale Menschen den Sommer genießen und versuchen, den Winter zu vergessen.

Meine Alte musste lachen. Sie drehte den Stuhl in die andere Richtung und starrte aus dem Fenster. Es hat sie richtig geschüttelt. War ja auch zum Lachen. Ich versteh nicht, wie Panu erraten hatte, dass der Amtmann skiverrückt ist. Im Winter, als die Winterspiele von Nagano stattfanden, hat er nachts um vier die Festbeleuchtung im Gerichtsgebäude eingeschaltet, weil Myllylä Gold über dreißig Kilometer gewonnen hatte.

Er schoss alte Notraketen, die er im Bootsclub eingesammelt hatte, in den Himmel, und als es ihm der Dienst habende Wachtmeister verbieten wollte, sagte er nur, er übernähme die volle Verantwortung. Die Omas im Dorf wachten auf und glaubten, der Krieg wär ausgebrochen. Angeblich haben sie sich gegenseitig angerufen und das Gerücht in die Welt gesetzt, Saddam Hussein hätte einen Überraschungsangriff gestartet.

Der Amtmann war sowieso schon sauer auf die Laestadianer, weil die den ganzen Winter über direkt neben seiner Stammloipe die Kreissäge hatten kreischen lassen. Jetzt schien er nicht zu wissen, was er tun sollte. Er machte einen auf resolut und erklärte, erst mal wär Sommer und bis zum Finlandia-Marathon noch Zeit.

Er musterte die Nieten auf Panus Jacke und die Cowboystiefel und meinte, er hätte die Gläubigen immer für ordnungsliebende Menschen gehalten. Panu sagte, aus dem ganzen Kram werde nix, wenn man keine Ordnung halte.

Ich hab dem Amtmann die Kabelbündel gezeigt, die immer im Studio an der Wand hängen, und die Schubladen mit den Fächern für den Kleinkram aufgezogen: Abico-Stecker und Sicherungen, Alkalibatterien und LED-Lämpchen fürs Mischpult, Lötkolben und Lötzinn und so weiter. Ich hab hier Zeug rumliegen wie im Baumarkt, wenn du das nicht in Ordnung hältst, wird das alles nix. Der verdreckte Kerl mit der Esso-Jacke hat sich unser Werkzeug aus der Nähe angeguckt und gefragt, ob ich Elektriker wär.

Er hat gemeint, am Werkzeug würde man den Profi erkennen. Ich hab gesagt, ich bin zwar kein Elektriker, aber wenn man auf Tour ist, kann alles passieren, und darum musst du ne anständige Ausrüstung parat haben. Wenn du chinesische Teile kaufst, dann kannst du die Kohle auch gleich im Klo runterspülen.

Der Esso-Heini hat einen Minischraubenzieher aus dem Set genommen, ihn dem Kaufmann vor die Nase gehalten und ihm verklickert, das hier wär ein richtiger Schraubenzieher. Und ob der alte Marktschreier eigentlich wüsste, dass so einer hundertdreißig Finnmark koste. Anscheinend war der Typ Handwerker oder so. Der Kaufmann hat zurückgeschrien, dass er gutes Werkzeug sehr wohl erkenne, weil er es nämlich an Bauern und Installateure verkaufe, und denen könne er keine Kopien aus dem Fernen Osten anbieten.

Friede, Friede, hab ich gesagt, wie's aussieht, sind wir hier alle Profis, und keiner von uns kauft Schraubenzieher, die nichts taugen, oder verkauft Schrott an Fachmänner. In dem Moment ist Larry Halme an der Tür aufgetaucht und hat gefragt, ob der Computer in Ordnung wär. Da hat der Handwerker geschrien: Das ist der Mann!

Im Studio wurde gestritten. Man konnte es bis draußen hören. Als ich den Kopf durch den Türspalt steckte, machte einer mordsmäßigen Lärm und schrie, ich wäre der Mann. Drei Unbekannte waren im Studio, aber zusammen hatten sie etwas, das mir bekannt vorkam.

Der Schreier war der Mann, der mit dem Auto auf dem Gelände hin und her gefahren war. Ich hatte die Jungs ja noch hingeschickt, um ihn zu verscheuchen. Ein kleinerer Mann fragte mich, ob hier Klarheit über die Haftungsverhältnisse bestehe und wer hier die Anweisungen gebe. Ich wusste nicht, was ich darauf hätte antworten sollen, denn der dritte Unbekannte war ein Polizist in Uniform.

Panu sagte, bis jetzt hätte er während der gesamten Versammlung noch keine Anweisungen gehört, aber vielleicht wäre jetzt endlich ein Mann an Ort und Stelle, der es gewohnt wäre, welche zu geben. Ich wollte wissen, worum es ginge. Der Mann in Arbeitskleidung zeigte mit dem Schraubenzieher auf mich und sagte, ich hätte ihn daran gehindert, sein Gewerbe auszuüben.

Der kleine Mann fragte erneut, wer hier die verantwortliche Person sei. Das hier ist der Amtmann aus unserer Kommune, erklärte der Kaufmann. Panu sagte, hier im Studio sei er für alles verantwortlich, aber vor der Tür würde sich seine Verantwortung auf die Lautsprecheranlage und die Kabel beschränken. Ich sagte, ich sei der Vorsitzende des Organisationskomitees der Versammlung. Obwohl es heutzutage ja keine Amtmänner im eigentlichen Sinn mehr gibt, erklärte der Kaufmann noch.

Der Amtmann sagte, es gebe keine Amtmänner mehr, weil sie in Polizeichefs umgewandelt worden seien, aber die hätten weiterhin dieselben Vollmachten, und auf die würde er hier und jetzt zurückgreifen. Jetzt mal ganz ruhig, Pentti, versuchte ich ihn zu beschwichtigen, aber der Amtmann schrie, er könnte uns alle jederzeit ins Kittchen bringen, und dann wär Schluss mit der Versammlung.

Halme sagte gar nichts. Er ging ans Fenster und guckte eine Weile auf das verregnete Feld, wo auf einer Seite sechs LKWs darauf warteten, dass sie weitergewinkt wurden. Als Halme sich wieder umdrehte, sagte er noch einmal, er wäre der Vorsitzende vom Organisationskomitee der Versammlung.

Der Amtmann fragte, haben Sie diesen Mann hier daran gehindert, sein Gewerbe auszuüben? Aake Huttunen fing an, was von Naphtafässern zu schreien und vom Einzelhandel, der zum Tankstellenbetrieb dazugehöre. Halme sagte, er habe niemanden gehindert und werde auch keinen hindern, er versuche lediglich, die Versammlung über die Bühne zu bringen und danach die Fahrzeuge vom Feld zu bekommen.

Der Amtmann teilte mit, den Beschwerden zufolge, die an ihn herangetragen worden seien, wäre die Bewegungsfreiheit von Einwohnern der Kommune auf dem Versammlungsgelände eingeschränkt worden; außerdem habe man versucht, das Gewerbe der lokalen Unternehmer zu behindern, beziehungsweise ihnen einen unterschiedlichen Status zuzuschreiben. Halme sagte, er wisse nicht, wovon die Rede sei. Aake Huttunen zeigte mit dem Finger auf mich und schrie Halme an, du steckst mit dem da unter einer Decke. Du hast versucht, meinem Jungen Angst zu machen, aber ich lass mich nicht bescheißen.

Bei Aake glühten die Kohlen: Zuerst wird Diesel bestellt, und wenn man es dann bringt, wird man verarscht, verdammt noch mal! Der billige Jakob da, der wird betütert, aber meinem Jungen macht ihr Angst, bloß weil er was verkaufen will. Halmes Handy klingelte, und er sagte, er brauche hier noch ein bisschen, und der Anrufer solle warten. Leck mich doch am Arsch, so eine kleine Gemeinde, und hat trotzdem ihre eigene Mafia, brüllte Huttunen. Ein und dieselben Herrschaften sitzen im Gemeinderat und teilen den Topf unter sich auf, wenn in der Kommune mal was passiert, wo auch die Armen eine Chance hätten. Schweigen Sie, Huttunen!, schrie der Amtmann. Die Ordnungsgewalt ist absolut unparteiisch und wird den Beschwerden gründlich nachgehen.

Leila forderte Aake auf, mit dem Fluchen aufzuhören. Es wären Frauen und Männer vor Ort, die sich dadurch in ihrer geistlichen Überzeugung beleidigt fühlen könnten. Der Amtmann zog einen Block heraus und fragte, in welcher Eigenschaft sind Sie hier? Leila antwortete, sie wäre Wissenschaftlerin im Auftrag der Finnischen Akademie. Der Amtmann stellte sich auf die Zehenspitzen und blies die Backen auf, konnte aber nichts sagen.

Halme stellte sich vor ihn hin und sagte, er finde auch, dass alles unparteiisch aufgeklärt werden solle. Er wisse bloß nicht, worum es eigentlich gehe. Er war richtig diplomatisch, der Halme.

Natürlich hätte ich Brüder kommen lassen können, die Juristen sind. Die hatten wir im Organisationskomitee, und auf der Leitungsebene der Versammlung gab es sogar Mitglieder von Polizeiorganisationen. Der Amtmann hätte das aber für eine Kriegserklärung gehalten, außerdem war auch keine Zeit für zusätzliche Komplikationen.

Der Amtmann setzte die Brille auf. Mir ist zur Kenntnis gebracht worden, dass der Tankstellenunternehmer Huttunen sich auf dem Versammlungsgelände bewegt hat, in der Absicht, Freizeitartikel zu verkaufen, deren Vertrieb als normaler Bestandteil des Tankstellengeschäfts betrachtet werden kann. Der Amtmann blätterte in seinem Block eine Seite weiter.

Ich hab nicht verkauft, mein Sohn hat verkauft, aber wir haben einen Familienbetrieb! Schweigen Sie, Huttunen, befahl der Amtmann. Der Verkauf von Freizeitartikeln ist in der Gewerbeanmeldung aufgeführt, auf deren Basis Huttunen als Unternehmer tätig ist. Was den Verkauf der Ware bei öffentlichen Veranstaltungen betrifft, so handelt es sich dabei um Hausieren, das nach Ermessen der Polizeibehörde gestattet werden kann.

Der Amtmann erklärte, man sei seitens der Gemeindeverwaltung auf ihn zugekommen, und er habe nach eigenem Ermessen den lokalen Unternehmen die Verkaufstätigkeit auf dem Versammlungsgelände gestattet, solange diese Tätigkeit nicht die öffentliche Ordnung störe oder die religiöse Überzeugung anderer Personen beleidige.

Er nahm die Brille ab und sah uns der Reihe nach an. Sobald die Polizei die Ausübung eines solchen Gewerbes gestattet, verpflichtet sie sich auch dazu, darüber zu wachen, dass die Voraussetzungen für alle gleich sind. Der Amtmann setzte die Brille wieder auf und studierte seine Notizen. Jetzt aber ist mir zur Kenntnis gekommen, dass die von der Polizei vorausgesetzte Gleichberechtigung nicht erfüllt worden ist.

Ich verstand immer noch nicht, worum es ging, wollte mich aber nicht bloßstellen. Ich wollte wissen, an welcher Stelle die Gleichberechtigung nicht erfüllt worden sei. Huttunen schrie, den Supermarktbesitzer aus dem Kirchdorf lasse man den Leuten seine Würste aufdrängen, aber er, Huttunen, dürfe seine Produkte nicht verkaufen, ja nicht mal den Brennstoff liefern, der zuvor bei ihm bestellt worden sei.

Ich erkundigte mich, wie versucht worden sei, Huttunen zu behindern. Zuerst macht ihr meinem Jungen Angst, und dann darf ich nicht kommen, wenn ich die Ware dorthin liefern will, wohin sie bestellt worden ist. Ich fragte Huttunen, ob er einen hellen Pick-up habe. Ich weiß Bescheid! Die verkaufen hier sogar Autos!, schrie er.

Halme erzählte dem Amtmann, dass der Sohn vom Huttunen mit dem Pick-up rücksichtslos über das Versammlungsgelände gefahren wäre und durch überflüssiges Gasgeben die Ackerkrume überstrapaziert hätte. Halme sagte, er mache sich Sorgen über die Verschlammung des Bodens, weil sie eine große Anzahl von Fahrzeugen auf dem Feld stehen hätten, die irgendwie auch wieder wegkommen sollten.

Der Amtmann war der Meinung, das wäre die Sache von Halme und der Vereinigung, die er repräsentierte, weil sie ja auch die Autos auf das Feld gebracht hatten. Huttunen bräuchte dafür keine Sorge zu tragen. Was die Legalität des Fahrens auf dem Feld betrifft, so beruht sie auf der Erlaubnis des Grundbesitzers und der durch die Polizeibehörde ausgestellten Ausnahmeregelung. In der Regel ist das Lenken motorisierter Fahrzeuge im Gelände ja verboten. Autos gehören auf Straßen und befestigte Parkflächen, wie es ja auch schon dem Namen des wichtigsten Gesetzes zur Regelung des Personenkraftverkehrs zu entnehmen ist: der Straßenverkehrsordnung.

Wenn die Friedensgemeinde nun ihre Mitglieder ermuntert hat, mit den Autos auf das Feld zu fahren, dann trägt sie auch die Verantwortung dafür. Der Amtmann hat dies zwar genehmigt, und der Grundbesitzer hat gegen eine Entschädigung die Erlaubnis dazu gegeben, aber diese Erlaubnis beinhaltet die selbstverständliche Bedingung, dass auf dem Feld auch andere Personen verkehren dürfen als die Mitglieder der Friedensgemeinde Finnland e. V.

Halme fragte, ob man über dieses Thema nicht vernünftig reden könne. Meine Alte musste sich ebenfalls einmischen. Ich befahl ihr, still zu sein. Da wurde sie sauer. Sie verließ mit Leila und Johannes das Studio, und der Amtmann hinderte sie nicht daran. Ich hatte das Gefühl, er würde jeden Moment die Warnung aussprechen, alles, was Sie sagen, kann gegen Sie verwendet werden, und Sie haben das Recht auf ein Telefonat.

Halme erinnerte daran, dass hier die traditionelle Sommerversammlung der Laestadianer stattfand, die seit Jahrzehnten an wechselnden Orten im ganzen Land veranstaltet wurde, und zwar im Prinzip unter den gleichen Umständen wie jetzt, und nie hätte es Meinungsverschiedenheiten mit der lokalen Bevölkerung gegeben, von der Polizei ganz zu schweigen.

Laut Halme war es für die Friedensgemeinde Ehrensache, den Versammlungsort sauber zurückzulassen, auch wenn sich dort zigtausend Menschen getroffen hätten. Er sagte, nie hätte es auch nur die geringsten Beschwerden über eine Sommerversammlung gegeben. Der Amtmann fragte, was Halme eigentlich beweisen wolle. Halme bat lediglich darum, nicht zu vergessen, dass es sich um eine religiöse Veranstaltung handelte.

Er sagte, Handel und Marktcharakter gehörten traditionell nicht zu geistlichen Versammlungen, man sei im Gegenteil auf Einfachheit und Besinnung aus. Der Amtmann zeigte auf die ganzen Gerätschaften im Studio und sagte, besonders einfach sehe das nicht aus. Er fügte hinzu, aus seiner Sicht, aus juristischer Perspektive, finde hier eine Volksversammlung oder eine öffentliche Veranstaltung statt.

Er belehrte uns, dass es ihn als Amtsperson nichts anginge, was Thema und Inhalt der Veranstaltungen sei, für deren Abhaltung er die Genehmigung erteile. Die Pflicht, unparteiisch zu sein, verlange von ihm sogar, sich einer Bewertung zu enthalten, sofern sie nicht im Widerspruch zum Gesetz und den von Finnland geschlossenen Staatsverträgen stände.

Als höchstem Vertreter der Ordnungsgewalt in der Kommune stehe es dem Amtmann nicht zu, Stellung zu dem zu nehmen, was die Mitglieder der Friedensgemeinde bei ihren Sommerversammlungen täten. In dieser Hinsicht sei es vollkommen egal, ob eine Hundeschau oder ein Gottesdienst stattfinde. Vielmehr habe der Amtmann darüber zu wachen, dass die Gleichheit der Bürger bei allen genehmigten Veranstaltungen erfüllt werde, auch bei Sommerversammlungen der Laestadianer.

Es sah aus, als wäre es sinnlos, mit dem Amtmann oder mit Huttunen vernünftig zu reden. Die Zeit verrann. Noch immer warteten die LKWs am Feldrand. Sie hatten mich schon zweimal angerufen. Ich stellte dem Amtmann einige Fragen.

Ich trug sie in möglichst einfacher Form vor. Wolle der Amtmann die Versammlung auf der Stelle beenden oder erlaube er, dass sie weitergehe? Werde irgendjemand beschuldigt? Und wenn ja, weshalb? Bestehe die Absicht, jemanden festzunehmen oder zu inhaftieren? Und schließlich: Was müsse unternommen werden, damit Huttunen zufrieden sei?

Halme hat dann einen Gang hochgeschaltet. Hat ein bisschen so ausgesehen wie hey, jetzt ist Schluss mit den Faxen. Der Amtmann war leicht geplättet. Hat was gequatscht von wegen, niemand will hier jemanden einsperren, und niemand wird beschuldigt, aber die Unparteilichkeit muss gewahrt bleiben und so. Halme hat gemeint, das hätten alle mittlerweile kapiert. Jetzt wäre bloß noch interessant, wie die Unparteilichkeit nach Art des Amtmanns realisiert würde.

Er hat den Amtmann aufgefordert, einfach zu sagen, was getan werden solle, dann würden es die Veranstalter schon so machen. Aber er solle es jetzt gleich sagen, weil sie nicht den ganzen Tag Zeit hätten. Der Amtmann erklärte noch mal was vom Umsetzen der Unparteilichkeit und von der Gewerbefreiheit. WAS MUSS GETAN WERDEN! Das hat der Larry dann schon ziemlich laut gefragt.

Scheiße, was hatte ich für einen Spaß, wie der Halme den Sheriff an die Wand gedrückt hat. So viel Punk muss in jedem stecken: Nieder mit den Bullenschweinen! Ich hab Larry den Ring aus Daumen und Zeigefinger gezeigt: Punk rules! Seine Geste hat eher so was bedeutet wie: Misch dich nicht ein.

Dem Amtmann hat der Unterkiefer geschlackert. Alle Bürger der Kommune müssten auf dem Versammlungsgelände frei ihr Gewerbe ausüben und sich dort frei bewegen dürfen. So geschieht es auch, hat Larry gemeint und ist gegangen.

Der Amtmann und Huttunen haben wie die Deppen dagestanden. Der Wachtmeister hatte die ganze Zeit kein Wort gesagt. Der Kaufmann hat gelacht und zu Huttunen gesagt, geh jetzt deine Gewerbefreiheit umsetzen, Aake. Leila war längst mit Johannes und der Tussi vom Kaufmann verschwunden. Für mich hat es ausgesehen, als hätte die Frau angefangen zu heulen, weil der Kaufmann sie angeschrien hatte, sie solle das Maul halten.

XXI

Die Frau des Kaufmanns weinte: Immer müsse er so zu ihr sein. Ich versuchte Johannes zu bedeuten, für eine Weile zu verschwinden, aber er kapierte es nicht. Er wunderte sich bloß, was eigentlich den Amtmann dieser Gemeinde plage. Die Frau des Kaufmanns lachte leicht hysterisch: zu kleine Eier. Johannes wurde rot. Er begriff überhaupt nicht, in welchem Gemütszustand die Frau war.

Durch ihren Scherz gelang es ihr aber immerhin, sich daraus zu befreien, und sie fing richtig an zu lachen. Sie erzählte, Panus Frage nach dem Finlandia-Lauf habe beim Amtmann einen wunden Punkt getroffen.

Der Amtmann sei beim Finlandia-Marathon in Mikkeli nämlich unmittelbar vor dem Start durch eine Schmelzwasserpfütze gefahren. Darauf seien ihm die Ski unten vereist, aber er sei trotzdem mit der Unterlippe zwischen den Zähnen weitergelaufen, weil er mit dem Tierarzt gewettet habe, diesen zu schlagen.

Mit aller Gewalt hatte er sich im Hauptfeld gehalten, solange man sich noch im Startbereich befand, einem langen offenen Stück auf dem zugefrorenen See. Die Bedingungen erlaubten es nicht, sofort unten an den Skiern zu kratzen, weil das Fernsehen vor Ort war und der Amtmann wusste, dass alle Leute aus dem Ort nach ihm und dem Tierarzt Ausschau hielten.

Als die Loipe in den Wald führte, wollte der Amtmann seine Skier vom Eis befreien, aber er hatte natürlich kein

Werkzeug dafür parat. Ständig liefen die Konkurrenten an ihm vorbei, und keiner half ihm.

Da verlor der Amtmann die Nerven. Er hatte Angst, den Anschluss an den Tierarzt zu verlieren. Er lief wieder los, versuchte zwischendurch Äste abzubrechen und daran die Skier abzustreifen, wie Marjo Matikainen bei der Olympiade in Calgary. Schließlich war das Eis weg, aber bei der Prozedur hatte der Amtmann auch das ganze Wachs abgeschabt, und bei jedem Anstieg rutschten ihm die Skier nach hinten weg.

Zwanzig Kilometer lang mühte er sich damit ab und verbrauchte dabei all seine Kräfte. Auf der Hälfte der Strecke sollte sich ein Rastpunkt befinden, wo man seine Skier warten konnte, und den peilte der Amtmann an.

An einer Getränkeversorgungsstelle am Ufer eines kleinen Sees, der zur Gemeinde Juva gehörte, war es mit dem Lauf allerdings zu Ende. Der Amtmann wurde zu Fall gebracht und mit Gurten auf einer Bahre festgezurrt. Bei dem Rennen waren die Veranstalter nämlich für die Gesundheit der Teilnehmer verantwortlich und entfernten angeschlagene Skiläufer notfalls mit Gewalt von der Loipe.

Der Amtmann erreichte taumelnd den Tisch mit den Sportgetränken. Er trug seinen schwarzen Skioverall mit den weißen Armen und Beinen; auf dem Kopf saß ihm eine rote Mütze wie ein Hahnenkamm. Er trug sie, damit seine Frau ihn im Fernsehen erkennen konnte, wenn die Sportschau einen kurzen Kamerablick aus dem Hubschrauber zeigte, auf Tausende Skiläufer, die wie zu früh aufgewachte Ameisen über den Schnee wimmelten, und damit er sich selbst später auf der Videoaufzeichnung wiederfand.

Schon als er die Getränkestation erreichte, zog er die Aufmerksamkeit der Ordnungskräfte auf sich, und dann verließ er die Station auch noch in die falsche Richtung, in die, aus der er gerade gekommen war. Kurz darauf geriet er in den Tiefschnee und tobte dort als schwarz-weiß-roter Wirrwarr mit nur einem Ski wie ein verwundeter Auerhahn in der Balz.

Auf der Bahre wand er sich in den Gurten und brüllte etwas vom Reserveoffizierskorps, von dem Schwur, der in sein Messer eingraviert sei, und vom Geist des Winterkriegs. Auch einen Skistock hatte er beim Toben zerbrochen, und er verlangte, mit einem Stock ins Ziel laufen zu dürfen, so wie Mika Myllylä in Lillehammer. «Was für Bilder, was für eine Stimmung!», begrüßte der Tierarzt seitdem den Amtmann, wenn er ihn im Gemeindehaus traf.

Der Amtmann kam aus dem Studio. Tschuldigung, ich muss von drinnen die Akkus holen, sagte Leila und rannte gebückt ins Studio. Die Frau des Kaufmanns und ich, wir beherrschten uns. Der Amtmann fragte, ob ich mich in der Gemeinde wohlfühlte.

Ich sagte ihm, dass ich offiziell noch nicht umgezogen wäre. Ich sagte das sicherheitshalber, weil ich dachte, er hätte die Umzugsmeldungen überprüft und das wäre jetzt eine Art Stichprobe. Huttunen wollte wissen, ob ich die Schiffsschraube jetzt zu kaufen gedenke oder nicht. Ich sagte, das würde sich noch am selben Tag entscheiden.

Der Amtmann wunderte sich, was Huttunen bei der Versammlung so alles verkaufte. Er sagte, gerade habe er Huttunens Recht auf sein Handelsgewerbe verteidigt, und er hoffe nun, sein Vertrauen nicht enttäuscht sehen zu müssen.

Ich sagte ihm, wir würden hier über die Schraube des alten Schleppers sprechen, der bei Huttunen auf dem Hof stehe. Ich wolle sie kaufen, und Huttunen verkaufe sie. Mit der Sommerversammlung habe die Schraube nichts zu tun, versicherte ich.

Ich konnte mir indes nicht verkneifen hinzuzufügen, dass ich mir auf der Versammlung aber gern Boulekugeln kaufen würde, falls man sich über den Preis einigen könne. Der Amtmann sah langsam so aus, als würde er bald niemandem mehr etwas glauben. Er wirkte wie ein Mann, der zu lange schon ertragen musste, dass die anderen hinter seinem Rücken tuschelten, und der seine gesamte Zeit dafür aufwendete, sich zu fragen, was über ihn geredet wurde.

Ich hatte Angst, mit dem Amtmann in eine Diskussion über den Zweck der Schiffsschraube verstrickt zu werden. Ich wollte nicht, dass er in der Gewässerverordnung stocherte und in den gesetzlichen Bestimmungen zur Energieerzeugung, oder dass er gar zur Mühle kam, um mit seinen juristischen Kenntnissen zu prahlen. Zum Glück kehrte Leila zurück, und der Amtmann richtete seine Aufmerksamkeit auf sie.

Der Amtmann wollte wissen, ob ich tatsächlich Wissenschaftlerin im Auftrag der Finnischen Akademie sei. Ich erklärte ihm, bei einem Projekt des Instituts für Religionswissenschaft der Universität Helsinki mitzumachen, und fragte ihn, ob er sich noch von der Rechtsgeschichte her an das Konventikelplakat erinnern könne. Ich redete einfach drauflos, um auf andere Gedanken zu kommen und nicht auf: «Was für Bilder, was für eine Stimmung!»

Der Amtmann behauptete, er habe von dem Konventikelplakat gehört, könne sich aber gerade nicht entsinnen, in welchem Zusammenhang es stehe. Seine Approbatur in Rechtsgeschichte liege bald dreißig Jahre zurück.

Er überlegte, ob das Konventikelplakat etwas mit dem merkantilen Handel und dem Stapelrecht zu tun haben könnte. Da musste ich schnell fortfahren, dass es sich bei dem Konventikelplakat um einen Erlass gehandelt habe, durch den in der ersten Hälfte des 18. Jahrhunderts in Schweden-Finnland private religiöse Andachtsversammlungen verboten worden seien. Zu den Aufgaben der damaligen Amtmänner habe gehört, den Versammlungen der Erweckten aufzulauern und sie gegebenenfalls mit Gewalt aufzulösen sowie die Veranstalter zur Rechenschaft zu ziehen, worauf diese durchaus im Gefängnis landen konnten.

Die Erweckungsbewegungen seien die alternativen Bewegungen der damaligen Zeit gewesen. Von der Staatsmacht und der Kirche seien die Gläubigen für gefährliche Radikale gehalten worden, die Ordnung und gute Sitten gefährden würden. Am beängstigendsten sei die Neigung der Erweckungschristen gewesen, sich aus der Gesellschaft hinaus zu begeben und mit ihrer bedingungslosen Weltanschauung und ihren an die Gefühle appellierenden Kampagnen junge Menschen anzulocken.

Das Konventikelplakat und die gesamte darauf folgende Geschichte der Rechtswissenschaft hätten gezeigt, dass man in der finnischen Gesellschaft immer schon das Bedürfnis gekannt hatte, mit gesetzlichen Mitteln Bewegungen und ideelle Richtungen, die als fremd erlebt wurden, in die Schranken zu weisen. Die Kommunistengesetze zwischen den Kriegen und die Hemdenparagraphen, die für die extreme Rechte eingeführt wurden, stünden für dieselbe Tradition. Der angelsächsischen Rechtstradition wäre so etwas vollkommen fremd.

Nach Meinung des Amtmannes waren die 30er Jahre in

mancherlei Hinsicht eine außergewöhnliche Zeit. Man solle sie nicht mit der Gegenwart vergleichen. Ich fragte ihn, ob auf Motorradgangs und radikale Tierschützer zugeschnittene Gesetze nicht Ausdruck desselben Rechtsdenkens seien, das Konventikelplakat und Hemdenparagraphen hervorgebracht hatte. Der Amtmann war erstaunt. Ob sich die Gesellschaft etwa nicht verteidigen dürfe, fragte er.

Leila vermied es, den Amtmann anzuschauen. Sie redete, was ihr gerade in den Sinn kam. Sie fingen an, sich über die Gesetzgebung zu streiten. Was wusste Leila denn davon? Wahrscheinlich hatte sie bloß Angst, wieder laut loslachen zu müssen.

Der Amtmann sagte, allmählich erinnere er sich wieder an das Konventikelplakat aus seinem rechtshistorischen Lehrbuch.

Das finnische Rechtssystem basiere allerdings auf dem römischen Recht, referierte er mit erhobenem Arm. Ich dachte schon, gleich rutscht ihm raus: Finnland ist das Japan des Nordens. Über dem Fichtenwäldchen lagen Dunstschwaden. Man konnte nicht sagen, ob es Nebel oder Regen war.

Die Gesellschaft habe die Pflicht, sich gegen Ideen und Bewegungen zu verteidigen, die ihre Grundwerte und ihr rechtliches Fundament untergruben. In Finnland beruhten Gesellschaft und Leben auf dem niedergeschriebenen Gesetz. Immerhin fügte der Amtmann hinzu, er halte die Laestadianer nicht für Feinde der Gesellschaft.

Seiner Ansicht nach, dürfe in Finnland jeder mit seinem Glauben selig werden, und er persönlich heiße die Laestadianer willkommen. In seiner Eigenschaft als Amtsperson sei das nicht anders, dennoch müsse er Sorge dafür tragen, dass alles nach Gesetz und Verordnung ablaufe und die Ordnung gewahrt bleibe.

Über die Wahrung der Ordnung sei er vorab etwas in Sorge gewesen. Leila fragte ihn, weshalb. Der Amtmann erklärte, er sei kein völlig ungebildeter Mensch. Er sei durchaus im Bilde, was für Phänomene in Erweckungsbewegungen auftreten konnten, speziell bei Versammlungen der Laestadianer.

Er habe genug schöne Literatur gelesen und kenne die finnische Malerei und den finnischen Film gut genug, um den Fanatismus, der zum erweckten Christentum gehöre, ein Phänomen nennen zu können, das ihm vertraut sei.

Er prahlte damit, mehrfach Rauni Mollbergs Film «Die Erde ist ein sündiges Lied» gesehen und aus Neugier auch den Roman von Timo K. Muka, auf dem der Film beruhte, gelesen zu haben. Durch diese Werke glaube er ein realistisches Bild davon erhalten zu haben, was bei den Versammlungen der Laestadianer geschehen könne. Auch das Gemälde «Die Fanatiker» von Tykö Sallinen handle von dem Phänomen.

Der Amtmann wollte unser Verständnis dafür, dass er aufgrund aller Vorabinformationen jeglichen Grund habe, sich besonders zu wappnen. Er erinnerte daran, dass gut fünfzigtausend Menschen erwartet worden, jetzt aber schon achtzigtausend eingetroffen seien.

Phänomene der Ekstase in Verbindung mit der kolossalen Menschenmenge könnten eine Amtsperson, der die Überwachung der Ordnung oblag, durchaus veranlassen, über verschiedene Methoden der Massenlenkung nachzudenken. Der Amtmann bat uns, das zu verstehen.

Johannes marschierte in vollem Tempo in Richtung Feld. Ohne sich umzudrehen rief er, er müsse den Opa suchen gehen. Unsere Blicke waren sich genau in dem Moment begegnet, als der Amtmann räsonierte, auf was für Krawallabwehrmaßnahmen er zurückgreifen könne, falls die religiöse Ekstase der Laestadianer außer Kontrolle geriete.

Der Amtmann berichtete, er habe im Frühling an einer Mako-Schulung des Innenministeriums teilgenommen. Ohne Böses zu ahnen fragte Johannes, was «Mako» bedeute. Er machte sich sofort auf die Socken, als er hörte, die Abkürzung bedeute Massenkontrolle.

Der Amtmann bat uns, Verständnis für seine Pflichten als Amtsperson, die für die Ordnung verantwortlich wäre, aufzubringen. Mit großen Menschenansammlungen seien stets Sicherheitsrisiken verbunden, und er würde seiner Aufgabe nicht gerecht, wenn er diese Risiken nicht zu analysieren versuchte. Er fing an, seine Vorstellungen vom tiefenpsychologischen Hintergrund der religiösen Ekstase zu erläutern: Sexualität und religiöse Wollust stünden sich überraschend nahe.

Soweit er sich erinnere, sei in irgendeinem finnischen Theater vor kurzem erst ein Stück aufgeführt worden, das diesen Sachverhalt anschaulich gemacht habe. Im zweiten Programm habe er Ausschnitte aus dem Stück gesehen, und darin hätte der Fanatismus laestadianischer Versammlungen hinsichtlich der Züchtigkeit problematische Formen angenommen.

Der Polizist kam von dem Rundgang zurück, auf den ihn der Amtmann geschickt hatte. Er habe nichts Besorgnis Erregendes feststellen können, berichtete der Schutzmann, auch die Fahrzeuge schienen in ordnungsgemäßem Zustand zu sein, die Reifen legal und die Steuern bezahlt, wie die aufgetragene Stichprobe ergeben habe.

Der Polizist schien sich zu genieren. Er fragte, ob es nicht Zeit wäre zu gehen. Soweit er es sehe, werde die Polizei nicht gebraucht. Der Amtmann war einverstanden, erinnerte aber noch einmal daran, dass ihm genügend Mittel zur Verfügung stünden, wenn die Versammlung nicht im Rahmen von Gesetz und Ordnung bliebe.

Er verbeugte sich vor mir und senkte die Stimme wie ein Verschwörer. Er sagte, er habe begriffen, dass ich ein akademisch gebildeter Mensch sei, mit der Fähigkeit, die Dinge kühl abzuwägen. Da ich als Wissenschaftlerin vermutlich über Einfluss in dieser Schar verfüge, bat er mich, in aller Stille darauf hinzuwirken, dass alles glücklich vonstatten gehe. Ich versprach es ihm.

Der Amtmann erzählte, im Mako-Kurs sei gelehrt worden, dass man im Rahmen der Massenkontrolle stets darauf bedacht sein solle, Psychologie und indirekte Einflussmaßnahmen anzuwenden. Das Geltendmachen der Autorität und physische Maßnahmen der Massenkontrolle kämen unter allen polizeilichen Methoden stets an letzter Stelle.

Die Polizei zögere jedoch nicht, sich auch dieser Mittel zu bedienen, falls die Gefahrenanalyse sie erfordere. Der Amtmann erinnerte daran, dass auch er über allerlei indirekte Maßnahmen verfüge. Wenn er wolle, könne er zum Beispiel einen Gesundheitskontrolleur auf die Versammlung schicken, der dann garantiert irgendeinen Grund fände, die Versammlung aus hygienischen Gründen zu beenden.

Der Amtmann äußerte den Wunsch, unser Gespräch möge vertraulich bleiben. Mit dem peinlich berührten Polizisten gingen sie zu dem Polizei-Saab, der auf der Anhöhe wartete. Huttunen war mitsamt seinem Ladeflächen-Auto längst verschwunden. Dem nervösen Polizisten wollte es nicht gelingen, den Wagen zu starten. Ein paar Mal drehte sich das Blaulicht auf dem Dach, und die Sirene gab ein kurzes Jaulen von sich. Schließlich fuhr der feuerrote Wachtmeister den Wagen vom Feld, die Mütze tief ins Gesicht gezogen und ohne nach rechts und links zu schauen.

Die Frau des Kaufmanns klemmte die Hände unter die Achseln und beugte sich weit nach vorne, um ihr Lachen abzuwürgen. Auf einmal brach sie in Tränen aus. Mit solchen Gestalten muss man es hier aushalten, brachte sie heraus.

Sie erzählte von dem Kaufmann und der Brüderschaft, die sich um die Belange der Gemeinde kümmerte. Huttunen habe Recht, wenn er sage, in der kleinen Gemeinde hier herrsche eine Mafia über alles. Huttunen selbst gehöre nur wegen seiner eigenen Machenschaften nicht dazu.

Er sei ein ewiger Querulant, der Huttunen, der sich aus reiner Sturheit aus dem Eine-Hand-wäscht-die-andere-System der Gemeinde herausgekegelt habe. Aus dem Gemeinderat sei er schon vor langer Zeit ausgeschieden, als der nationalistische Flügel gebröckelt und die Partei auch in dieser Gegend allmählich an Unterstützung verloren habe.

Sie bat um Verzeihung für ihre Reaktion, aber es falle ihr immer schwerer, die Erniedrigungen des Kaufmanns zu ertragen, deren beleidigendste Form in der öffentlichen Beschimpfung bestehe, wie sie auch vorhin zu hören gewesen sei. Ich traute meinen Ohren nicht, als ich hörte, wie der Kaufmann seine Frau herumkommandierte. Ein derartiges Verhalten gehört nicht zu meinem Erfahrungshorizont.

Die Frau verriet, sie habe sich überlegt, mit welchen Methoden sie ihrem Mann vermitteln könne, dass sie nicht mehr gewillt sei, dessen Chauvinismus hinzunehmen. Sie könne auch sehr gut alleine leben, aber ihr Mann werde noch schmerzlich feststellen müssen, wie sehr er sie brauche. Wenn nötig, wolle sie auf Distanz gehen, entweder ganz oder weit genug weg gehen und den Kaufmann mit seinem Gewissensproblem allein lassen.

Wir gingen ein Stück gemeinsam, um uns zu unterhalten. Die Frau des Kaufmanns fragte sich, welche Faktoren sie wohl dazu gebracht hatten, die Schmerzpunkte ihrer Beziehung zu erkennen. Sie vermutete, selbst als Frau gereift zu sein, während sich bei ihrem Mann nicht die geringste Veränderung vollzogen habe. Der Kaufmann sei nach wie vor unfähig, eine Wertediskussion zu führen oder seine Gefühle auszudrücken. Mit seiner emotionalen Behinderung sei er ein typischer finnischer Mann. Ich erzählte ihr etwas über die Institution der Ehe als soziologisches Phänomen.

In allen Kulturen und allen Religionen gebe es ein Mittel, eine unmögliche Paarbeziehung zu lösen. Oft sei ein Wechsel des Wohnorts ein akzeptiertes Mittel gewesen, eine Ehescheidung praktisch zu realisieren. Die extremsten Formen der Trennung seien Mord oder Selbstmord.

Ich erzählte der Frau des Kaufmanns, was mir in den Sinn kam. Dabei gingen wir im Nieselregen auf und ab. Ich redete ununterbrochen. Ich erzählte ihr, was ich noch aus den Grundkursen in Anthropologie über die Trennungsrituale verschiedener Kulturen wusste. Waren es die Prärieindianer, bei denen es Sitte war, dass die Ehefrau dreimal das Tipi gegen den Uhrzeigersinn umrundete und dann in das große Gemeinschaftszelt ging, zu dem Männer keinen Zutritt hatten? Allmählich beruhigte sich Frau Loikkanen. Sie musste wieder lachen.

Angeblich war der Kaufmann ein störrischer Mensch, und die Frau erzählte kichernd, sie laufe immer um das Haus herum, wenn ihre Nerven versagten. Der Kaufmann schien das gesamte Programm des sturen Mannes abrufbar zu haben.

Im Zorn konnte er stur geradeaus gehen, ohne auf Hindernisse Rücksicht zu nehmen, und wenn er schmollte, isolierte er sich. Einmal hatte er das Haus mit Abdeckfolie in zwei Teile geteilt, indem er von Wand zu Wand und von der Decke bis zum Boden die Planen gespannt und mit Klebeband befestigt hatte.

Zweimal war er wie in einer Komödie aufs Dach geklettert, um das Haus in zwei Hälften zu sägen, hatte dann aber so getan, als richte er die Antenne, als Passanten fragten, was er da tue. Später hatten sich die Leute an der Fleischtheke erkundigt, ob das Bild besser sei, seitdem der Kaufmann die Antenne mit der Motorsäge eingestellt habe. Der Kaufmann war Vorsitzender der Gemeindeverwaltung und saß in drei Ausschüssen. Er war im Gemeindevorstand und in den Organen des Kommunalverbands, er genoss Vertrauen, und er repräsentierte. Zur Würde des Gemeindevaters passte es nicht, sich durch hitzige Gefühlsausbrüche zu blamieren, aber er war so sehr daran gewöhnt, der Nabel der Welt zu sein, dass er es nicht ertrug, wenn die Dinge unabhängig von seinem Willen oder ganz und gar gegen ihn liefen.

Die Frau erzählte, am allerschwersten sei es für den Kaufmann gewesen, zu akzeptieren, dass er keine Kinder zeugen könne. Darum habe er auch angefangen zu stänkern, als die Rede auf die Kinderzahl des Opas gekommen sei. Frau Loikkanen fragte mich, ob der Opa und seine Frau so ein Paar gewesen seien, das eine von der Gemeinschaft akzeptierte Methode finden musste, um seine Beziehung aufzulösen.

XXII

Opa war so mit seinen Kraftwerken und seinen christlichen Lehren beschäftigt, dass er an die Existenz seiner Familie gar nicht mehr dachte. Wenn er predigte, konnte er allerdings von der Familie und ihrer Bedeutung sprechen und in diesem Zusammenhang Geschichten aus seiner Kindheit erzählen, wo es am Geist eines echten Zuhauses gefehlt hatte.

Opa lebte während der gesamten 20er und 30er Jahre ein mobiles Leben. Sie wohnten an zig Orten, aber der ständige Wohnortwechsel war Opa noch nicht genug, er war auch an den Orten noch abwesend, an denen sich die Familie jeweils niedergelassen hatte.

Dienstreisen und Predigtreisen sorgten dafür, dass Opa bis zu den Kriegsjahren praktisch getrennt von seiner Familie lebte. Im Winterkrieg drängte er dann mit Macht an die Front.

In der Wyborger Bucht hatte er als gewissenhafter Oberfeldwebel die Feldküche aufs Eis gefahren, da die Kompanie auf diesem Weg zurückwich. Die Gulaschkanone hätte zurückgelassen werden müssen, aber Opa zerstörte sie zuvor. Hundertfünfzig Liter Haferbrei spritzten übers Eis, als der Bauch der Küche durch die Handgranate, die Opa hatte hineinfallen lassen, aufriss.

Das ist die einzige Kriegserinnerung, die Opa je erzählt hat, und ich habe sie selbst oft gehört. Nichts im ganzen Krieg hatte ihn so erschüttert wie der Anblick des auf dem Eis verspritzten Breis, der aus Gottes Korn gekocht worden war.

Als bestes Beispiel für den Irrsinn des Krieges hielt er die Tatsache, dass er am Ende selbst das Essen in die Luft sprengen musste, das er zusammen mit dem Koch im Geschützfeuer seit den frühen Morgenstunden unter Lebensgefahr zubereitet hatte: den Morgenbrei für zweihundert Mann.

Das Verbot, das Korn Gottes zu vernichten, war für Opa so verpflichtend gewesen, dass er den Fall eigens hatte durchdenken und sich dann hatte zwingen müssen, den Befehl zu befolgen, dem Feind keine brauchbaren Lebensmittel oder Ausrüstungsgegenstände zu hinterlassen.

Der Koch hatte ihn daran erinnert, dass das Gesetz Mose schließlich auch das Töten verbot, und darauf sprengte Opa die Feldküche, die er durch den ganzen Krieg geschleppt hatte, mit einer ungarischen Handgranate in die Luft. Diese hatten sie kistenweise dabei, weil die Männer nicht die Granaten mit dem Blechmantel benutzen wollten, wegen deren schwacher Wirkung und ihrer Unberechenbarkeit.

Die Armee kritisierte er wegen der schlechten Planung, weil die Feldküche nicht per Schlitten bewegt werden konnte. Er war gezwungen gewesen, mit dem Messer die Zugriemen durchzuschneiden und das Pferd aus dem Geschirr zu lassen, weil das scheuende Tier im Schnee, der ihm bis zum Bauch reichte, den Karren nicht vom Fleck brachte.

Während des Fortsetzungskriegs war Opa im Dienst der Volksversorgung in der Hauptstadt, seine Frau und Akseli lebten in Ristiina. Dort hatte Opa nämlich im Zwischenfrieden für kurze Zeit eine Kanalbaustelle geleitet.

Akseli dachte manchmal an sein Elternhaus zurück. Er hatte seinen Vater nicht oft zu Hause gesehen, aber jedes Mal, wenn er da war, herrschte eine ungeheuer rege, geschäftige Atmosphäre. Bei seinen Besuchen daheim erledigte Opa stets ein halbes Dutzend Dinge auf einmal. Er brachte den Haushalt in Ordnung, rumorte und werkelte.

Abends veranstaltete er Katechismusprüfungen, bei denen allerlei Literatur laut vorgelesen wurde. Die Bibel und Laestadius, aber auch Elektrizitätslehre und Kulturgeschichte. Physik demonstrierte er anhand von Goethes Schriften, ebenso Farbenlehre und Goldener Schnitt.

Von der Morphologie der Pflanzen war Opa begeistert. Er fand, man müsse Gebäude und Anlagen nach den gleichen Prinzipien bauen, wie der Schöpfer Pflanzen und Tiere gemacht habe. Akseli erzählte, er habe oft laut aus dem *Faust* vorgelesen.

Auf Goethes Spuren war Opa durch einen Lehrer an der Industrieschule geraten, der dem Geist des Jugendstils nahe stand und Technik, Kunst und Glaube als ein und dieselbe Sache erlebte. Eine Fabrik oder ein Kraftwerk waren Kunstschöpfungen, und über allem wirkte der Geist Gottes.

Opa ließ aus dem Ausland Kunstbücher kommen, deren Bilder dann betrachtet wurden. Akseli hatte mit seinem Vater zusammen einmal über eine Stunde lang eine einzige Seite studiert, auf der ein Farbdruck von Brueghels Gemälde *Der Turm von Babel* zu sehen gewesen war. Darauf ragte das in seinen Ausmaßen übermenschliche Gebäude so weit in die Höhe auf, dass Wolken das Turmende umgaben.

In der Tat war Opa ungemein am Kirchenbau interessiert und hielt seiner Frau und seinem Sohn Vorlesungen über Architekturgeschichte. Als sie bei den gotischen Kathedralen ankamen, geriet er fast außer sich. Die hohen Türme hatten es ihm angetan, deren spitz zulaufende Massen auf unwahrscheinlich schmalen Fundamenten bis in den Himmel aufstiegen.

Opa verstand das Kompositionsprinzip von Notre-Dame in Paris, aber es fiel ihm schwer, die abgeschnittenen Kirchtürme zu akzeptieren. Er konnte schlicht und einfach den Gedanken nicht ertragen, dass man keine möglichst hohen Türme gebaut hatte, wo man doch dazu im Stande gewesen wäre.

Einmal war Opa nach Hause gekommen, nachdem Frau und Sohn Blaubeeren gesammelt hatten und gerade dabei waren, sie zu putzen. Er krempelte die Ärmel hoch und beteiligte sich an der Arbeit. Seine Nerven hielten gerade zwei Minuten durch, dann sprang er auf und rief entsetzt: Macht ihr das immer so?

Aus einem Saatkorb mit Gitterboden und einem Exzenter entwickelte er ein Gerät, das durch Schütteln Blätter und Nadeln von den Beeren trennen sollte. Dabei wurden die Blaubeeren zu Mus, und Oma Leena, Akselis Mutter, musste unsaubere Marmelade einkochen, weil Opa schon wieder auf Reisen gegangen war.

Er gab allerdings nicht auf, sondern brachte das Gerät so weit, dass es bei Preiselbeeren funktionierte, die eine gröbere Behandlung aushielten als die weichen Blaubeeren. Eine Zeit lang tauchten dann Preiselbeeren und Heidelbeeren in Opas Predigten als Gleichnisse auf. Wie die Menschen reagierten sie unterschiedlich auf die Befreiung von überflüssigem Ballast.

Opa war ein großer Volksführer, da hatte er keine Zeit für eine kleine soziale Einheit wie die Familie. Er lebte ein Leben nach größerem Maßstab. Für ihn bestand die nächste Umgebung aus der gesamten Laestadianerbewegung Skandinaviens.

Johannes' Oma Leena war gewissermaßen die Witwe eines lebenden Mannes, aber darüber machte sich niemand Gedanken, weil der überall anwesende Opa als gemeinsames Eigentum betrachtet wurde. Natürlich begriff man, dass Leena viel mit ihrem Sohn alleine sein musste, und so schloss man sie in die Nachbarschaftshilfe ein, die Bestandteil der Laestadianergemeinschaft war.

Leena stammte aus armen Verhältnissen, aber als Frau des großen Führers gehörte es sich nicht für sie, bei Gemeindeveranstaltungen mit Kaffeekesseln und Hefezöpfen zu hantieren. Die bescheidene und zurückhaltende Oma Leena wusste sich bei den Veranstaltungen darum nicht natürlich zu verhalten und blieb ihnen mit der Zeit fern. Opa nahm davon keine Notiz. Seine Aufmerksamkeit galt der Organisation immer größerer Versammlungen.

Seine Besuche glichen einem fortwährenden Wettkampf, bei dem es darum ging, wie viele hundert oder tausend Menschen mehr man im Vergleich zur letzten Versammlung zusammengebracht hatte. Opa hätte wohl kaum zu sagen vermocht, mit wem er den Wettstreit eigentlich führte, ebenso wenig wäre er auf die Idee gekommen, sich zu wundern, warum die ganze Welt bei den Gemeindeversammlungen zusammenkommen musste, während die eigene Familie fern blieb, ohne dass er es auch nur merkte.

Im Laufe dieses fortgesetzten Hirtenlebens entwickelte sich Akseli zu einem eigensinnigen und erfindungsreichen Jungen. Während die Mutter in Schweigen verfiel und sich zurückzog, schlüpfte der Junge in die Rolle des Aktiven, und schon in der Pubertät führte er souverän den ganzen Haushalt.

Als Fünfzehnjähriger fuhr er das Auto, das Opa gekauft hatte, und führte selbstständig die Umzüge der Familie durch. Opa war auf seinen Reisen am liebsten mit dem Motorrad unterwegs, und an diesem schraubte Akseli immer dann herum, wenn sein Vater mal zu Hause war.

Als Opa die Maschine einmal drei Wochen daheim stehen ließ, baute Akseli die Harley Davidson komplett auseinander und wieder zusammen. Opa hat nie erfahren, dass sein treues Gefährt einmal von den Händen seines Sohnes in Atome zerlegt und auf den letzten Drücker vor der Rückkehr des Vaters wieder zusammengesetzt worden war.

Im Jahr '43 musste Akseli zur Armee. Vom Ausbildungszentrum wurde er auf die Karelische Landenge abkommandiert. Opa war weiterhin im Volksversorgungsministerium beschäftigt. Die Mutter blieb alleine in Ristiina zurück.

In Kuuterselkä wurde Akseli verwundet. Im Lazarett wachte er nach der Operation auf und sah, dass Opa seine Hand hielt. Die Mutter war gestorben.

Die Russen hatten Mikkeli bombardiert und waren bei der Rückkehr über Ristiina geflogen. Leena war mit den Nachbarinnen aus dem Graben gestürmt, wo sich die Erntehelfer sicherheitshalber für die Dauer des Überflugs versteckt hatten.

Leena war über den Stoppelacker gelaufen, hatte das zu Schwaden zusammengerechte Heu mit dem Fuß auseinander getreten und durcheinander gebracht, sie hatte gespuckt und sich mit dem Rocksaum zwischen den Zähnen über das Heu gehockt. Dann hatte sie einen frisch aufgepflanzten Heureuter umgestoßen und Obszönitäten gebrüllt, während sie die Hände nach den Flugzeugen mit den roten Sternen ausstreckte.

Die Leute sahen, wie sich eine Bombe löste, und konnten gerade noch hundert Meter in den Wald laufen, bevor sie aufschlug. Leena legte sich zwischen den Stoppeln auf den Rücken und sah zu, wie die Bombe sich drehte und senkrecht auf sie zufiel. Jeder ist der Mittelpunkt seiner eigenen Welt, und wenn man unter dieser Voraussetzung auf einen von weit oben herabfallenden Gegenstand blickt, erzeugt die Perspektivenillusion den Eindruck, als stürze einem der Gegenstand direkt zwischen die Augen.

XXIII

Johannes versicherte, die Traglufthalle würde die Wasserlast aushalten, das Wasser würde ablaufen, sobald die Oberfläche einen bestimmten Punkt übersteige. Ich wollte ihm gerne glauben.

Ich hatte den Kranwagen angewiesen, als Letzter in der Schlange zu fahren. Im kleinen Gang fuhren die LKWs über den Feldweg. Die Reifen hinterließen nasse Furchen, und der Lehm gluckste, als die Fahrzeuge ihre Schnauzen in Richtung Anhöhe drehten und die Anhänger rückwärts auf den Hauptplatz schoben.

Aus dem Führerhaus des ersten Lasters kam ein junger Mann angerannt, der sich als Repräsentant des Büros von Mäkelä vorstellte. Die Aufbauanleitung des Zeltes war studiert und der Ablauf geprobt worden. Die Aufbautrupps fingen an, die Zeltteile abzuladen und die Gerüstkonstruktionen an die entsprechenden Stellen zu tragen.

Die zwei folgenden Wagen waren Sattelschlepper für den Holztransport, die mit den massivsten Bestandteilen des Zeltrumpfes beladen worden waren. Die Fahrer luden die Pylonenstücke mit dem Kran ab und platzierten sie auf den vorgesehenen Stellen. Auf den letzten Lastern lagen wieder leichtere Gestängeteile, außerdem die Zeltstoffe, aber die wurden noch nicht gebraucht. Der Faktor kam durch den Regen angerannt und rief, die Druckmaschine versinke in der Erde.

Aus dem Laster kletterte Heikkilä heraus. Genau der, der beim Laatico-Projekt unser Assistent gewesen war. Er war inzwischen fertiger Architekt und schien als Mäkeläs Vertrauensmann in Finnland zu fungieren. Ich fragte ihn, ob jemals versucht worden sei, das Großzelt aufzubauen. Er sagte, man würde es ja hier ausprobieren.

Ich wollte wissen, ob der Aufbau simuliert oder unter verschiedenen Bedingungen im Modell durchgeführt worden wäre. Heikkilä sagte, alles basiere auf genauen theoretischen Berechnungen. Er habe gehört, ich würde wieder für das Büro arbeiten, sagte er und behauptete, er sei zufrieden, die Verantwortung mit einem erfahrenen Planer teilen zu dürfen.

Ich hatte nicht vor, für Zeltexperimente die Verantwortung zu übernehmen, und auch für sonst nichts. Kategorisch wies ich seine Versuche von mir, mich in Mäkeläs Machenschaften hineinzuziehen. Ich schätzte die Größe der Abschlusspylonen auf den Sattelschleppern und sagte zu Heikkilä, dass er möglicherweise schon sehr bald die Erfahrung machen dürfe, was es heiße, in der Praxis Verantwortung zu tragen.

Halmes Männer schienen genau zu wissen, was sie taten. An jeder Ecke des Achtzehnecks stand eine Gruppe von drei Männern, die mit Luftdruckwerkzeugen das Gerüst zusammenschraubte. Drei Gruppen setzten die Pylonen aus hohlen Aluminiumrohren in der Reihenfolge zusammen, wie sie von den Sattelschleppern abgeladen wurden.

Leila kam, um sich anzuschauen, wie die Männer die Luftdruckschlüssel an den Gerüstelementen schnurren ließen. Wenn die Muttern zugezogen waren, ratterte jedes Mal kurz die Ratsche. Die Kompressoren dröhnten, und die Generatoren stießen Qualm aus, weil sie an Umdrehungen zulegen mussten, um den Anforderungen des plötzlich belasteten Stromnetzes gerecht zu werden.

Leila wollte wissen, warum sich in dem Gerüst die Dreiecksform in unterschiedlichen Variationen wiederholte. Ich sagte, das habe damit zu tun, dass das Dreieck der stabilste Körper des Universums sei. Im Grunde setze sich die Welt aus Dreiecken zusammen.

Heiße Wurst, rief ich, liebe Leute, kommt und kauft, diese Würste kosten so gut wie nichts. Wir haben versucht, die Reste so schnell wie möglich unter die Leute zu bringen, damit wir sie los waren.

Die Lastwagen waren fast im Schritttempo durch den Lehm gepflügt, und dieses Zelt – also das war total verrückt, was die da aufbauten. Jeder Mensch von klarem Verstand hätte sich bei dem Anblick gedacht, irgendwo muss es auch eine Grenze für den Größenwahn geben.

Ich weiß nicht, warum sie auch noch die Druckmaschine auf den Acker stellen mussten, aber jedenfalls fing die langsam an, im Lehm zu versinken. Ich hab zu meiner Alten gesagt, wenn die Würste verkauft sind, machen wir uns sofort vom Acker. Und selbst wenn wir nicht alles verkaufen, fahren wir, solange es noch geht. Man hat nämlich gesehen, dass das nicht gut ausgehen würde.

Der Faktor berichtete, sie hätten das Drucken fortgesetzt, weil die Vibration aufzuhören schiene. Er wunderte sich nur, dass die Erdoberfläche rund um die Maschine höher zu liegen schien als vorher.

Wir gingen nachsehen und stellten fest, dass die Lafette

sich fünfzehn Zentimeter in die Erde gedrückt hatte. Der Lehm um die Sohlen war irgendwie locker geworden. Er schwabbelte auf ziemlich weiter Fläche wie Sülze. Ich ordnete an, die Maschine sofort abzustellen.

Dann ging ich zurück zum Zelt. Als ich an einer der Sohlen für die Druckmaschinenlafette vorbeikam, versank ich mit einem Bein bis zum Knie im lockeren Lehm. Mein Stiefel steckte fest. Ich musste mit beiden Händen am Schaft ziehen, um ihn wieder herauszubekommen.

Der Kaufmann kam und schaute zu und behauptete, der Geschäftsführer von Roadsound hätte prophezeit, die Erde würde die Druckmaschine schlucken. Der Kaufmann teilte weiter mit, er werde den Acker verlassen, solange es noch möglich sei.

Lauri Halme kam zum Zelt und wollte wissen, ob ich glaube, dass sich das Zelt beim Aufbau genau so verhalten werde wie das Zelt vom Helsinki Festival. Ich sagte ihm, dass es nicht genau so reagieren würde. Halme wunderte sich. Das Großzelt wäre doch eine exakte Kopie des Festwochen-Zeltes im Maßstab eins zu drei. Ich forderte ihn auf, an die Dinosaurier zu denken.

Die Evolution habe die Eidechse überleben lassen, aber nicht den Brachiosaurus. Ein Wesen von der Größe könne sich einfach nicht auf der Erde bewegen, weil das Gewicht des Tieres ihm die eigenen Knochen zerquetsche. Heikkilä sagte, ich würde mir selbst widersprechen.

Heikkilä hielt es für unsinnig zu behaupten, Tiere von der Größe des Brachiosaurus hätte es auf der Erde nicht gegeben, weil es sie nun einmal gegeben habe. Ich sagte ihm, die Brachiosaurusse wären im Wasser gewatet, weil das Wasser ihre

Leiber getragen und dadurch die Gelenke und Knochen der Kreaturen geschont habe. Sobald Wasser und Sümpfe auf der Erde weniger geworden wären, wäre auch der Brachiosaurus verschwunden.

Auf hartem Boden seien die fünfzehn Tonnen schweren Echsen nicht weit gekommen, im Gegensatz zu den im Maßstab kleineren Eidechsen, die noch immer in ihren ökologischen Nischen existierten. Mit der Oberlippe zwischen den Zähnen sah Halme zu, wie der Kranwagen sein Auslegerteleskop ausfuhr und die mit Stahlseilen verschnürten Pylonen zum Himmel hob.

Der Faktor rannte wieder den Hang hinauf und rutschte im Lehm aus. Er rief Halme zu, die Druckmaschine sinke weiter ein. Lauri bat Leila, ins Studio zu gehen und Panu aufzutragen, eine Durchsage zu machen: Im Programm der Versammlung käme es jetzt zu einer zweistündigen Pause.

Heikkilä garantierte, das Gerüst des Zeltes würde halten. Jedes einzelne Teil stütze jedes andere Teil. Das Gerüst aus Aluminiumrohren und -profilen wäre eine leichte, aber extrem stabile Konstruktion. Ihm würde es auf keinen Fall ergehen wie dem Brachiosaurus.

Johannes sagte, Heikkilä habe absolut Recht. Das Zusammensetzen des Gerüsts sei gar nicht die kritische Phase des Aufbaus. Viel hänge von den Windverhältnissen beim Spannen der Stoffplanen ab.

Heikkilä versicherte, die Berechnungen würden beweisen, dass dieses Zelt jedes statistisch mögliche Wetter in Finnland aushalte. Johannes entgegnete, im gespannten Zustand wäre das sicherlich der Fall. Das Spannen sei die kritische Phase.

Es mussten Entscheidungen getroffen werden. Ich beschloss, nach der Pause keine Menschen mehr in die Traglufthalle zu lassen, und gab die Anweisung, die Halle müsse geräumt werden. Der Zeltaufbau ging weiter. Ein anderer Versammlungsraum stand nicht zur Verfügung. Da konnte ich niemandem sagen, dass es sicherlich besser wäre, das Zelt gar nicht erst aufzustellen.

Man sah, dass Heikkilä sich die Allüren von Mäkelä angeeignet hatte. Als Student war er genau und gründlich gewesen, aber jetzt hatte er gelernt, an die praktischen Anwendungen und deren kommerziellen Nutzen zu denken. Sicherheitskoeffizienten und Toleranzen schienen für ihn bloß theoretische Spitzfindigkeiten zu sein. Er forderte mich auf, nach Italien zu kommen und mir anzuschauen, wie dort gebaut wurde.

Heikkilä behauptete, jeder finnische Baumeister bekäme auf einer italienischen Baustelle einen Herzinfarkt. Die italienische Bauweise ließe sich von überflüssigen Sicherheitsnormen und Direktiven nicht stören.

Zwar wollte Heikkilä die italienische Bauweise nicht zur Norm erheben, aber sie würde zeigen, behauptete er, dass man auf eine Art Häuser bauen und bewohnen könnte, die von den finnischen Bauvorschriften für unmöglich erklärt würde.

Das Zelt wuchs. Man musste seine Zweifel abschütteln und glauben. Die Stahlseile für die tragende Konstruktion wurden gestrafft und die Abschlusspylonen unter Stabilisierung durch die Mittelpylonen aufgestellt. Die daran befestigten Mittelstage liefen von ihren Zapfen zu den achtzehn Ecken des Zeltes. Man fing an, die Stage zu spannen.

Heikkilä pries die Unvoreingenommenheit des Zentralverbandes der Friedensgemeinden, weil er das Angebot zum Probeaufbau des Zeltes angenommen hatte. Er versicherte, die Friedensgemeinde würde mit diesem Zelt die Zeugen Jehovas aus dem Feld schlagen. Ich fragte ihn, was das bedeuten solle.

Heikkilä fragte zurück, ob die Jehovas nicht innerhalb von vierundzwanzig Stunden ihren Saal des Herrn errichteten. Hier sei ein Saal, den ein erfahrenes Team mit Hilfe von Kran und entsprechendem Werkzeug in weniger als zwei Stunden aufstelle. Und diesen Saal des Herrn könne man jederzeit abbauen und wieder zusammensetzen.

Heikkilä fing an aufzuschneiden. Für mobile Räume aus Stabkonstruktionen bestünde eine potenzielle Nachfrage in Europa. In allen industrialisierten Ländern sei Textil ein vergessenes Baumaterial, obwohl gerade Textilien die Lösung für provisorischen Schutzbedarf seien.

Er erklärte, das Zelt, das hier getestet werde, ginge anschließend nach Venedig, wo es als Konzertsaal probehalber die abgebrannte Oper ersetzen solle. Heikkilä war besonders interessiert an bestimmten Variationsmöglichkeiten und deren Einfluss auf das Schallbild und andere akustische Eigenschaften des Zeltes. Er schwatzte die ganze Zeit, sagte, die Formsprache des Zeltes sei von natürlichen Formen beeinflusst, von Fledermausflügeln.

Die LKWs, mit denen die Gerüstteile transportiert worden waren, fuhren vom Hauptplatz, und an ihre Stelle kamen die letzten beiden Fahrzeuge im Rückwärtsgang angefahren. Die langen Ladeflächen waren mit Planen überspannt, die nun nach hinten geschlagen wurden. Darunter waren die Zeltstoffe in der richtigen Reihenfolge aufgeschichtet worden, sie konnten mit dem Kran direkt von der Ladefläche gehievt werden.

Heikkilä erklärte, Mäkeläs Büro würde gerade eine neue Boxenkonstruktion für den Ferrari-Stall entwickeln, die von einem Rennen zum nächsten transportiert werden könne. Er träumte davon, dass sie damit den Durchbruch zum weltweit führenden Entwickler von Zeltarchitektur schaffen würden.

Wir machten uns davon wie der alte Noah. Das Wasser stand schon in großen Teichen, und die Laster wühlten den ganzen Platz zu einer einzigen Schlammfläche auf. Mit Schmackes und Allradantrieb sind wir losgefahren. Der Matsch ist nur so geflogen. Meine Alte hatte ganz schön Schiss.

Heikkilä quatschte was von natürlichen Formen und Fledermausflügeln. Ich forderte ihn auf, sich seine Küchenästhetik für Frauenzeitschriften aufzusparen. Das Dreieck als Grundform sei ja wohl keine Erfindung der Fledermaus, sondern die Form des Fledermausflügels hätte sich im Laufe der Evolution als zweckmäßig erwiesen und sei somit ein Produkt der natürlichen Auslese. Aus demselben Grund hätten auch Jagdbomber dreieckige Flügel.

Dieses Zelt sei der pure Funktionalismus in dem Sinn, dass seine Form vom Zweck ausgehe. Mit künstlerischer Raffinesse hätte das Dreiecksmotiv nichts zu tun. Es werde von Stabilitätsberechnungen diktiert. Die möglichen Schönheitswerte des Zeltes seien eine Folge seiner konstruktiven Zweckmäßigkeit.

Leila fragte, ob wir beim Planen des Zeltes an die damit verbundenen theologischen Dimensionen gedacht hätten. Ich sagte, ich hätte das ursprüngliche Zelt für das Helsinki Festival als Konzertsaal, also für sehr irdische Zwecke entworfen. Eine provisorische Kirche sollte daraus nicht werden.

Leila sagte, sie meine die Tatsache, dass Form und Konstruktion des Zeltes auf der heiligen Zahl Drei beruhten. Heikkilä verstand nicht, warum die Drei eine heiligere Zahl sein sollte als die Fünf oder die Sechs. Er fragte, ob wir wüssten, wo der Ausspruch «Ach du grüne Neune» herkomme.

Leila wollte wissen, ob Heikkilä nichts anderes im Kopf habe als TH-Humor. Ob er noch nie von der heiligen Dreifaltigkeit gehört habe. Die Drei sei die Grundzahl der Evangelien, weil das Neue Testament der Text sei, in dem der dreifaltige Gott sich selbst kundtue. Das Dreieck sei die geometrische Form, die Gott abbilde.

Heikkilä dankte Leila für die theologische Vorlesung. Er glaube, die christliche Symbolik des Zeltes käme im katholischen Italien bestimmt gut an. Leila sagte, er verkaufe das Zelt an die falsche Adresse.

Die dreieckigen Stoffstücke, die auf Vater, Sohn und Heiligen Geist verwiesen, wären dazu geeignet, an die nördlich der Alpen lebenden, abstrakte Gedanken ausbrütenden Protestanten zu appellieren. Die erdnahen Italiener hingegen wollten statt geometrischen Formen klare, bunte Bilder von der Jungfrau Maria und ihrem Bambino haben.

Aus meiner Sicht hatte Leila ebenso Unrecht wie Heikkilä. An der Form und der Konstruktion des Zeltes gab es nichts, das über sich selbst und den eigenen Zweck hinauswies. Keine Dekoration und keine Symbole. Wenn die Dreiecksform für Göttlichkeit stand und die Drei die Grundzahl des Evangeliums war, dann hatte auch das lediglich damit zu tun, dass sie die Grundzahl des gesamten Universums ist.

Auf der Anhöhe blieben wir stehen und aßen Pizza, weil davon noch was übrig war. Leila und Johannes stritten sich mit dem Architekten über irgendwas, aber man konnte nichts hören. Johannes malte mit den Armen irgendwelche Figuren in die Luft. Ich weiß nicht, ob er Kreuzzeichen machte. Halme rannte wie ein Jagdhund hin und her, immer das Telefon in der Hand. Dann fingen sie an, die Zeltstoffe vom Laster zu laden.

XXIV

Ich ging noch einmal ins Roadsound-Studio, weil Lauri Halme mich gebeten hatte, Panu zu sagen, er könne die Tonanlage in der Traglufthalle abbauen, sobald die übrigen Sachen herausgeschafft waren. Ich nahm die leeren Akkus aus meinem Aufnahmegerät mit, um sie gegen geladene auszutauschen.

Der Kaufmann hatte zuvor schon seinen Kioskanhänger vom Platz gefahren und hängte ihn jetzt wieder an die Anhängerkupplung seines Wagens. Er und seine Frau aßen Fertigpizza. Sie boten mir auch eine an, aber ich hatte keine Lust auf einen schlaffen Pfannkuchen, der mit Schinkenstreifen und Paprikastückchen gesprenkelt war und auf dem sich abgekühlte Käsestreifen kreuzten.

Der Kaufmann aß mit gerecktem Hals und vorgeschobenem Kinn. Er hatte aus seiner Pizza eine Rolle gemacht. Die Vorderzähne bewegten sich ruckweise auf das andere Ende der Teigtüte zu. Wenn der Käse Fäden zog, neigte sich der Kaufmann jedes Mal noch weiter nach vorne, und seine Zunge musste den vorgestülpten Lippen zu Hilfe kommen. Er drehte und wendete sich, um die immer dünner werdenden Käsefäden einzufangen.

Er rülpste, wischte sich die Hände mit Verpackungspapier ab und warf das Papier dann auf die Erde. Das Paar stieg ins Auto, und der Kaufmann erklärte, sie würden jetzt dem Bauern Guten Tag sagen, der sein Feld als Versammlungsort verpachtet hatte.

Der Kaufmann hatte noch den Mund voll, weshalb ich den Namen des Bauern nicht verstand, aber die Hand wies auf ein Haus, das am Feldrand zu erkennen war. Ich verabschiedete mich von der Frau, wir umarmten uns sogar. Was Loikkanen betraf, so vermutete ich, ihm noch einmal zu begegnen.

Die Frau des Kaufmanns winkte aus dem Seitenfenster. Bei der Umarmung hatte sie mir ins Ohr geflüstert und mich um Entschuldigung für ihren Ausbruch gebeten. Sie ließen Verpackungspapier auf der Erde zurück, auf dem stand: Good friends, great pizza!

Im Studio kroch Panu zwischen kreuz und quer laufenden Kabeln über den Fußboden. Er entfernte Kabel hinter dem Mischpult und steckte an ihrer Stelle neue ein. Für einen Moment gellte ein Lied aus den Lautsprechern des Versammlungsgeländes: «... malt auch fein, hängt euch rein, ihr sollt die besten Schlümpfe sein!»

Laut Panu waren Opa und Dave im Studio gewesen, aber bald wieder irgendwo hingegangen. Sie hatten vom Fenster aus zugesehen, wie der Kranwagen die Stützmasten des Großzeltes aufgestellt hatte und wie von denen aus dann in alle Richtungen Stahlseile und Stützstangen gezogen worden waren, worauf die Konstruktion dem Skelett eines großen, vorgeschichtlichen Tieres glich. Opa hatte offenbar erst da eine Vorstellung von den Ausmaßen des Zeltes bekommen.

Er hatte mürrisch vor sich hin gegrummelt und sich gefragt, ob aus der Konstruktion tatsächlich ein Zelt werden könne. Panu hatte erklärt, er würde gleich in das Großzelt hineingehen müssen, um die Lautsprecheranlage und die Mikrofone aufzubauen. Opa war wütend gewesen. Seiner Meinung nach musste ein Prediger direkt zu den Menschen sprechen, ohne Lautsprecher und Radio.

Eigentlich solle es gar keine Prediger geben! Vor Gott sei jeder alleine mit sich selbst. Dazwischen passe keiner, der predige. Die Brüder und Schwestern könnten sich gegenseitig helfen und stützen, so viel sie wollten, aber jeder sei am Ende alleine.

Das Reich Gottes bestehe nicht aus einer Menschenmenge. Es sei im Herzen eines jeden Einzelnen und gehe von einem Menschen zum anderen wie zur Zeit der Urgemeinde, unsichtbar. Eine geringe Menge Säuerungsmittel säuere den ganzen Teig!

Panu hatte von Opas Reden nichts begriffen. Opa wiederum hatte vom Fenster aus misstrauisch das Treiben des Versammlungsvolks beobachtet und war dazu übergegangen, von den Plagen in Ägypten zu erzählen. Diese waren die Verwandlung aller Gewässer in Blut, die Frösche, die Stechmücken sowie die Stechfliegen, die Viehpest, die Blattern und der Hagel. Als achte und neunte Plage kamen die Heuschrecken und die Finsternis. Die letzte war die Tötung der Erstgeburt.

Aber dann war die Stunde gekommen, in das Land der Kanaaniter, Hethiter, Amoriter, Hiwiter und Jebusiter aufzubrechen. Dave war auf dem Stuhl eingenickt, aber die Namen der Orte und Stämme aus dem Alten Testament hatten einen Impuls in ihm ausgelöst.

Eine Weile hatte er wieder Unsinn aus dem Krieg der Sterne gequasselt, war dann aber auf den Gedanken gekommen, dass Disney für seinen nächsten Zeichentrickfilm Jesus als Held einsetzen sollte. Der Erfolg eines solchen Films wäre in der gesamten westlichen Welt garantiert, und in den heidnischen Ländern würde er missionarisch wirken. Dave hatte sogar ad hoc erste Entwürfe für Merchandisingprodukte gemacht, für Computerspiele und Plastikfiguren.

Man müsse in die Geschichte eine unendlich rührende Romanze zwischen Maria Magdalena und Jesus einbauen, eine Liebe, die traurigerweise unerfüllt bleibe, weil Jesus tun müsse, was ein Mann tun müsse. Dave hatte die Tempelreinigung und die Gethsemane-Szene als dramatische Höhepunkte genannt, nachdem Panu die Vermutung geäußert hatte, die Evangelien enthielten nicht genug Action.

Was die Merchandisingprodukte anging, so hatte Dave an diverse Figuren gedacht, zum Beispiel an römische Plastiksoldaten mit abnehmbarem Ohr. Petrus könnte es immer wieder mit dem Schwert abschlagen, und Jesus würde es wieder ansetzen. Ich wandte ein, der Mann, der sein Ohr verloren und wieder zurückbekommen habe, sei kein römischer Soldat gewesen, sondern ein Diener des Hohen Priesters. Panu fand, das habe keinen Einfluss auf Daves Ausgangsidee.

Opa hatte nachdenklich am Studiofenster gestanden. Auch Dave war aufgestanden, um dem Aufbau des Zeltes zuzuschauen. Er schwieg lange und sagte dann zu Opa, jetzt werde es nicht reichen, ins Land der Kanaaniter aufzubrechen. Jetzt heiße es, in eine ferne Galaxie aufzubrechen, am Rand des Universums, und es bleibe dafür nicht viel Zeit, denn das Imperium habe seinen Kampfplaneten bald fertig.

Panu fragte, ob Opa nicht selbst ein berühmter Prediger sei. Was er denn jetzt gegen die Sommerversammlung habe? Larry Halme habe erzählt, der Opa hätte seinerzeit selbst große Versammlungen veranstaltet. Warum war er auf einmal dagegen? Ich weiß es nicht, antwortete ich.

Offensichtlich dachte Opa als alter Mann nun, dass sich die Gläubigen nicht zu großen Feiern versammeln sollten, um sich gegenseitig für selig zu erklären und sich auf so sichtbare Weise von den verlorenen Menschenkindern abzuheben.

Opa fand wohl mittlerweile, dass der Mensch mit seinen Sünden alleine sei und keine Menschenmenge diese Sünden vergeben könne, auch wenn man in noch so seligem Glauben lebe.

Der Mensch sei alleine und keiner sei besser als der andere, ganz gleich, zu welcher Gemeinschaft von Heiligen er gehöre. Auch die Menge der Sünden des frömmsten Menschen sei unendlich groß, und den einzigen rechten Glauben gebe es nicht. Es gebe nur den persönlichen Kampf des Gläubigen und die Gnade Gottes. Für mich sah es aus, als hätte sich Opa auf seine alten Tage dem Pietismus angenähert.

Kampf und Gnade? Was hat Leila da geredet? Ich hab nicht ganz durchgeblickt. Ist das nicht genau das, was diese Pietisten ständig faseln? Sie hat behauptet, die Pietisten wären was anderes, obwohl das Laestadianertum auch so ne Art pietistische Erweckungsbewegung wär. Aber wenn die auch pietistisch erweckt sind, was sind dann die Pietisten, verdammte Hacke? Erweckte Pietisten, hat sie gemeint.

Hat der Opa also praktisch das Team gewechselt, oder was? Leila hat gesagt, er hätte jedenfalls aufgehört, über die Pietisten zu lachen. Ganz hab ich's nicht gerafft. Beides sind religiöse Bewegungen, beide sind erweckt, aber trotzdem machen sie sich gegenseitig Konkurrenz. Geht das irgendwie lokalderbymäßig ab? Zwei Teams aus derselben Stadt, Helsinki Jokers und HIFK? Beide spielen dasselbe Eishockey, sind aber trotzdem wie Katz und Hund. Glauben die nicht auch an ein und denselben Gott? Was machen die sich dann Konkurrenz?

Leila hat mir erklärt, die Laestadianer könnten sich irgendwie gegenseitig von den Sünden befreien, aber die Pietisten nicht. Die Laestadianer sind sich sicher, dass sie im richtigen Glauben leben und gerettet sind, aber die Pietisten zweifeln die ganze Zeit.

Genau aus dem Grund versammeln sich auch die Laestadianer im Sommer und juchzen sich einen. Da befreien sie sich von ihren Sünden. Und wenn sie sich dann gegenseitig befreit haben und so richtig das Feeling kriegen, dass sie die rechtgläubige Gemeinde sind, dann sind sie easy drauf und können sich wieder den Arsch aufreißen.

Die Pietisten sind eher solche, die sich ständig für sich Gedanken machen, grübel, grübel und so, aber wie sie auch grübeln, sicher sind sie sich nie. Die ganze Zeit müssen sie überlegen, ob sie auch gut genug sind, so wie sie sind. Ständig haben sie die Hosen voll, weil sie solche Sünder sind, aber sie kriegen ihre Sünden auch nicht weg, weil es halt dazugehört, dass der Mensch ein Sünder ist. Für mich hat das total bescheuert geklungen. Wieso fängt der Opa als alter Kerl an, so eine Scheiße zu glauben?

Leila hat es nicht so genau gewusst, aber ihrer Meinung nach steckt da ein interessantes Forschungspotenzial drin. Ich finde, die Laestadianer sind voll korrekt, aber diese Pietisten erinnern mich irgendwie an Neo-Hippies und Hare-Krishna-Fanatiker.

Und von denen hab ich in der Fledermaus und in der Kabelfabrik mehr als genug gehabt, Mann. Die können nix, als sich über alle mögliche Scheiße den Kopf zerbrechen und kiffen. Leila hat gemeint, das wäre ein guter Punkt, weil unter den Pietisten das heimliche Saufen nicht ganz selten wär. Das ständige Gegrüble macht ihnen angeblich das Leben so schwer, dass sie's ohne Stoff nicht aushalten. Dem Alkohol zu verfallen passt dann wieder zu ihrem Sündenbegriff, weil der Mensch nun mal im Bann der Erbsünde gefangen ist.

Auf ihre Art sind sie quasi zufrieden, wenn sie merken, aha, ich fang das Saufen an: Dann können sie sich so richtig schön in der Sünde suhlen und anschließend bei Gott um Gnade flehen, auf allen vieren wimmernd, wie das halt so ist, wenn du einen schweren Kater plus Hangover hast. Der Mensch ist von der Erbsünde befleckt, und es gehört zu ihm, sündhaft zu sein. Diese Idee setzen die Pietisten um, wenn sie zur Flasche greifen.

Absolut krank das Ganze. Scheiße, was hab ich die Fresse dick von den ganzen Hippies und abgefuckten Freaks. In unserer Branche gibt's nämlich mehr als genug von der Sorte. Das sind genau solche Typen. Dave gehört auch dazu.

Er ist eigentlich ein verdammt cleverer Kerl, schließlich hat er alles angeschafft, was hier im Studio steht. Aber wenn er anfängt, zu grübeln und zu beten, dann good bye. Und wenn er dazu noch was einwirft, kichert er bloß noch rum und labert ununterbrochen Songtexte oder Filmdialoge vor sich hin.

Ich sag nicht, dass er nicht manchmal auch gute Ideen hat, wie zum Beispiel, dass Disney den nächsten Zeichentrickfilm über Jesus machen soll. Der kommt als Held bestimmt nicht schlechter als irgendein Herkules oder Glöckner von Notre-Dame. Und für die Kirche müsste das eigentlich auch okay gehen. Ich mein, da würden sie ihre Message und ihre Marke ja wohl ziemlich gut rüberbringen.

Leila hat gelacht. Die Amis würden den Jesus-Film sofort machen, wenn sie erst mal auf die Idee kämen. Allerdings hätte Hollywood schon in den Fünfzigern Bibel-Spektakel gedreht. Leila hat gemeint, noch vor ein paar Jahren wäre sie skeptisch gewesen, ob die Kirche von einem Jesus-Zeichentrick profitieren würde. Heute würde sie sich über nichts mehr wundern, was die Kirche macht.

Angeblich drängt sich die Kirche nämlich heutzutage überall rein, wo Menschen frei herumlaufen. Sie besitzt Anteile an Abfahrtshängen und an Kaufhäusern, und im ganzen Land gibt es am Straßenrand solche Autofahrerkirchen. Im Süden sind Pfaffen an den Touristenstränden stationiert, falls die Leute da unten mal die Stille suchen. Leila hat sich sogar gefragt, ob nicht sogar die Hartwall-Arena ihren eigenen Pfarrer hat. Schließlich gibt's in der Megahalle auch Kneipen und Saunas.

Mir ist das auch schon aufgefallen. Die Frommen sind auf den Trichter gekommen. Die veranstalten Partys und Konzerte und heuern uns dafür an. Einmal ist ein Pfaffe in die Fledermaus gestürmt und hat erklärt, der Laden gehörte zu seiner Gemeinde. Als er reingerauscht ist, haben gerade Ätz-Pena und Truthahn in der Ecke gehockt, und die sind ein ziemlich spezieller Anblick, sag ich mal. Aber der Pfaffe hat bloß erklärt, Jesus persönlich wär der erste Punk gewesen.

Ich hab Leila gefragt, was das eigentlich solle. Warum kann die Kirche nicht einfach sein wie früher? Ich find's geil, wenn jemand sagt, was Sache ist, anstatt ständig anderen in den Arsch zu kriechen. Es gibt keine Hölle, und alle kommen in den Himmel! Wenn ich das schon hör. Wem soll so eine Scheiße helfen?

Leila hat behauptet, das hätte alles mit dem schlechten Gewissen zu tun. Wo haben sie das denn her? Sie hat mir klar gemacht, dass die Kirche den Menschen so lange alles verboten hat und überhaupt ein Spielverderber gewesen ist, dass sie jetzt überhaupt nichts mehr verbieten kann. Ich find, wenn die ein schlechtes Gewissen haben, dann müssen sie das halt aushalten.

Ich fänd's korrekt, wenn die Kirche sagen würde: Saufen und Huren ist Sünde, that's it. Das wär eine klare Aussage. So was wie dieses pietistische Rumgetue geht mir auf den Docht, von wegen, wir saufen und sind Sünder, bloß damit wir anschließend schön im Hangover schwelgen dürfen und sagen können, tschuldigung, Mister Gott, und die anderen dürfen zwischenzeitlich die ganze Arbeit machen, weil ja nix läuft, wenn du einen Kater hast.

Wenn die Pietisten solche verdammten Grübler und Stirnrunzler sind, dann will ich mit denen nix zu tun haben. Verdammte Hacke, ich hab schon mehr als einmal in der Scheiße gesessen, weil ich einen Job bei einem Festival hatte und die Hippies von Veranstaltern nix auf die Reihe gekriegt haben.

Die schnallen nichts und sind unfähig, praktische Dinge zu erledigen. Da kannst du deine Kabel in der nächsten Volksschule am Sicherungskasten andocken – ein halber Kilometer, bis du Saft hast, und statt der Hauptsicherung musst du eine Nadel in die Fassung klemmen. Und dann hast du die ganze Zeit einen fetten Eiszapfen im Arsch, weil du Angst hast, dass dir der Schuppen abfackelt.

Und die klimpern bloß auf der Wiese auf ihren Gitarren und traktieren ihre Bongos und meinen, alle sollen relaxen: «Hare, hare … Gott ist überall …» Aber nichts ist gemacht, von was zu essen kannst du bloß träumen, mal abgesehen von irgendwelchem Löwenzahnsalat oder so indischem Zeug, das nach Seife schmeckt.

Kaffee gibt's überhaupt keinen, höchstens Tee, und den dann aus Birkenblättern. Scheiße, Mann, ich will auf keiner Pietistenversammlung meinen Job machen müssen!

Die Versammlung von den Laestadianern ist da was ganz anderes. Noch nie hab ich ein Festival erlebt, das so gut organisiert war. Was die versprechen, halten sie, der Zeitplan stimmt, nirgendwo Pfusch. Der Strom wird bis zum Studio gelegt, das Essen kriegst du vor die Nase gestellt, und dazu schmeckt es noch verdammt gut. Okay, es gibt hier auch Probleme, aber es ist ja nicht ihre Schuld, wenn die äußeren Bedingungen unkontrollierbar werden. Gegen den Regen kann keiner was, und wenn du was organisierst, gibt's immer Spielraum. Gerade wenn es an irgendeiner Ecke leckt, zeigt sich, was das ganze System taugt, ob du alles im Griff behältst oder nicht. Immerhin ist hier fünfmal mehr Betrieb als beim Open Air in Turku, sogar mehr als in Roskilde. Ich glaub nicht mal, dass in Woodstock so viele waren!

Wenn die Sonne scheint und alles flutscht, kann jeder ein Festival über die Bühne bringen. Aber wenn's eng wird, dann zeigt sich, wer Nerven hat. Ich hab alle möglichen Produzenten und gottverdammten Promotors in diesem Land zu Gesicht gekriegt, Mann, ich weiß, wovon ich rede.

Jede Menge Live-Musik-Gurus, aber ich sag bloß, Bullshit. Wenn eine Band zum Gig kommt, dann will der Roadie nur zwei Dinge wissen: Wo ist der Sicherungskasten, und wie viele Sicherungen hat er? Wenn's an dem Punkt nicht stimmt, dann sag ich auf der Stelle hasta la vista, egal, was für ein Dinosauro-Rock da angekündigt ist.

Aber wenn Larry Halme mit den anderen Laestadianern mal ein Rockfestival organisieren sollte, dann werd ich zu Dave sagen: Nix wie hin! Und ich könnte sogar versprechen, die ganze Session über an den Knöpfen zu sitzen. Egal, was ansteht: mischen, aufnehmen, Radio – alles kein Problem, wenn Typen wie Larry die Show im Griff haben.

Ich mein, auch hier ist Larry Halme jetzt die ganze Zeit absolut korrekt drauf, obwohl bei ihm die Nerven blank liegen. Ist ja auch klar, weil es ständig so aussieht, als würde es ihm gleich das ganze Ballett durcheinander kegeln.

Der Mann ist in Ordnung, seine Frau ist eins a, und gegen die Kids kannste auch nix sagen. Als Team kommen sie gut klar, das sieht man, und aus dem Grund sind die auch so locker drauf. Ich sag nur, wenn die Laestadianer einen Job anzubieten haben, ich bin jederzeit dabei, Mann! Null Problemo.

Ich erzählte Panu, dass das Andachtsleben der Laestadianer mitsamt dem Vergeben der Sünden ein ähnlich befreiender religiöser Akt sei wie die katholische Beichte. Dem Einzelnen, der beim rechten Glauben und innerhalb des Gemeindezusammenhangs bleibt, werde dadurch Seelenfrieden und inneres Gleichgewicht zuteil. Diese Form der Gläubigkeit verleihe Energie, die nach außen gerichtet werden könne, die zum Handeln führe.

Das Laestadianertum würde außerdem die ökonomische Ethik anderer protestantischer Glaubensrichtungen teilen: Erfolg im Leben sei dem Herrn gefällig. Man könne es sogar so interpretieren: Der Erfolg sei ein Zeichen dafür, dass man zur Schar der Auserwählten zähle.

Infolgedessen seien die Laestadianer fleißig und gewissenhaft. Da der Erfolg auch in geistlicher Hinsicht als etwas Positives betrachtet werde, müsse man sich nicht wundern, wenn man an der Spitze von Wirtschaft, Politik und Verwaltung Laestadianer finde. Haste das an deiner Uni studiert?, wollte Panu wissen. Auch das, unter anderem.

Für mich ist die Hauptsache, dass der Laden läuft, sagte er. Aber er laufe ja. Gerade die gute Organisationsfähigkeit sei ein typisches Phänomen der Laestadianer. Die Prinzipien und Normen ihrer Bewegung brächten Ordnung, Erfolg und Wohlstand hervor.

Leila hat irgendeinen Zeitungsausschnitt ausgegraben und erklärt, die Pietisten würden jetzt auch langsam bei ihren Festen ein bisschen auf Draht kommen, also quasi einen Tick moderner werden. Aus was für ner Zeitung is'n das?, hab ich gefragt. Aus «Heimatland», hat Leila gesagt. Aber ich soll trotzdem mal lesen.

«Erwecktenfest richtet Baseball-Match in Kajaani aus. Kooperationsvertrag zwischen Erwecktenfest und Jymy-Base e. V.

Beim Erwecktenfest von Kajaani kommt es zur aktiven Zusammenarbeit mit dem Wirtschaftsleben. Wir geben Unternehmen die Möglichkeit, offen die Feierlichkeiten zu unterstützen, so wie sie sonst den Sport oder kulturelle Veranstaltungen unterstützen.

Der Baseballverein Jymy-Base aus Sotkamo fungiert als eine Art Sprecher in Richtung der Unternehmen und stellt die Kanäle zur Verfügung, damit die Informationen über die Erweckungsfeier ihren Empfänger finden.

Neu in der Geschichte der Erweckungsfeiern ist auch eine für die Dauer des Festes installierte Videowand, die Jymy sonst bei seinen Heimspielen einsetzt. Sie dient der Informationsvermittlung auf dem Festgelände und bietet zugleich eine neuartige Werbefläche.»

Um was für ne Party geht's'n da?, hab ich Leila gefragt. Sie hat erzählt, das wäre die Sommerversammlung der Pietisten, wo an die fünfzigtausend Leute hinkommen sollten. Ich hab gesagt, den Pietisten trau ich nicht. Wenn die einen Baseballverein Ton, Licht und Screen regeln lassen, geht das für mich in Ordnung, weil sie mich dann nicht brauchen. Die Laestadianer sind Profis im Organisieren, aber auf die anderen da würde ich mich keinen Deut verlassen.

Was mich aber immer noch gewundert hat, war, wieso der Opa sich bei irgendwelchen Pietisten auf den Schlitten setzt, wo die Laestadianer doch korrekt drauf sind und man ihn selbst ja auch nicht gerade als unkrassen Typen bezeichnen kann. Schließlich hat er zig Jahre lang Versammlungen gemanagt, Kraftwerke gebaut und für den Präsidenten sogar mal als Wahlmann fungiert, Mann.

Leila hat was von Individualität und persönlicher Beziehung zu Gott erzählt. Als alter Mann hätte der Opa angefangen, sich nach tiefer Spiritualität zu sehnen, auch wenn's weh täte. Irgendwie hat er sich genau nach dem Gegrüble der Pietisten gesehnt, über das er in jungen Jahren nur gelacht hat.

Ich kapier das nicht! Hat er nicht gerade als junger Kerl gesehen, dass man mit diesem ewigen Wiederkäuen nichts zu Stande kriegt? Vielleicht hat er die Erfahrung gemacht, dass es auf der Welt nicht so drauf ankommt, was zu Stande zu bringen, hat Leila gesagt. Die Welt wird nie fertig.

Wichtiger ist es, das Gleichgewicht zwischen sich und der Welt und den anderen Menschen zu finden. Was heißt hier Gleichgewicht. Für mich klingt das wie die Storys, mit denen Dave immer ankommt: «im Gleichgewicht sein mit den Vibrationen des Universums».

Wenn die Laestadianer solche Erfolgstypen sind, dann

heißt das ja praktisch, dass sie Yuppies sind, oder? Die Pietisten sind dagegen komische Grübler, die nichts hinkriegen, weil sie sich die ganze Zeit Stress machen mit irgendeinem Gleichgewicht. Da hat Leila angefangen zu lachen.

Lach nicht, bloß weil ich mir auch mal Gedanken mache, obwohl ich alles andere als Religionswissenschaftler bin! Für mich sind die Pietisten genau wie die ganzen Fanatiker à la Dave: Wenn die anfangen zu überlegen und sich Stress machen, kannst du sie fürs praktische Leben vergessen. Sprich: Wenn die Laestadianer die Yuppies sind, sind die Pietisten die Hippies. Denen ist nicht zu helfen, auch wenn ihnen sieben Baseballteams die Hand führen bei dem Versuch, was fertig zu bringen. Schlapper Sack bleibt schlapper Sack, da hilft nicht mal die Nationalmannschaft.

Nur eins kapier ich nicht: Warum war der Opa so stinksauer über das neue Zelt von den Laestadianern? Da hat Leila mir die ganze Geschichte von Anfang an erklärt.

XXV

Ursprünglich waren die Versammlungen ganz kleine geistliche Veranstaltungen gewesen, zu denen man spontan zusammentraf. Man kam nicht mal auf die Idee, dass es sich um etwas Besonderes handelte, dem man einen Namen geben musste, um es von den normalen Begegnungen der Gläubigen zu unterscheiden.

Die Lehre von der Vergebung der Sünden stärkte jedoch die Bedeutung der Versammlungen, und es entstanden bestimmte Formen der Zusammenkunft. Das Bitten um Vergebung wurde mit der Predigt verknüpft, und als Prediger kristallisierten sich Personen heraus, die mit den geeigneten Gnadengaben gesegnet waren. Also Großmäuler und Motorquassler?, fragte Panu. Eine Versammlung wurde immer dann abgehalten, wenn ein wandernder Prediger in die Gegend kam.

Opa war des zersplitterten religiösen Lebens bald überdrüssig. Wenn er als Prediger durch die Lande zog, war er oft frustriert, weil ihm nur ein paar alte Männer und Frauen zuhörten.

Selbstverständlich erinnerte er sich als versierter Bibelleser an das Gleichnis vom guten Hirten, der die Köpfe seiner Herde nicht zählt, sondern jedes seiner Schafe einzeln rettet. Trotzdem schien es ihm unnütz, meilenweit von einer Versammlung mit einem Dutzend Leuten zu einer Zusammenkunft mit zehn Gläubigen zu wandern. Es musste Effektivität ins religiöse Leben hineingebracht werden.

Opas Gehirn war von der Organisation großer Baustellen geschult, und so überlegte er sich, wie man das spirituelle Leben in möglichst vernünftige Bahnen lenken konnte. Beim Nachdenken über eine effizientere Gestaltung der Gemeinschaft der Heiligen erkannte er bald, wo der entscheidende Engpass der Spiritualität lag: in der geringen Zahl der Prediger und deren langsamem Vorwärtskommen.

Opa begriff, dass die Anzahl der Prediger nicht mit einem Schlag zu steigern war, darum schloss er diese Variante aus. Stattdessen legte er eine ziemlich hohe Geldsumme in einen Topf, der durch Kollekten bei den Versammlungen weiter gefüllt wurde. Es dauerte nicht lange, und Opa konnte sich ein Motorrad mit Beiwagen kaufen. Damit ist er dann quasi auf Tournee gegangen, erkannte Panu.

Der Aktionsradius des Predigers konnte dadurch deutlich erweitert werden. In der Zeit, in der Opa früher eine Versammlung abgehalten hatte, konnten nun drei, vier, ja sogar sechs erledigt werden. Trotzdem kam es ihm nach wie vor ineffektiv vor, die Versammlungen lediglich für eine Hand voll Leute auf einmal durchzuführen.

Für das Problem gab es nur eine logische Lösung: Die Versammlungen mussten wachsen. Schon eine Versammlung von gut hundert Personen bedeutete zehnfache Effektivität gegenüber einer Veranstaltung mit einem Dutzend Gläubigen in irgendeinem Dorf von Hinterwäldlern.

Panu wandte das Gehörte auf seinen eigenen Erfahrungsbereich an: quasi wie ein Konzert im Vergleich zu einem mickrigen Klubauftritt.

Man ging dazu über, größere Versammlungen in den Kirchdörfern zu veranstalten, wo dann die Leute aus den Nebendörfern zusammenkamen. Die Treffen wurden gezielt auf jene Wochenenden gelegt, an denen die Leute ohnehin unterwegs waren, weil sie mit den Nahtstellen des bäuerlichen Arbeitskalenders zusammenfielen.

Die Versammlungen fanden in Höfen von Gläubigen statt, wo es Stuben gab, die groß genug waren. Hier und da wurden auch feste Versammlungshäuser errichtet. In den Jahrzehnten zuvor hatte sich das finnische Volk daran gewöhnt, Häuser für die Feuerwehr und die Schutzwehr, für die Arbeiterschaft und die Jugendvereine zu bauen. Man wusste, wie man öffentliche Gebäude errichtete. Opa sah, dass all dies gut war, aber auch das reichte ihm nicht. In seinem Kopf spukte der Plan von Großversammlungen herum, bei denen Tausende Menschen auf einen Schlag für ihre Sünden Vergebung erhalten und gewähren konnten. Er hat also quasi das Open Air erfunden!, rief Panu.

Bei Opas Innovation muss man zwangsläufig an die Anwendung von industriellen Methoden bei der Andachtsausübung denken, obwohl Opa selbst nicht so dachte – an eine Art Seligkeitsfabrik oder an so etwas wie ein Perpetuum mobile von Sündenbekenntnis, innerem Kampf und Erlösung.

Die Kritik, die Opa entgegenschlug, ging genau in diese Richtung. Für die Gläubigen war es anfangs nämlich überhaupt nicht selbstverständlich, sich in großen Scharen zu begegnen. Man war es gewöhnt, allein vor das Antlitz Gottes zu treten oder bestenfalls zu zweit mit dem getreuen Lehrer.

Bei großen Menschenmengen dachte man an Jahrmarkt oder an Veranstaltungen, wo Gesinde gedungen wurde. Man war es nicht gewöhnt, Andacht damit in Verbindung zu bringen, sondern Schnaps, Tanz und schlechte Lebensgewohnheiten. Die weltlichen Kinder waren es, die sich bei mehrtägigen Ereignissen in der Menge drängten, nicht die Gläubigen.

Als Opa die Idee einer alljährlichen großen Sommerversammlung vortrug, war man zunächst wie vor den Kopf gestoßen. Die Gläubigen sollten in der faulen Zeit zwischen Heu- und Getreideernte ein kirmesähnliches Fest abhalten!

Man war den Anblick der Knechte und schlechten Bauern gewohnt, die nach der Heuernte der vorübergehenden Gelegenheit erlagen, sich gehen zu lassen: Sie soffen den Schnaps, der im Vorjahr nach dem Trennen des Saatgetreides vom Rest der Ernte gebrannt worden war, holten die Pferde von den Sommerweiden und fuhren betrunken von einem Dorf zum anderen, spielten Karten und zeugten uneheliche Kinder.

Als Opa anfing, von großen Zelten zu sprechen, in denen man die Versammlungen abhalten könne, wusste man nicht mehr, was man sagen sollte. Große Zelte! Solche wie die, in denen auf dem Markt Zirkusvorstellungen stattfanden, mit behaarten Frauen, mit unnatürlich dicken Frauen, mit Frauen, die stärker waren als Männer, mit Zauberern, Hunden und Huren!

Opa hatte die alten Prediger und das Patriarchat der Bewegung gegen sich. Es hieß, der Leinonen will einen Markt der Seligkeit an Stelle der ernsten Seelensorge haben. Aber Gott will nicht, dass sich seine Kinder in riesigen Herden versammeln. Ist der Mensch denn ein Rentier, das in tausendköpfiger Herde vor dem Schatten der Wolke über das Fjäll flieht wie ein großes braunes Tuch?

Die weltlichen Kinder sind so. Sie kommen in den großen Städten zusammen, wo sie von der Begierde und der Trunksucht getrieben werden wie die Rentierherde vom Schatten der Wolke oder den Stech- oder Kriebelmücken. Das Ren flieht vor der Schnake auf den Gipfel des Fjälls, aber auch dort findet es keine Abkühlung, und weil es nicht weiter nach oben geht, galoppiert die Herde um den Gipfel herum, bis sie erschöpft ist, und die Kuh tritt das Kalb, und der Bulle rammt seiner eigenen Gefährtin das Geweih in die Flanke. Wie groß sind dann Heulen und Zähneklappern! Opa forderte die alten Männer auf, sich zu beruhigen.

Er setzte ihnen auseinander, was den Menschen vor Begierde und Trunksucht rette: ein tätiges Leben. Die Gläubigen müssten das Land aufbauen und zu Wohlstand kommen, denn die Sünde gedeihe im Elend. Die Gläubigen müssten füreinander Sorge tragen, dorthin gehen, wo die Kinder der Welt seien, und demonstrieren, dass die Zahl der Kinder Gottes groß sei.

Die alten Männer ließen sich nicht überzeugen. Spätestens bei dem Vorschlag, Zelte als Gotteshäuser einzusetzen, protestierten sie vehement. Zu allem Überfluss sollten die Zelte auch noch aus Amerika geholt werden, von wo bekanntermaßen nichts Gutes kam, nichts als Grammophone, kurze Röcke und der Pagenkopf für Frauen.

Opa wies das zurück: In Amerika wohnten arbeitsame und gottesfürchtige Menschen. Dort hielten die Gläubigen große Gebetsveranstaltungen in Zelten ab. Das sei die Gegenwart.

Schließlich wurde die erste große Sommerversammlung abgehalten, und die Menschen fanden Gefallen daran. Es war schön, von seinen Sünden freigepredigt zu werden und gleichzeitig alte Bekannte zu treffen und neue Bekanntschaften zu schließen.

Zwischen den Predigten bildeten die Frauen dichte Trauben um die Kaffeetische. Bis auf die kleinsten Höfe fanden von dort Rezepte ihren Weg, die halfen, für Beerdigungen und Taufen auch mal etwas anderes zu backen als immer nur Hefezopf, nämlich auch Zimt-Asse, Finnenbübchen, Löffelbiskuits und Hahnenkämme.

Die Männer standen rauchend um die guten Pferde herum, guckten den Zugtieren in die Mäuler und bückten sich, um die Sehnen an den Fesseln zu begutachten. Ein Junge wurde beauftragt, ein Tier herumzuführen, und dann wurde mit den Händen in den Taschen und zurückgeschobener Mütze zugeschaut, wie sich das Bein hob und senkte, ob der Kopf wackelte und in welcher Position die Ohren standen.

Die Erfolgreichsten hatten sogar schon Autos, bei denen dann gegen die Reifen getreten wurde; man sprach über die Anzahl der Zylinder, über Hochspannungszündung und Niederdruckbereifung, über Fords und Packards und Studebakers.

Man wollte weitere Großversammlungen, und durch die praktischen Zwänge erfüllten sich Opas Pläne von selbst: Es wurde ein großes Zelt angeschafft, in das leicht dreihundert Menschen passten, und wenn man nachhalf, noch viel mehr. Schon drei Jahre später stand die Anschaffung eines neuen, noch größeren Zeltes zur Debatte.

Die alten Prediger kämpften bis zum Schluss, wurden aber gnadenlos in die Opposition gedrängt. Dort raunten sie dann über die irregeführten Kinder Israels, die um das Goldene Kalb tanzten. Das Großzelt war für sie nichts als weltlicher Hochmut und Scheinheiligkeit. Die Resigniertesten seufzten, man gehe ja ständig auf die Welt zu, aber müsse man sich ihr denn unbedingt in die Arme werfen?

Opa forderte das Zelt mit Nachdruck. Den Kritikern entgegnete er, man dürfe sich vor der Welt nicht fürchten. Die Gemeinschaft der Gläubigen wachse unablässig, und ein mächtiges Zelt sei für die weltlichen Kinder ein sichtbares Zeichen für das Entstehen des Reiches Gottes, es sei eine Zionsfestung, ja der Beginn eines neuen Jerusalems.

Die Unversöhnlichen versuchten Opas Autorität ins Wanken zu bringen, und scheuten dabei keine Mittel: Es wurde das Gerücht in die Welt gesetzt, der alte Zirkusgeist würde in Gestalt des Zeltes sein Haupt im Geschlecht der Leinonens erheben. Panu wunderte sich: Was für ein Zirkusgeist in den Leinonens denn gewohnt hätte?

Ich erzählte ihm, dass Opas Vater sich einst einem Zirkus angeschlossen hatte, nachdem er mit seiner Schleifsteinerzeugung übers Ohr gehauen worden war. Die Mutter blieb allein mit den Schulden und den Kindern zurück. Sie ernährte ihre Familie als Marktfrau in Kuopio. Eines Tages kam der Amtmann und fragte nach Frau Leinonen. Er habe den Auftrag bekommen, erklärte er, die fälligen Schulden einzutreiben, und falls kein pfändbares Eigentum vorhanden sei, die Schuldnerin gesetzlich zur Rechenschaft zu ziehen.

Der Amtmann sagte, er sehe, dass es nichts zu pfänden gebe, habe aber nicht vor, eine Mutter von drei minderjährigen Kindern, die deren Alleinversorgerin sei, in Schuldhaft zu nehmen. Einigen wir uns darauf, schloss der Amtmann, dass ihr verschwunden seid, wenn ich morgen mit meinen Männern komme. Opas Mutter machte sich umgehend auf den Weg nach Jyväskylä.

Die Kinder sammelten Reiser und banden Besen. Opa sparte Geld, von dem er eine Säge und einen Hobel ersteigerte. Aus Abfällen, die er in der Schlachterei bekam, kochte er Leim und fing an, in Serienproduktion Melkschemel herzustellen und sie an Leute vom Land zu verkaufen, die auf dem Markt ihre Produkte feilboten.

Als alle Markthändler einen Schemel hatten, ging Opa dazu über, Glückszettel zu verkaufen. Das Kapital kam wie durch die Vorsehung, weil ein junger Herr ein Fünf-Penni-Stück auf das Marktpflaster fallen ließ. Dafür bekam man drei Glückszettel. Opa verkaufte sie für drei Penni das Stück und kaufte weitere. Durch Feilschen bekam er für neun Penni sechs Stück und verkaufte sie auf der Stelle. Der Gewinn war der Doppelte, aber Opa verringerte ihn, um den Fortgang des Geschäfts zu garantieren.

Der Handel mit den Glückszetteln war so erschwinglich, dass es sich für Opa nicht lohnte, den Bau von Markttischen weiter zu betreiben, mit dem er mittlerweile begonnen hatte. Er schickte seine kleinen Brüder zum Verkaufen an den Bahnhof und verkaufte selbst auf dem Markt.

Die Brüder sparten das gesamte Geld und kauften am ersten Tag des Michaelimarkts sämtliche Glückszettel auf. Sie hoben den Preis auf fünf Penni an und profitierten von ihrer Monopolstellung, wenn die Leute vom Land auf dem Markt auf die Pauke hauten.

Einmal wurde einem betrunkenen Bauern schwindlig. Er suchte mit der flachen Hand neben seinem Fuß auf dem Boden Halt und geriet in Schräglage. Diese Bewegung veranlasste ihn zu einer Serie schneller Schritte. Nachdem er einmal in Fahrt geraten war, konnte er das Tempo nicht mehr stoppen, sondern musste auf dem Kopfsteinpflaster einen weiten Bogen laufen.

Opa gab seinem kleinen Bruder ein Zeichen mit dem Kopf: Geht dem Bauern Glückszettel verkaufen! Nach seiner Runde kaufte der Bauer drei Stück, als wäre das etwas ganz Neues für ihn, dabei hatte er eine halbe Minute zuvor schon fünf gekauft. Der verdutzte kleine Bruder nahm das Geld des

Betrunkenen in Empfang. Opa zählte es und gab dem Bauern zurück, was zu viel war.

Ein Jahr vor dem Ersten Weltkrieg tauchte ein Mann an der Tür auf und fragte nach Frau Leinonen. Opa war damals dreizehn. Er erriet, wer der Frager war, und sagte, dieser habe mit Frau Leinonen nichts zu schaffen.

Draußen wurde der Regen stärker, der Wind legte die Wasseroberflächen in den Senken des Feldes in Falten und ließ die Regentropfen gegen das Plexiglasfenster des Studios spritzen. Lauri Halme rannte im Regenmantel zum Kranwagen und wedelte vor dem Führerhaus mit den Armen.

Am Stahlseil hing ein großes Stoffbündel, und der Kranausleger schwenkte es durch die Luft wie die Hand Gottes, ohne sich um Lauri zu scheren, der mit den Handflächen nach unten schlug, als klopfte er einen nicht vorhandenen Teppich aus.

Ich sah zu, wie die gigantische Stoffbahn vom LKW geladen wurde, und sagte zu Panu, Opa habe auf Märkten und Jahrmärkten begriffen, dass niemand gegen ihn ankam. Trotzdem habe er den Mann, der da vor der Tür stand, nicht eigens davonjagen müssen. Ohne Aufforderung wandte sich der Besucher traurig ab und ging seines Weges.

Den ganzen Tag über plagte Opa sein schlechtes Gewissen. Am Abend machte er sich auf den Weg, um seinen Vater, den er so schroff abgewehrt hatte, zu suchen. Opa wusste nämlich, wo sein Vater sich aufhielt. Es war nicht schwer für ihn, den Zirkus, der in die Stadt gekommen war, mit dem plötzlich aufgetauchten Vater in Verbindung zu bringen.

Opa ging zum Marktplatz und beobachtete heimlich das Leben der Zirkusleute zwischen den Zelten. Irgendwann erblickte der Vater den Opa und sprach ihn an, aber der blasse, zitternde Junge wandte sich ab, nachdem er gesagt hatte: «So eine Seilwinde kann man gar nicht erfinden, mit der man euch aus dem Schlamm ziehen könnte.»

Der Vater rief ihm hinterher, ob es nichts gäbe, was er tun könne. Opa kam zurück und sagte, er habe vor, ans Ateneum zu gehen und Künstler zu werden. Ob der Vater ihm dabei helfen könne?

Der Vater antwortete nur, auch er würde gern ein Buch schreiben. Seitdem hatte der Opa seinen Vater nicht mehr gesehen.

XXVI

Von den Vorführwagen aus bin ich mit den Jungs hin und hab mir mit angeguckt, wie sie die Deckplane für das Mittelzelt auf dem Boden ausgebreitet haben. Das war praktisch ein riesengroßer Stern, als hätte man große Dreiecke zu einem großen ovalen Ring aneinander gelegt. In der Mitte hat man einen großen, an den Rändern verstärkten Hebering gesehen. Der Architekt ist um das Oval rumgerannt und hat Anweisungen gerufen.

Kaum war der große Stoff dann ausgebreitet, haben sie ihn erst mal liegen lassen. Mit Heringen haben sie aber immerhin die Dreiecksspitzen so weit fixiert, dass der Wind nichts wegblasen konnte. An jeder Spitze war auch so ein mit Nähten verstärktes Loch. Die Jungs haben den Architekten danach gefragt, und der hat ihnen erklärt, da, wo die Löcher seien, wären in den Stoff Verstärkungen aus 13-Millimeter-Stahlblech eingenäht worden.

Das ganze Zelt haben sie nämlich günstig in einer Segelnäherei in Tallinn machen lassen. Angeblich werden dort für die ganze Welt Segel für restaurierte Traditionsschiffe hergestellt und so weiter. Der Architekt hat mit sich selbst Fingerhakeln gemacht und behauptet, jedes Loch, das so verstärkt worden sei, würde eine Zugkraft von fünfzehn Tonnen aushalten.

Auf die Längsseite des Zeltes sollte ein ziemlich großes Vordach hin, so eine Art Mützenschild, und das musste als Erstes gespannt werden, weil die Befestigungen dafür unter der Deckplane lagen. Als Letztes sollten dann die Wandstoffe angebracht werden. Die kritische Phase kam angeblich dann, wenn die große Deckplane gespannt würde. Dann wären nämlich noch keine Wände da, die den Luftstrom daran hindern würden, unter den Deckstoff zu kommen. Und wenn es die Strömung schaffe, an beiden Seiten der großen Plane entlangzulaufen, dann reagiere das Ding wie ein Flugzeugflügel, und der Auftrieb könne dermaßen heftig sein, dass er sämtliche Halterungen und Heringe aus dem Boden reiße, so der Architekt.

Sobald die Wände dran wären, dürfe es eigentlich keine Probleme mehr geben, egal, was für ein Sturm blase. Der Winddruck, der sich auf die Wandstoffe richte, ziehe das Zelt nämlich nach unten, und die Strömung, die ins Dach gehe, reiße es nach oben und so weiter.

Das Zelt sei so geplant, dass die Windlast die Spannung der ganzen Konstruktion nur noch verstärke. Im Prinzip werde das Zelt mit zunehmender Belastung immer stabiler. Der Architekt hat gezwinkert und gesagt: Was nicht tötet, härtet ab. Aber das alles nur unter der Bedingung, dass die Konstruktion perfekt gespannt ist.

Die Männer haben dann den Stoff ausgebreitet, aus dem das Schirmdach überm Eingang werden sollte. Das war praktisch ein riesiger Windfang. Die Kerle haben an den Schnüren gehangen, damit der Stoff gestreckt bleibt. Der Kran hat ihn angehoben, und zwei Männer haben im Malerkäfig, also in so einem Skylift, bereit gestanden, um den Stoff am Zeltgerüst festzumachen.

Kaum war der Stoff ausgebreitet, hat man sehen können, dass da ein Bild drauf war, ein Brot aus Stein und Holz, mit einem Loch in der Mitte. Das hat bestimmt einen Durchmesser von zehn Metern gehabt und zu dieser einen Bank da gehört. Die Jungs haben gefragt, was das wäre, und der Architekt hat ihnen erklärt, das wär das Logo vom Sponsor.

Ist das früher nicht immer ein Kreuz gewesen?, haben sich die Jungs gewundert. Ich hab gesagt, die Bank da, die gibt es auch schon nicht mehr, weil sie mit den Schweden fusioniert hat, und da haben sie natürlich sämtliche Firmenzeichen wieder neu gemacht. Jemand hat gesagt, für ihn wär das schon die vierte Bank in fünf Jahren, die ihm unter den Füßen weggezogen werde. Ständig müsste er das Konto wechseln. Man weiß schon gar nicht mehr, wo man sein Geld hintun soll.

Der Wind hat den Stoff aufgeworfen, aber die Männer haben an den Schnüren gehangen, und die zwei oben haben das Flacheisen eingehängt, mit dem der hintere Rand von dem Schirmdach am Gerüst befestigt wurde. Das Logo der Bank hat nur so Wellen geschlagen, wie die Windböen es durchgeschüttelt haben, und die Männer mussten sich die Seile um den Körper schlingen, damit sie ihnen nicht aus den Händen rutschten. Einer von den Jungs hat mir vom Wohnmobil aus zugerufen, da wär ein Anruf für mich.

Ich kam mit Johannes zur Verkaufsstelle von FinnMobil, um nachzusehen, ob Opa dort war. Durch das Fenster eines Wohnmobils sah ich Erkki Heino. Er telefonierte. Als er mich sah, winkte er mich herein. Ich erriet, mit wem er sprach. Man sah es seinem Gesicht an.

Erkki beendete das Gespräch und setzte sich in dem Wohnmobil auf die Couch. Ich setzte mich neben ihn und nahm ihn in den Arm. Er fragte mich, ob ich von dem Konkurs gewusst hätte. Ich antwortete, die Lage der Firma sei mir bekannt gewesen, den Zeitpunkt des Konkurses hätte ich aber nicht gekannt. Der Antrag liefe. So viel hätte ich herausfinden können.

Erkki fragte, ob der Betrieb weitergehe. Ich sagte, nein. Vater hätte versucht, mit der Bank und den Gläubigern zu verhandeln, aber sowohl die Kreditinstitute als auch die Importeure wollten die Firma aufsplitten und ihre verschiedenen Aktivitäten in überlebensfähigen Kleinunternehmen bündeln. Das sei Bestandteil der in der Branche unabdingbaren Rationalisierung. FinnMobil werde gestückelt, und die Einzelteile würden an Konkurrenten verkauft. Die Vertretungen würden verlegt, und ein Teil der Aktivitäten ginge ohne Unterbrechung unter dem neuen Dach weiter, aber die alten Arbeitsplätze würden nicht erhalten, von einem einzigen abgesehen.

Welcher ist das? Erkki blickte vom Teppichboden auf. Das bist du. Vater hätte verlangt, dass Erkkis Arbeitsverhältnis nicht aufgelöst werde, bevor er im November in Rente ginge. Es war vereinbart, das Gebrauchtwagenlager nicht an Wettbewerber zu verkaufen, sondern mit der Konkursmasse in Geld umzuwandeln, und diese Aufgabe sollte Erkki als langjähriger Mitarbeiter bis zum fünfzehnten November durchführen.

Erkki fragte sich, wie er das alles den Jungs erklären sollte und was die sagen würden, wenn sie erführen, dass sie arbeitslos würden. Ich tröstete ihn damit, dass sie alle noch junge Männer waren. Die würden schon wieder Arbeit finden. Erkki klagte über die harte Konkurrenz in der Branche. Ich erinnerte ihn daran, dass sie selbst noch vor wenigen Stunden geprahlt hätten, die Verkaufszahlen bei den Fahrzeugen gingen ständig in die Höhe und die Bonusse der Verkäufer im

Gleichschritt mit. Alle Verkäufer erhielten für die Zeit der Kündigungsfrist den vollen Lohn und angesichts der Umstände eine ordentliche Abfindung. Das hätte Vater herausschlagen können. Fast hatte ich Lust, Erkki an Raisio und Nokia zu erinnern, in die man das Geld aus der Autofirma hätte investieren sollen, wenn es nach seinen Jungs gegangen wäre.

Erkki erkundigte sich nach den Umständen des Konkurses. Ich erzählte ihm, dass zum falschen Zeitpunkt abgeschlossene Yen-gebundene Geschäfte und ein unterminierter Dollarkredit dahinter steckten. Das wollte Erkki nicht glauben. Er erinnerte sich, dass die Firma sogar während der letzten Devaluation Kredite in ausländischer Valuta gehabt habe und damit fertig geworden sei, obwohl Rezession geherrscht hatte.

Ich sagte ihm, Vater habe sich am Bau des Touristenzentrums am Levi-Fjäll beteiligt, und das habe Verluste gemacht. Man habe begonnen, am Levi ein ganzjähriges Freizeitzentrum zu errichten, das internationalen Ansprüchen genügen solle.

Auf dem gesamten Fjäll sei Torf verlegt worden, damit man sich im Sommer wie im Winter leichter darauf bewegen könne. Weitere Lifte seien im Bau, mit denen man den Hang nicht nur hinauf, sondern auch hinunter fahren könne. Erkki fragte verwundert, was für einen Sinn solche Skilifte haben sollten und was das alles mit dem Verkauf von Autos zu tun habe.

Ich erklärte es ihm: Vater war in das Levi-Projekt eingestiegen, weil ein gläubiger Bekannter von ihm dort ein Gelände für Wohnmobile und Wohnwagen anlegen wollte. Dabei war nicht an ein ödes Feld gedacht worden, sondern an einen Bereich, der in Parzellen von hohem Niveau gegliedert und sorgfältig landschaftlich gestaltet werden sollte.

Auf jeder Parzelle sollten ein eigener Vorgarten und alle nötigen Anschlüsse vorhanden sein: warmes Wasser, Kanal, Strom und Telefon, außerdem eine Satellitenverbindung für den Fernseher. Das Nutzungsrecht des Caravanplatzes sollte auf Anteilsnehmerbasis basieren.

Die Vermarktung der Anteile sollte zum Teil über Finn-Mobil laufen, und die Änderungsarbeiten am Wagenbestand waren für die Service-Organisation der Firma vorgesehen. Die Wagen von FinnMobil mussten schon beim Verkauf mit den nötigen technischen Voraussetzungen ausgestattet werden, wenn der Kunde im Zusammenhang mit dem Fahrzeug Anteile kaufte, das so genannte Levi-Paket.

Erkki hielt den Plan für gut. Er fragte sich, was dabei hatte schief gehen können. Ich erklärte ihm, am Hang des Fjälls sei nie ein Caravanbereich geplant worden, sondern eine Zone mit Parzellen für feste Hütten.

Die Gemeinde Kittilä war in der Sache einem hohen Druck ausgesetzt gewesen, und schließlich hatte den Ausschlag gegeben, dass eine Firma, die Hütten in Blockbauweise herstellte, in der Gemeinde Arbeit schaffte. Das Argument, durch einen Ausbau der Serviceleistungen für Wohnmobile und Caravans könnte die Tourismussaison effektiver genutzt werden, war demgegenüber weniger ins Gewicht gefallen.

Im letzten Moment hatte es trotzdem so ausgesehen, als könnte der Bebauungsplan mit den Hütten aus Naturschutzgründen noch kippen. Das Umweltministerium plädierte in seiner Stellungnahme für den Wohnmobilplatz, weil der laut der in Auftrag gegebenen Gutachten die sensible Natur des Fjällgebiets weniger belastete.

Erkki fragte, ob der Glaubensbruder meines Vaters ebenfalls in Konkurs gegangen sei, nachdem das Projekt gescheitert war. Ich sagte, der Mann würde heute als Zulieferer Fensterrahmen für den Blockhüttenhersteller machen.

Dann erzählte ich Erkki noch ein bisschen von den Plänen am Levi. Ich hatte Zeichnungen gesehen, Berichte der Entwicklungskommission und Broschüren. Die Gemeinde Kittilä legte sich schwer ins Zeug. Sie hatte einen großen Kredit aufgenommen, um die eigenen Dienstleistungen zu verbessern und mit ihrem Besitzanteil die Liftgesellschaft zu unterstützen. Details des Levi-Projekts waren mir im Gedächtnis geblieben, weil ich sie in einem Artikl als Beispiel für das Neuheidentum angeführt hatte, das sich auch in der evangelisch-lutherischen Kirche Finnlands breit machte.

So war am Levi-Fjäll als Bestandteil der allumfassenden Erlebniswelt auch eine Kirche aus rohen Kiefernstämmen errichtet worden, ein Pistentempel, und der Bischof von Oulu hatte dieses Gotteshaus für Skiläufer und Snowboarder auch schon geweiht.

Die Pistenkirche hatte einen Turm, der an ein Lappenzelt erinnerte, und auf dessen Spitze war ein stilisiertes Kreuz aus einem Rentiergeweih befestigt. Abends wurde die ganze Pracht dramatisch angestrahlt, und zwar von Scheinwerfern, die warmes Streulicht von unten nach oben richteten. Erkkis Gedanken schienen um den Konkurs zu kreisen. Er wollte wissen, wie es den Firmeneigentümern ergangen sei.

Ich erwiderte, die Schwierigkeiten des Unternehmens hätten schon eine Zeit lang bestanden, dadurch hätte man sich auch auf einen Konkurs einstellen können. Mein Vater komme einigermaßen trockenen Fußes aus allem heraus. Sein Lebenswerk sei allerdings dahin. Im günstigsten Fall wäre die

Firma zig Millionen wert gewesen, an die hundert vielleicht sogar.

Vater wäre es allerdings gelungen, den Großteil seines persönlichen Eigentums von der Konkursmasse zu trennen, auch die gesetzlich vorgeschriebenen Rentenzahlungen wären geleistet worden; insofern hätte Armas einen gesicherten Lebensabend vor sich.

Ich hätte meinen Anteil an der Firma schon 1994 als Vorauserbe zum Wert der damaligen Anteile erhalten. Ich sagte, dieses Vermögen hätte ich nicht in den Autohandel, sondern in etwas anderes gesteckt.

Ich packte Erkki an den Schultern und beteuerte, auch er würde nicht in Schwierigkeiten geraten. Er dürfe seinen Arbeitsplatz bis zum Schluss behalten, und das Einkommensniveau bleibe auch mindestens das gleiche wie zuvor. Und er bekomme die volle Rente. Liquidierung des Gebrauchtwagenlagers sei eine Arbeit, die Erkki als alter Fuchs im Nu erledigen würde. Und dann solle er in den Ruhestand gehen. Erkki sagte, er habe das Wohnmobil von Johannes für hundertzweiundsechzigtausend verkauft. Die Überweisung auf mein Konto sei mittels des tragbaren Computers und des Faxmodems, das den Verkäufern zur Verfügung stehe, vorgenommen worden. Ich sagte, hundertfünfzigtausend seien ausgemacht gewesen.

Erkki sagte, er habe eine Provision kassiert. Ich befahl ihm, sein Faxmodem zu holen, damit ich die Differenz zurücküberweisen könne. Was über die vereinbarte Summe hinausgehe, gehöre ihm. Er versuchte abzuwehren, aber ich befahl ihm, das Geld zu nehmen und die Jungs ins Gerstenkorn einzuladen, wenn sie wieder in Tampere wären.

Ich hab Leila dann noch gefragt, ob das der Grund sei, warum wir zum Verkaufen zur Versammlung gekommen wären. Sie hat es bestätigt. Darüber musste ich lachen, denn wir hatten uns ja schon gewundert, dass der Armas mit so was einverstanden war, wo er sonst doch nie hinhörte, wenn jemand einen Vorschlag machte.

Leila hat sich umgeguckt und gesagt, über das, was ich dir jetzt sage, hältst du aber das Maul. Sie hat erzählt, dass Armas die Abfindung für die Jungs von der Abrechnung finanziere, die er auf der Laestadianer-Versammlung mache.

Er hatte sich ausgerechnet, dass wir einen Verkauf von einer Million erzielen würden, und wollte jeden einzelnen Käufer persönlich durchgehen und auf den Papieren entsprechend kleinere Summen eintragen, damit der Topf für die Abfindungen zusammenkomme und am Konkursverwalter vorbeigeflößt werden könne.

In den Steuerunterlagen der Jungs laufe das Geld vertragsgemäß als Bonus. Es sei unmöglich, dass der Konkursverwalter Gelegenheit habe, die Steuerdaten der Jungs mit den Firmenkonten abzugleichen. Zwischendurch hatte Armas angeblich die Hoffnung gehabt, der Verkauf bei der Versammlung könnte dermaßen spitzenmäßig ausfallen, dass die Firma damit aus dem Gröbsten rauskäme. Leila sagte, das hätte aber einen ziemlich aggressiven Einsatz gefordert. Da hätte man aus der Versammlung einen regelrechten Jahrmarkt machen müssen, und es hätte dem Wesen von Armas nicht entsprochen, auf der Sommerversammlung so aufzutreten.

Der Verkauf von Wohnmobilen auf der Sommerversammlung und das anschließende Spiel mit den Quittungen sei für Armas schon schlimm genug, weshalb er nicht fähig gewesen sei, selbst zu kommen.

Denn auf der Versammlung wäre er ansonsten, wie es üblich war, in die Situation geraten, darum zu bitten, «dass mir eine so große Sünde vergeben wird», und daraufhin wäre er mit den Taschen voller Geldscheine und gefälschter Quittungen von achtzigtausend Rechtgläubigen gesegnet worden: «Im Namen und im teuren Sühneblute Jesu seien dir alle Sünden vergeben!»

Wir sind ins Freie gegangen. Ich hab der Leila verboten, den Jungs etwas zu sagen. Es sei völlig unnötig, dass die hier von so was erfahren würden. Ich hab versprochen, es ihnen bei passender Gelegenheit mitzuteilen. Leila hatte auch gar nicht vorgehabt, was zu sagen. Sie war der Meinung, ihr Vater hätte die Pflicht zur Information, weil er vorläufig noch der Chef in seiner Firma war.

Draußen haben die Jungs zugehört, wie der Johannes Leinonen sich mit dem Architekten über den Zeltaufbau gestritten hat. Immer wieder mussten die Jungs lachen. Sie haben gesagt, die beiden würden sich darüber streiten, ob der Wind den ganzen Mist einfach in den See bliese.

Der Architekt beteuerte, die Stabilität des Zeltes wäre genau berechnet worden, aber Johannes behauptete, in keiner Berechnung wäre es möglich, alle äußeren Umstände zu berücksichtigen.

Ein ungespanntes Zelt und schnelle Strömungswechsel oder Turbulenzen würden so viele unkalkulierte Faktoren auslösen, dass der Architekt seine Berechnungen, die er am Schreibtisch gemacht hatte, aufs Klo schaffen könnte, zur Lektüre oder um sich gleich damit den Hintern abzuwischen. Johannes fragte sein Gegenüber, ob er etwa vorgehabt hätte, das Zelt in seinem Büro aufzustellen. Schon allein das Gelände begünstige Wirbelbildungen, die kein theoretisches

Strömungsmodell vorwegnehmen könne. Und ein Gewitter mit seinen Vertikalströmungen wäre ein total unberechenbarer Faktor.

Der Architekt wollte wissen, ob er vielleicht Windkanalmessungen mit Miniaturmodellen hätte machen sollen. Schließlich würden sie hier keinen Düsenjet zusammenbauen. Johannes hat ihn aufgefordert, die Klugscheißerei bleiben zu lassen. Er hat gesagt, man dürfe schlicht und einfach kein Zelt bauen, das so groß sei, weil man dann aus den annehmbaren Sicherheitstoleranzen gerate.

Wenn man den Maßstab über einen bestimmten Punkt hinaustreibe, verkleinerten sich die Toleranzen, während die Zahl der unberechenbaren Faktoren wachse. Das Resultat sei eine Aufbausituation, deren Verlauf nicht vorhergesehen werden könne. Johannes empfahl dem Architekten, sich mal mit der Chaostheorie auseinander zu setzen. Der versprach, es zu tun, wenn Johannes ihm die dafür nötigen Schmetterlinge fange.

Eine ganze Schar Kinder kam angerannt, und die Leila hat gesagt, das sind die Kinder von Lauri Halme. Schon von weitem haben sie gerufen, sie hätten den Opa gefunden. Wo ist er denn?, wurden sie gefragt. Bei den Höllenengeln!

XXVII

«**Von der Landstraße aus** ging er geradewegs über Felder und Gräben hinweg, vorbei an Scheunen und durch die Sträucher im Wald …» Ich flüsterte Johannes zu, das sei ja aus einer Erzählung von Antti Hyry, was da vorgelesen werde. Johannes forderte mich mit seiner Miene auf, still zu sein.

Das Brautpaar stand vor einem kleinen Tisch und die Gemeinde im Halbkreis drum herum. Auf der anderen Seite des Tisches stand ein Mann mit einem Buch in der Hand, wie ein Pfarrer, obwohl er aussah wie alle anderen auch: Lederklamotten, Motorradstiefel und eine verzierte Lederweste.

Opa und Dave standen mit andächtigen Gesichtern unter den anderen im Halbkreis. Alle hatten die Hände vor dem Unterleib verschränkt und die Köpfe leicht gesenkt. Halmes Kinder hielten sich weiter hinten, wo die lange Hochzeitstafel aufgebaut war, in deren Mitte eine riesige Torte thronte. Die Spitze des turmartigen Kuchens krönte ein Motorrad aus Plastik. Oder aus Marzipan.

«… er stand auf der Landstraße und wurde immer kleiner. Der Kiesbelag verwandelte sich in Geröll, und die Steine wuchsen und wurden so groß wie er, und die Staubteilchen, die durch die Luft schwebten, nahmen seine Größe an und wurden immer größer. Er wurde noch wesentlich kleiner, und schließlich sah er um sich herum Mühlen, die sich um sich und die anderen drehten. Zwischen ihnen war viel Platz für ihn.»

Ich nahm Notizblock und Stift zur Hand und fing an, alles, was sich hier ereignete, aufzuschreiben. Johannes fragte, was hier vorgehe. Ich forderte ihn auf, Beobachtungen anzustellen, sich alles einzuprägen, was er sehe und höre. Worum geht es?, flüsterte er. Um Religionswissenschaft, um Religionswissenschaft!

«Er nahm den Fuß von der Erde, und er wuchs, an der Sonne vorbei, den Sternen entgegen. Er merkte, dass er die Sterne nicht erreichen würde, denn die Beine, die sich in der Nähe der Erde befanden, wuchsen, aber der Oberkörper blieb wesentlich kleiner. Doch dann erinnerte er sich an die Relativitätstheorie, und er wuchs auf die richtige Weise.»

Die ganze Schar sah aus wie eine Gemeinde, die auf das Abendmahl wartete, an den Sonntagen, an denen so viele Leute in der Kirche waren, dass nicht alle auf einmal um den Altar passten. Ich sagte zu Johannes, es gehe um neuartige Rituale, die im Zuge der Stammesbildung innerhalb der modernen Gesellschaft hervorgebracht würden.

Johannes war der Meinung, wir müssten sofort gehen und den Opa und vor allem die Kinder aus der Gefahrenzone herausbringen. Was für eine Gefahrenzone denn? Das hier sind gefährliche Typen! Die können jederzeit um sich schießen. Ich sagte, sie würden auf keinen Fall den Hochzeitsfrieden stören.

Was für einen Hochzeitsfrieden? Woher glaubte ich, die Sitten und Rituale der Hell's Angels zu kennen? Ich sagte, ich würde sie gar nicht kennen, aber in der menschlichen Gemeinschaftsbildung gebe es bestimmte Gesetzmäßigkeiten, und eine davon sei die, dass in allen Gemeinschaften, die in der Geschichte der Menschheit bekannt seien, heilige Handlungen von Störungen und Gewalt verschont würden.

Was soll das denn für eine heilige Handlung sein?, wunderte sich Johannes. Die Trauung zweier Menschen zu einem Bund gilt in allen Kulturen als heiliger Akt, und jede Gemeinschaft kreiert darum herum ihre eigenen Rituale. Johannes fing an zu kichern. Ob ich behaupten wolle, die Hell's Angels wären eine Kultur. Ob die eine Hochzeitszeremonie kreiert hätten, zu der es gehöre, Texte von Antti Hyry laut vorzulesen. Nun, es sah jedenfalls so aus.

Leila wies darauf hin, dass sich die Hell's Angels für vogelfrei erklärt hätten. Sie wollten außerhalb der organisierten Gesellschaft leben und trügen deshalb auf ihren Westen eine Eins und ein Prozentzeichen.

Das bedeutete, dass die Motorradfahrer zu dem einen Prozent der Menschheit gehörten, das den anderen den Rücken zugekehrt habe und seinen eigenen Weg gehe. Leila behauptete, am religionswissenschaftlichen Institut wäre gerade eine Studie über die Hell's Angels in Arbeit, und hier könne man jetzt sensationelles Feldforschungsmaterial dafür sammeln.

Die Stammesbildung der modernen Gesellschaft sei bereits untersucht worden. Rund um verschiedene Hobbys und Lebensstile würden sich Teilkulturen bilden, die man sinnvoll mit den Parametern untersuchen könne, die von der Anthropologie bei der Erforschung von Stammesgemeinschaften angewendet würden.

Internetsurfer, Schrott-Rallye-Liebhaber, Snowboarder, sogar Eislochangler würden so etwas wie Stämme mit eigenen Überzeugungen und Ritualen bilden. Bei der Erforschung des Geistes und des spirituellen Gehalts der Stammesbildung habe man beobachtet, dass Bräuche und Glaubensvorstellungen eine neuheidnische Patchworkdecke bildeten, in der auch verschiedene christliche Disziplinen ihr Fleckchen hinterlassen würden.

Schon aus der Theorie weiß man, dass eine Teilkultur, die sich bewusst von der Gesellschaft isoliert, gezwungen ist, noch stärkere Normen und Rituale zu schaffen als die dominierende Kultur. Sonst verliert sie den Zusammenhalt. Der Druck von außen führt zu der Notwendigkeit, die eigene Gemeinschaft ständig zu stärken. Dies geschieht durch äußere Signale: Kleider, besondere physische Merkmale und Rituale. Wie aber entstehen Rituale, wenn nichts von früher her da ist?

Aus dieser Frage ergibt sich ein spannendes Thema für Religionswissenschaft und Anthropologie: Die moderne Gesellschaft trennt Teilkulturen von sich ab, die über kein Ritualfundament verfügen. Trotzdem brauchen diese modernen Stämme notwendigerweise Rituale.

Im Grund können Rituale aus allem entstehen. Eine Gesetzmäßigkeit muss erkennbar sein. Die Hell's Angels sind ja eine autoritative Gemeinschaft. Es herrschten Kasernenhofdisziplin und eine hierarchische Führungsstruktur. Die Rituale eines solchen Neustammes entstehen nach dem Diktat führender Individuen. Als Inhalt der Rituale kristallisieren sich jene Dinge heraus, die der King der Truppe zufällig favorisiert.

Ich fragte Leila, ob sie meine, der King dieser Truppe hier favorisiere die Prosa von Antti Hyry. Genau, sagte sie. So sehe es aus. Das glaubte ich nicht. Leila behauptete, das sei kein Wunder.

Erstens gebe es in solchen Teilkulturen oft originelle Individuen. Es sei kein Wunder, wenn auch belesene Männer bei den Hell's Angels landeten. Es sei nicht das erste Mal, dass solche Leute die Welt verließen, um in eine Art Kloster zu gehen, zum Beispiel in eine Motorradgarage. Erst recht kein Wunder sei es, wenn ein solches Individuum zum Anführer gewählt werde.

Ein intelligenter Stammeshäuptling mache die Rituale des Stammes stets zu Stützpfeilern seiner persönlichen Macht. Der Weise Häuptling erfinde eine Lehre oder eine Mythologie und beanspruche selbst die Macht, diese zu interpretieren.

Aber warum ausgerechnet Antti Hyry?, fragte ich lachend. Auch das sei kein Wunder. Hyry sei ein Ingenieur, in dessen literarischem Werk ständig ganze Welten konstruiert würden, ein eigener Kosmos. Und die Hell's Angels hätten dasselbe Bedürfnis: raus aus dieser Welt, hin zu etwas Idealem, das vielleicht für immer verloren oder noch nie erreicht worden sei.

Bei Hyry sei diese verlorene Welt die Agrargemeinschaft von Kuivaniemi, bei den Hell's Angels der freie Mann und das Motorrad, die Sonne, der Wind und die Straße in der Wüste von Nevada oder die Technik der Harley Davidson, die man verehre wie die göttliche Weltordnung.

Und wie gesagt, sei Hyry Elektroingenieur, ein Mann der Technik, der zwar konkrete Dinge beschreibe, unterschwellig aber dennoch etwas Immaterielles. Warum solle es also ein Wunder sein, wenn Motorradfahrer das attraktiv fänden? Gerade hätten wir als Hochzeitsepistel eine komprimierte und physikalisch wahre Beschreibung des Weltalls gehört, in der Moleküle und Galaxien funktionierten wie eine gut eingestellte Maschine.

Das Fest begann. Für die Kinder wurde der Kuchen angeschnitten, und die Motorradfahrer nahmen sich auch welchen. Kaffee gab es keinen. Allen wurde Bier angeboten. Auch Opa kam mit einer Bierflasche an und erklärte, als junger Mann habe er zwar die heimliche Sauferei der Pietisten verabscheut und nichts getrunken, wenn sie ihm etwas angeboten hätten, aber in seinem hohen Alter wolle er ihnen einen Gefallen tun. Opa hatte ein mexikanisches Bier bekommen, und in den hohen Hals der Flasche war ein Stück Zitrone gequetscht worden. Er trank und spuckte die Kerne aus. Plötzlich packte er einen von den Hell's Angels an der Weste und schüttelte ihn. Ich bekam einen furchtbaren Schreck, aber der Kerl klopfte Opa nur freundlich auf die Schulter, und der alte Mann ließ los.

Die Hell's Angels brachten einen Zuber und füllten ihn mit Tequila und einer Riesenmenge tiefgefrorener Erdbeeren. Sie bereiteten eine Art Bowle zu und mischten das Getränk mit einer Bohrmaschine, auf der sie einen Mörtelquirl montiert hatten. Alle waren gut gelaunt, sie lachten und klopften sich gegenseitig auf den Rücken. Den Kindern wurde noch mehr Kuchen abgeschnitten, sobald sie ihre Pappteller leer hatten.

Der siebenjährige Sohn von Halme betrachtete das Motorrad auf der Tortenspitze. Ein Hell's Angel nahm es herunter und gab es dem Jungen. Dieser sah sich die Maschine aus der Nähe an, dann nahm der Angel sie ihm wieder aus der Hand und biss im Nu die Hälfte des Motorrads ab. Der Junge erschrak. Fast hätte er angefangen zu weinen.

Nun scharten sich weitere Angels um den Jungen und versuchten ihn zu überreden, das Motorrad aufzuessen. Er machte einen Biss, und alle riefen Bravo und klatschten in die

Hände. Der Junge lachte. An die Kinder wurden Pins mit Totenschädeln und Flügeln verteilt. Sie steckten sie sich an die Brust. Einer von den Männern ließ seine Maschine aufheulen und fing an, die Kinder abwechselnd herumzufahren.

Opa fragte, ob die Maschinen mit Kardanwelle oder Kette liefen. Er erzählte, er habe sich seine erste Harley Davidson schon vor dem Krieg gekauft. Er nannte sie gute Geräte, mit denen man überall hinkomme. Auch dorthin, wo Autos nichts verloren hatten. Die Motorradfahrer hörten ihm ehrfürchtig zu.

Dann kam Opa zu mir und sagte, er werde langsam müde. Er lobte die Pietisten als weise Männer, aber jetzt müsse er ihre Versammlung verlassen. Er erkundigte sich, wo der fromme Junge abgeblieben sei. Dave war nirgendwo zu sehen.

Wir gingen dann und nahmen Opa und die Kinder mit. Ich fragte mich, wie Opa auf die Idee gekommen war, die Hell's Angels für Pietisten zu halten. Leila behauptete, auch das wäre kein Wunder: schwarz gekleidete, ernste Männer, die sich alle gleich verhielten.

Ich fragte Opa, warum er einen von den Fremden am Schlafittchen gepackt habe. Opa sagte, er habe vorgehabt, mit dem Pietisten zu ringen. Hatte er eine Hochzeitsschlägerei anzetteln wollen? Er erklärte mir, er habe den Pietisten zum Ringkampf herausfordern und nicht eher loslassen wollen, bis der Mann ihn gesegnet hätte, so wie Gott den Jakob.

Der Pietist hatte abgelehnt. Opa sagte, er verstehe jetzt, dass die Weisheit der Pietisten genau darin liege, dass sie Gott nicht vor Gericht zerrten oder zum Kampf herausforderten, wie Jakob, der um Gottes Segen gerungen habe, oder wie Hiob, der angefangen habe, mit Gott zu rechten.

Opa erzählte, als junger Mann habe er geglaubt, man könne die Dinge in die Hand nehmen und die Welt nach Lust und Laune ordnen, aber jetzt sei er demütig geworden. In jungen Jahren sei der Mensch ein Narr und bilde sich in seinem Wahn zu viel ein. Opa dachte an Pietisten zurück, die behauptet hatten, er und Loikkanen würden sich zu Göttern erheben, die von Gott geschaffene Flüsse in Wasserspeicher für ein Kraftwerk verwandelten.

Opa sagte, er frage sich, woher er solche Vorstellungen von sich selbst habe bekommen können. Er kam zu dem Schluss, dass er sie von der Gemeinde des rechten Glaubens empfangen hatte. Im Hort der Gemeinschaft der Heiligen und der Vergebung gediehe jener Glaube, auf den gestützt man in aller Ruhe zum Beispiel in den Himmel gucken und als Gott von drei Ellen Länge die Arbeit des Schöpfers nachahmen könne. Sie hätten sich damals kein bisschen geschämt, die Dreifaltigkeit mit dem dreipoligen Stromkabel zu vergleichen: Plus, Minus, Erde.

Die Pietisten hätten zu erklären versucht, dass alles, was der Mensch zu Stande bringe, in sich zusammenfalle und verrotte. Menschen, Pflanzen und Tiere stürben, sie würden zu Moder und Mulch. Die Erde schlucke am Ende alles, was der Mensch auf ihr errichte. Opa lachte über sein selbstgefälliges Schöpfungswerk und über den Namen, den sie dafür von den Pietisten bekommen hatten: die Modergötter …

Auf dem Versammlungsplatz hob der Kranwagen jetzt die große Dachplane über das Zeltgerüst hinauf. Der gelbweiße Stoff flatterte heftig, und das scharfe Knattern war über einen Kilometer hinweg zu hören.

Opa erinnerte sich an ein Fest des Lichts, bei dem der Strom erloschen war. Ein Pietist hatte in der Dunkelheit gefragt, ob Opa die Wege des Lichts kenne. Ob er die Sterne der Plejaden zusammenbinden oder die Bande des Orion öffnen könne. Ob er die Sterne des Tierkreises herbeischaffen könne. Ob Opa jemals an dem Ort gewesen sei, wo Gott den Schnee aufbewahre. Habe er die Speicher des Hagels gesehen, die für Zeiten der Sonne gefüllt waren? Trage die Stimme des Opas bis zu den Wolken? Könne er den Sturzregen und die Blitze rufen, sodass sie ihn fragten: «Hier bin ich, befiehl uns»? Besaß Opa die Macht, der Überschwemmung zu befehlen: «Bis hierher, aber nicht weiter»?

Opa schaute missmutig auf das Zeltgebilde, aber dann änderte sich sein Gesichtsausdruck und wurde verschlagen: Sie bringen ihr Zelt hierher, mitten unter die Pietisten.

In diesem Moment begriff ich, dass es genau so sein musste: Die Ausmaße des Riesenzeltes und die Steigerung der Ausmaße der Versammlungen enthielten die gleiche Botschaft wie der Nürnberger Parteitag oder die Raketenparade auf dem Roten Platz: Propaganda! Ich wunderte mich, dass ich nicht schon früher diese eindeutige Funktion des Großzeltes erfasst hatte.

XXVIII

Ein Gewitter kreiste um den Versammlungsplatz, und das brachte plötzliche Windböen mit sich, die den Aufbau des Zeltes störten. Wegen des Windes musste das Heben der Dachplane unterbrochen werden. Wir beschlossen zu warten, bis sich das Gewitter verzogen hatte.

Die Traglufthalle hatten wir leer bekommen, und nun wurde entschieden, die Luft abzulassen. Es bestand das Risiko, dass die Halle unter dem Druck des Wassers auf dem Dach reißen und die Friedensgemeinde anschließend gezwungen sein würde, sich Schadensersatz zu erstreiten.

Das Gebläse musste nach und so weit zurückgefahren werden, dass die Kuppel allmählich und langsam zu Boden sank. Realisiert werden sollte das durch schrittweisen Abbruch des Blasvorgangs: immer ein Ventilator auf einmal und dann der nächste.

Bei der Befehlsausgabe war es aber zu gewissen Unklarheiten gekommen, denn die Ventilatoren wurden alle auf einmal ausgeschaltet. Auf einen Schlag stürzte die ganze Halle in sich zusammen. Und da herrschte dann ein ziemliches Durcheinander, und die Menschen wurden nervös.

Der Einsturz der Halle hatte an sich keinen Schaden angerichtet, und natürlich war auch niemand mehr drinnen gewesen. Der einzige Schaden entstand dadurch, dass die Wassermassen vom Dach schlagartig auf den Zentralplatz schwappten. Sie bildeten eine ziemliche Sturzwelle.

Wir sind auf den Hof, der seine Felder als Versammlungsgelände verpachtet hatte. Der Bauer dort ist Fleischproduzent; wir waren oft zusammen unterwegs, wenn die Wurstfabrik Atria mal wieder zu einer Kreuzfahrt nach Tallinn oder Stockholm eingeladen hatte. Haben sogar schon in einer Kabine geschlafen. Ist ganz groß im Singen, der Kamerad.

Vom Fenster aus haben wir zugesehen, wie die Laestadianer ihr Großzelt aufbauten. Der alten Mutter des Bauern grauste es vor dem Zelt. Noch nie hatte sie so ein großes Bauwerk gesehen, obwohl sie damit angibt, sogar schon mal im Ausland gewesen zu sein.

Mehrfach haben sie versucht, die große Stoffplane zu heben, aber immer wieder mussten sie abbrechen, weil der Stoff durch den Wind in Bewegung geriet. Ansonsten war das Zelt anscheinend so weit fertig, da die Stützkonstruktion stand, die Stahlseile gespannt und die sonstigen Stoffbahnen gezogen waren. Nur die größte von allen fehlte noch, sozusagen das Dach.

Auf einmal fiel uns auf, dass die Traglufthalle weg war. Völlig unbegreiflich kam uns das vor, dass so ein großes Gebäude nicht mehr dort stand, wo es gerade noch gewesen war. War ja auch praktisch Hexerei, dass so was im Nu passieren konnte. So wie in Amerika dieser Zauberer, der ganze Züge entfernt und sogar versprochen hat, die Freiheitsstatue verschwinden zu lassen.

Weil niemand gesehen hatte, wie die Halle verschwand, und alle sich groß darüber wunderten, erklärte die Mutter vom Bauern, sie hätte gesehen, wie die Halle plötzlich eingestürzt wäre wie vom Blitz getroffen. Die da drüben, die hätten nicht den rechten Glauben, murrte die Alte.

Der Bauer roch nach Diesel und Harz. Er erzählte, er

wäre Papierholz machen gewesen. Davon lagen große Polter draußen im Hof. Er jammerte mir vor, die EU würde den Getreideanbau unmöglich machen. Um die unrentable Pflanzenzucht zu kompensieren, müsse man sich neue Produktionslinien und Erwerbsquellen ausdenken. Holz müsse man das ganze Jahr über verkaufen, sommers wie winters, man komme überhaupt nicht mehr dazu, den Festmeterpreis im Auge zu behalten und den Verkauf auf Eis zu legen, wenn die Preise auf dem Stock schlecht seien.

Dazu werde man noch von den ganzen neuen Bestimmungen belästigt, mit denen dem Bauern vom Rednerpult in Brüssel aus das Leben immer schwerer gemacht werde. Nutzholz mit Rinde dürfe nicht mehr in Stapeln gelagert werden, sondern müsse gleich ins Sägewerk oder in die Zellulosefabrik gebracht werden, kaum dass der Baum umgefallen sei. Man müsse den Transport vorab bestellen und genau sagen können, wann Rundholz und wann Zellstoffholz auf der Laderampe auftauchen.

Es waren viele Menschen auf dem Hauptplatz, und ein Teil geriet unter die Schlagwelle. Diejenigen, die weiter weg standen, konnten sich in Sicherheit bringen, außer den Alten, die nicht schnell genug waren. Wer in der Nähe stand, wurde durch und durch nass, aber je weiter sie vorankam, desto flacher wurde die Welle, und bald reichte sie nicht mal mehr bis zum Stiefelschaft.

Bei einem Auto wurde die Zündspule nass, aber niemandem ist etwas Schlimmeres zugestoßen. Der Druckmaschine erging es allerdings schlechter, denn sie war inzwischen mitsamt Lafette in der Erde versunken.

Das Flutwasser kam nun unter den Zeltsäumen durch und

schlug direkt gegen die Maschine. Es ergoss sich über die Druckwalzen und verwandelte das Papier dazwischen in eine schwer zu entfernende Masse. Die Papierstapel wurden nass und unbrauchbar, aber die teure Steuerelektronik der Maschine blieb zum Glück verschont.

Wir fanden keine Erklärung für das Versinken der Maschine, machten uns aber schwer Gedanken, wie wir das Gerät vom Gelände bekommen würden. Die Lafette war samt Rädern und Achsen eingesunken, und ein Herausziehen mit dem LKW kam schon deshalb nicht in Frage, weil wir uns nicht mehr trauten, überhaupt noch einen LKW auf das Feld fahren zu lassen.

Die Brüder, die Juristen waren, versuchten zu klären, ob beim Versinken der Maschine in der Erde die in den Versicherungsbedingungen aufgeführte «unerwartete Naturkatastrophe» vorlag, welche die Versicherung von der Haftpflicht befreite.

Der Boden absorbierte überhaupt kein Wasser mehr. Es stand in großen Teichen überall dort, wo Senken waren, und jeder Schritt zerstörte die Grasnarbe. Der Zentralplatz verwandelte sich in eine Schlammfläche.

Das Zelt stand, aber ohne Dach. Trotz allem war es gelungen, den Feldaltar zusammenzubauen; er war so gut wie fertig, ebenso die Bänke. Der Altar bestand aus Elementen, die sich ziemlich schnell zusammensetzen ließen, aber die Tonanlage oder andere technische Installationen konnte man selbstverständlich nicht in das dachlose Zelt bringen. Der Architekt schwatzte allerhand Zeug, dass sie für den Ferrari-Rennstall ein Boxenzelt planen und mit der Unicef über ein Projekt verhandeln würden, bei dem der Prototyp eines Wohnzeltes produziert werden sollte, das den Bedingungen in Entwicklungsländern angepasst, aus modernen Materialien gefertigt und trotzdem billig wäre.

Ich fragte ihn, ob wir nicht zuerst mal dieses Zelt hier fertig aufbauen könnten, aber der Architekt meinte, er habe gerade neue technische Informationen vom Planer des Zeltes bekommen, und im Licht dieser jüngsten Konsultationen betrachtet, würde es sich lohnen, das Abklingen des Gewitters abzuwarten. Ich fragte ihn, ob er sein Gespräch mit Johannes Leinonen meinte.

Mit den Gewitterwolken würden störende Fallwinde heranziehen, erklärte mir der Architekt. Die könnten das Zeltmaterial beschädigen. Ich solle mir mal vorstellen, was für eine Windfläche der Zeltstoff biete.

Ich sagte ihm, das würde ich mir schon die ganze Zeit vorstellen, und darum wäre ich auch ein bisschen besorgt. Allerdings habe man mir gesagt, das Zelt sei eine leichte, aber trotzdem extrem stabile Konstruktion, die alle in Finnland möglichen Wetterlagen aushalte. Ja, ja, bestätigte der Architekt energisch nickend, aber nur im gespannten Zustand.

Die Aufbauphase sei kritisch. In der Phase könne man das Verhalten des Zeltes nicht in exakten rechnerischen Größen darstellen. Wir befänden uns hier praktisch jenseits der vom Menschen mathematisch formulierbaren Erkenntnis. Ich wunderte mich. War das nicht vorher bekannt gewesen?

Der Bauer war ungemein zufrieden. Er hatte zuerst eine Entschädigung für das obligate Brachliegenlassen des Feldes bekommen, und jetzt hatten die Gläubigen ihm pro Hektar dasselbe als Pacht bezahlt, was er bei einer durchschnittlichen Grünfutterernte netto rausgekriegt hätte.

Dazu hatte die alte Mutter noch in ihrer eigenen Kammer

fast Tag und Nacht das Wort Gottes hören dürfen. Die Lautsprecher der Versammlung hörte man dort nämlich sehr gut, mit ihren Liedern und Predigten.

Der Bauer fing trotzdem wieder an zu lamentieren, dass sich die Landwirtschaft heutzutage nicht mehr rentiere. Eigentlich müsste er ein neues Drainagesystem anlegen, weil die alte Backsteinverrohrung nicht mehr ziehe. Und man müsste tagelang mit großen Maschinen das Feld stampfen, weil sich im Feld ein wasserundurchlässiger Unterboden festgesetzt habe.

Die Erneuerung der oxydierten und verstopften Drainage wäre aber eine derart große Investititon, die sollte man nur vornehmen, wenn man wüsste, dass man seinen Betrieb noch mehrere Jahrzehnte halten könne. Da spielten so viele Sachen eine Rolle, das glaube man gar nicht, jammerte er, die Weltmarktpreise fürs Getreide, die Futterindustrie und was noch alles. Dann fing er an zu erzählen, wie er seinerzeit Erde an die Ziegelfabrik verkauft habe, sprich Lehm:

In der Gemeinde wissen das noch alle, wie er sich einen Bulldozer und einen Bagger angeschafft und Lehm in die Ziegelfabrik gefahren hat. Tatsächlich war sein Lehm gut genug als Rohstoff für Keramik. Weiß der Geier, wie er das rausgekriegt hat.

Der Transportweg war aber so weit, dass der Preis, den ihm die Fabrik bezahlt hat, allein für die Betriebskosten des Lastwagens draufging, und ziemlich bald hat er seine ganzen Maschinen wieder verkauft. Die Geschichte hat ihm alles in allem wahrscheinlich bloß Verluste eingebracht, auch wenn er einmal im Dorfkrug mit einem Bündel Geldscheine aufgetaucht ist und getönt hat, er hätte seinen Erdboden verkauft, und jetzt werde das Geld versoffen.

Im Krug beschimpfte er den Gewerbereferenten als Schlappschwanz und verlangte, dass in der Gemeinde eine Keramikfabrik gegründet werde, weil der Lehm in der Gegend dafür als Rohstoff geeignet wäre. Die Industrie müsste an die Rohstoffquellen herangebracht werden. So würde man überflüssige LKW-Transporte vermeiden, durch die sonst die Volks- und Naturwirtschaft belastet würden.

Wo er mit seinen Apparaten den Lehm rausgeschält hatte, war jetzt eine Grube in seinem Grund, so groß wie ein Eishockeyfeld. Da sammelte sich das Wasser, und er musste einen Zaum drum herum ziehen, weil in der Nähe ein Kindergarten war und man Angst hatte, die Kinder könnten reinfallen. Wenn ich mich recht erinnere, hat die Gemeinde damals das Material für den Zaun und die Arbeitszeit bezahlt.

Später kam er auf die Idee, in dem Becken, das er gegraben hatte, Flusskrebse zu züchten. Für den Zweck versenkte er haufenweise Steine in der Grube. In den Lehrbüchern hieß es nämlich, die Krebse würden sich in den Spalten von Steinhaufen vermehren.

Mit Subventionsmitteln hat er sich zweihundert geschlechtsreife Exemplare angeschafft und in das Becken geworfen, aber niemand hat auch nur einen lebendigen Krebs aus der Lehmgrube rausgeholt, obwohl viele ihre Reuse reingehängt haben, weil der Bauer bald von der Krebszucht die Nase voll hatte und jedem erlaubt hat, in seiner Grube Krebse zu fangen.

Der Bauer erklärte mir, was für einen Fehler er gemacht hatte: Er hatte die Grube nicht mit Glasfasergaze ausgekleidet. Auf dem Sickerstoff hätte er Kies verteilen und dann erst die Steinhaufen als Laichplätze draufsetzen müssen. So aber waren die Steine wahrscheinlich im Lehm versunken.

Was er daraus seiner Meinung nach gelernt habe, sei, dass man ohne gründliche Vorbereitung kein Projekt in Angriff nehmen solle. Seitdem informiere er sich immer erst genau über alle Arten der Unterstützung, die man für neue landwirtschaftliche Gewerbeformen beantragen könne. Im Subventionsdschungel der EU komme nur derjenige zurecht, der die Fähigkeit mitbringe, aus den ganzen Papieren schlau zu werden und sie so auszufüllen, dass die Herren in Brüssel zufrieden seien.

Der Bauer befürchtete, die ehrlichen Finnen könnten in dem blutigen Wettkampf, der um die EU-Gelder geführt wird, unter die Räder kommen. Italiener, Griechen und andere Schwindler rissen alle Fördergelder an sich, und zwar für Projekte, die es gar nicht gebe, und für Berichte darüber, die reine Fantasie seien. Finnland dürfe mit Deutschland und ein paar anderen genauen, ehrlichen Nationen den Nettozahler spielen.

Er hätte in der Zeitschrift «Sieben Tage» gelesen, sagte er, dass EU-Kontrolleure in eine Fabrik gegangen seien, wo ein Stoff zum Färben von Campari hergestellt worden sei. Der Farbstoff werde aus dem Chitinpanzer irgendwelcher Insekten gemahlen, und die EU habe Millionen in die Produktionsanlage gesteckt, in der Insekten gezüchtet würden und Farbstoff im industriellen Maßstab hergestellt werde.

Als die EU-Beamten bei ihrem überraschenden Kontrollbesuch die Produktionsstätte in Sizilien erreicht hätten, hätten sie lediglich eine Garage vorgefunden, wo mit einer gewöhnlichen Küchenmaschine Käfer gemahlen worden seien.

Die EU-Gelder wären für große Häuser, Autos, Motorräder und Wasserjets draufgegangen. Zusammen mit den örtlichen Bauunternehmen und Maschinenhändlern hätte man ein Quittungssystem auf die Beine gestellt, in dem Luxusvillen als Fabrikhallen firmierten und Autos und andere fahrbaren Untersätze als Maschinen für die Fabriken.

Den EU-Kontrolleuren hätte man sechs Stunden Zeit gegeben, um zu verschwinden, ansonsten, so wurde ihnen angedroht, würden ihnen anständige Männer mit abgesägten Schrotflinten die Köpfe vom Hals schießen. Die anständigen Männer seien an die Omertà, an das Gesetz des Schweigens, gebunden, und dasselbe Gesetz würde von nun an auch die EU-Kontrolleure binden.

Der Redakteur von «Sieben Tage» habe ein hohes persönliches Risiko auf sich genommen, indem er über den Fall schrieb, der von einem Ring aus Geheimnissen und Schweigen umgeben sei. Der Chefredakteur habe extra einen Kommentar dazu geschrieben. Angeblich war man das Risiko im Namen der Meinungsfreiheit und der Wahrheit eingegangen.

Was mir noch Sorgen machte, war, ob der Kranwagen überhaupt noch vom Gelände kommen würde. Auch die Miete für das Zelt würde den Rahmen unseres Budgets sprengen, wenn man es auf dem Gelände stehen lassen müsste, bis der Boden wieder trocken wäre.

Ursprünglich hatten wir ja die Idee gehabt, das Zelt und das übrige teure Gerät nur so lange vor Ort zu behalten, wie es tatsächlich nötig war: von Samstagabend bis Sonntagabend, wenn die Zahl der Versammlungsbesucher am höchsten war.

Der Feldweg hatte die abfahrenden Transport-LKWs noch getragen, aber wir besaßen keine klare Vorstellung davon, wie lange er einem anhaltenden Verkehr standhalten würde. Wir wussten ja nicht, wie der Weg gebaut und fundiert worden war.

Das Gewitter zog langsam ab. Die Kinder zählten die Abstände zwischen Blitz und Donner und stritten darüber, wie viele Kilometer entfernt das Zentrum des Gewitters lag. Der Architekt kam zu mir und erklärte, wir müssten noch abwarten, bis die Böenfront, die das Gewitter hinter sich herzog, vorbei war.

Als der Wind komplett abgeflaut war, sagte ich zu dem Architekten, jetzt müsse über den Aufbau entschieden werden. Wenn das Zelt nicht vor dem Abend stehe, bräuchten wir es überhaupt nicht mehr.

Der Bauer wollte wissen, wie viel Geld wir den Laestadianern mit dem Verkauf unserer Würste abgeknöpft hätten. Ich sagte ihm, wir hätten genug verdient, um die Pauschalreise nach Torremolinos, die meine Frau gebucht hatte, leicht davon bezahlen zu können. Der Bauer hoffte, dass noch des Öfteren Erwecktenversammlungen in die Gemeinde kämen.

Er war so begeistert davon, dass er eine Ausweitung seines Angebots für Urlaub auf dem Bauernhof ins Auge fasste. Sie hätten da ja schon dieses Blockhaus, das sie für Feiern und andere Ereignisse vermieteten.

Der Bauer überlegte, was für Erlebnissse man den Urlaubern anbieten müsste, aber es fiel ihm nichts ein. Die Laestadianer hielt er für die idealen Gäste, weil die ihre Erlebnisse selbst mitbrachten.

Die Gläubigen bräuchten bloß den Platz. Sie würden weder von ihm noch von anderen irgendwelche Unterhaltung verlangen. Das sah man auch daran, dass die Laestadianer keine Spiele und sonstigen Freizeitartikel kauften, wie Aake

Huttunen sie aus den hintersten Ecken seiner Tankstelle geholt und zu verkaufen versucht hatte.

Der Bauer plante eine Verbesserung des Feldwegs, damit man das Blockhaus auch bei schlechtem Wetter gut erreichen konnte. Man müsse auf beiden Seiten einen Graben ziehen und die Senken mit Sand aufschütten. Während wir Kaffee tranken, sahen wir, wie den Laestadianern das Zeltdach im Wind davonflog.

Von einer Gewittersturmbö wurde der gelbweiße Stoff in den See getragen, und dort trieb er wie das Blatt einer riesigen Wasserpflanze. Der Bauer überlegte, ob es sich rentieren würde, aus dem Feld einen Golfplatz zu machen.

XXIX

Es musste die schwere Entscheidung getroffen werden, das Versammlungsgelände zu räumen. Es war weiter anhaltender Regen vorhergesagt worden, und es stand zu befürchten, dass der Weg bald völlig unbefahrbar war. Nach allem, was uns später zur Kenntnis kam, hatten wir damit die absolut richtige Entscheidung getroffen.

Wir erstellten einen Evakuierungsplan, bei dem wir die Priorität setzten, das private Eigentum zu retten sowie all die Gerätschaften, für die die Friedensgemeinde haftete und die nicht auf dem Gelände gelagert werden konnten, bis das Wetter besser wurde. Wir erstellten eine Liste der alten Leute und der Familien mit kleinen Kindern, und eine Arbeitsgruppe eruierte Fall für Fall, in welcher Abfolge die Abfahrt vonstatten gehen sollte.

Mit Roadsound wurde vereinbart, dass der Radiobetrieb während der Räumung aufrecht erhalten wurde, weil das der einzige Weg war, die Operation zentral zu lenken. Heute verfügt ja jedes Fahrzeug über ein Autoradio, sodass notwendige Informationen sofort weitergeleitet werden können.

Außerdem wurde beschlossen, die Versammlung im Radio fortzusetzen. Die Veranstaltung wurde gewissermaßen dorthin verlegt. Eines von den kleinen Zelten ließ man auf dem Gelände stehen, dort versammelten sich zweihundert Brüder und Schwestern. Die Predigten und Gottesdienste gingen in diesem Zelt weiter, und alles wurde über das Radio an die Gläubigen in ihren Autos gesendet.

An die Abfahrenden wurden Adressen von Gläubigen verteilt, bei denen je einige Dutzend Fahrzeuge auf Bauernhöfen und Grundstücken von Einfamilienhäusern kampieren konnten. Die Versammlung hörten sich alle gemeinsam im Radio an. Roadsound hatte eine Sendereichweite von sechzig Kilometern zugesichert, und es gelang uns, alle innerhalb dieses Radius unterzubringen.

Mit radiotechnischen Mitteln schuf Panu den Eindruck eines großen Zeltes, und die Menschen erzählten später, in der Übertragung habe eine erstaunlich echte Atmosphäre geherrscht. Man konnte sich vorstellen, einem Gottesdienst mit Tausenden von Menschen in einem Großzelt beizuwohnen. Für die Menschen war das ein großer Trost in einer schwierigen Situation. Ich weiß nicht, wie Panu das hinbekommen hat.

Auch sonst muss gesagt werden, dass Roadsound ein absolut loyaler Kooperationspartner war und Panu als Mensch außergewöhnlich verantwortungsbewusst und zuverlässig, einer, der keine Mühen scheute.

Als wir mit Roadsound alles vereinbarten, stellte sich auch heraus, warum die Druckmaschine zu versinken begonnen hatte, und außerdem erfuhren wir, in was für einer ernsten Lage wir uns tatsächlich befanden.

Larry Halme ist ins Studio gekommen. Man hat an seinem Gesicht ablesen können, dass die Kacke am Dampfen war. Sie hatten beschlossen, das Versammlungsgelände zu räumen. Er hat gesagt, er könne nicht verlangen, dass wir länger weitermachten, als vorab vereinbart war, aber er appelliere an uns, die Radiostation so lange weiterzubetreiben, bis sie die ganze Bande vom Acker hätten.

Dave war mittlerweile auch wieder aufgetaucht. Er hat sich schwer zusammengerissen und einen auf wichtig gemacht, obwohl ich gewusst hab, dass das bloß Faxen waren. Er hat gemeint, wir würden tun, was wir könnten, und gegen eine Extraentschädigung käme ein Fortsetzungsauftrag durchaus in Frage. Mir hatte er kurz zuvor erklärt, er wäre gerade den Soldaten des Imperiums entkommen, aber Commander Solo würde sich noch als Gefangener von Jabbe the Hut an einem unbekannten Ort befinden.

Er würde jetzt in sein Wohnmobil gehen und per Telefon die Termine abklären. Ich hab zu Larry gesagt, hör nicht auf den. Wenn wir gebraucht werden, bleiben wir hier, und wenn die Hölle einfriert.

Ich hatte mich sowieso darauf eingestellt, dass das eine höllische Session wird, weil ich die gesamte Party über an den Hebeln sitzen musste. Das war ja schon der zweite Tag, an dem ich da die Show geschmissen hab. Und Dave ist natürlich an kein Telefon gegangen. Der hat sich einen Joint gebaut, aus dem Zeug, das ihm die Biker verdealt haben.

Larry hat sich gefrustet neben mich gesetzt. Er hat sich gefragt, wieso alles schief ging. Ich wollte wissen, ob er das Zelt meinte, das es ihnen ins Wasser geweht hatte, aber er hat gesagt, das könnte er ja noch verstehen. Das Zelt sei schlicht und einfach zu groß, es wär Risikobusiness gewesen, es bei dem Wetter aufzubauen.

Das mit dem Zelt und das mit der Traglufthalle, das könnte er verstehen, hat Larry gemeint. Das einzig Komische wäre gewesen, dass alle Unglücke gleichzeitig passiert wären. Bei der Organisation von Versammlungen hätte es schon immer Probleme gegeben, aber normalerweise wäre alles am selben Tag wieder im Lot gewesen.

Das Organisationskomitee wäre sich der Risiken bewusst gewesen, die damit verbunden seien, eine Versammlung in einer unbekannten Gemeinde abzuhalten. Es wäre auch klar gewesen, dass der aus Sparsamkeitsgründen straffe Fahrplan und die Druckmaschine Risikofaktoren beinhalteten.

Larry erklärte, er wäre Ingenieur und Profi in Sachen Projektleitung, und die Risikoanalyse gehöre zu seinem Job. Hier aber wären lauter Sachen eingetreten, die in der Prognose eines rationalen Krisenmanagements nicht enthalten seien.

Ich hab ihn gefragt, ob er «Jurassic Park» gesehen hätte, aber Larry hat gesagt, bei ihnen wäre es nicht üblich, Filme zu gucken. Ich hab gesagt, da setzen sich auch die Horrorechsen in Bewegung, obwohl angeblich alles picobello durchgecheckt ist. Jeff Goldblum spielt da einen Wissenschaftler, der behauptet, man könnte alles mit der Chaostheorie erklären.

Larry hat gesagt, durch den Vorfall mit dem Zelt und der Traglufthalle könnte er verstehen, was das mit der Bewegung des Schmetterlingsflügels auf sich habe, die Ereignisse in Gang setze, aber was er einfach nicht kapiere, wäre, warum die Scheißdruckmaschine in der Erde versunken wäre. Dave ist wieder zurückgekommen und hat gemeint, das mit dem Versinken hätte mit dem Lehm zu tun.

Larry hat gesagt, er wäre nicht zum ersten Mal im Leben auf einem Lehmacker. Sein Bruder sei Rübenbauer, und Larry habe selbst schon Fuhren von Zuckerrüben unter Bedingungen vom Feld gefahren, bei denen der Traktor bis zum Bauch im Boden versunken wär. Dave hat gemeint, das hier wäre kein gewöhnlicher Lehm. Er hat erklärt, die Gegend würde zu einer geologisch seltenen Bodenzone gehören. Der Lehm hätte in der Eiszeit eine Schicht gebildet, den Grund des alten Yoldia-Meeres, und den würde man Yoldia-Lehm nennen. Larry war gleich hellwach. Er hat wissen wollen, was an dem Yoldia-Lehm so Besonderes wäre.

Die Molekülstruktur des Yoldia-Lehms weicht vom üblichen Lehm ab. Sie ist quasi aufgebaut wie ein Kartenhaus: Jedes Partikel stützt jedes andere Partikel. So ein Lehm trägt – aber nur, solange man ihn nicht allzu sehr stört. Wenn aber die Struktur mal anfängt, sich aufzulösen, dann gibt es kein Halten mehr.

Larry wollte wissen, was mit «stören» gemeint wäre. Da hat Dave einfach aus dem Fenster gezeigt, wo die Leute hin und her gelaufen sind und ein Geländewagen gerade in vollem Tempo vorbeigebrettert ist, damit er nicht stecken bleibt. Er ist zum See runtergefahren, und dort haben Typen das Stahlseil aus der Winde gezogen, die vorne an dem Offroader festgeschweißt war.

Im Yoldia-Lehm darf man nicht wühlen. Wenn man seine Oberfläche beschädigt und sich die Erde dann mit Wasser vollsaugt, darf man erst recht nicht darin rumgraben und rumwühlen. Dave hat gemeint, er hätte sich die Druckmaschine angeguckt, und er hätte keinen Zweifel, dass genau ihre Vibration die Struktur im Lehmboden kaputtgemacht hätte.

Es war ein schwerer Fehler gewesen, die Stützpfoten der Lafette auf Sohlen zu stellen, die im Boden eingelassen waren. Durch sie ist die Vibration der Maschine erst in die Erdmasse weitergeleitet worden, und das Ruckeln hat dann die Molekülstruktur zerstört.

Der ganze Erdboden hat angefangen zu zittern wie Sülze, und die Vibration hat sich dann wieder auf die Maschine rückübertragen und deren Bewegung verstärkt. Dadurch hat sich die Vibration in ein richtiges Stampfen verwandelt, und am Ende haben die Sohlen in der Erde gewirkt wie Senkmischer.

Dave ist eine rauchen gegangen, weil er im Studio keinen rauchen lässt, und Larry hat mich gefragt, ob das jetzt alles auch bloß eine erfundene Story gewesen wär. Ich hab die schwere Befürchtung, dass nicht, hab ich geantwortet. Dave ist nämlich studierter Geologe, hat den Job aber hingeschmissen, weil er keinen Bock mehr gehabt hat, sich kreuz und quer durch den Wald zu schlagen und nach erzhaltigen Steinen zu suchen.

Dave ist zurückgekommen, und Larry hat ihn gefragt, was seine Prognose wäre. Dave hat gemeint, ohne Bohrungen könne man nicht wissen, wie dick die Schicht sei, aber im Prinzip könne sie zig Meter dick sein. Am geologischen Institut der Uni wären sie mal gefragt worden, ob man auf Yoldia-Lehm bauen kann.

Sie hätten die Empfehlung gegeben, lieber nicht zu bauen. Wenn man doch was hinstellen wolle, dürfe man aber auf keinen Fall normale Fundamente, Sohlen und so was machen. Stattdessen solle man Sickerstoff direkt auf die Erde geben, eine Kiesmatratze drauf legen und dann auf die frei schwimmende Platte gießen.

Der Bauunternehmer hatte damals gesagt, was für eine Scheiße, wir bauen doch kein Haus ohne richtiges Fundament. Da haben sie dann eine Grube ausgehoben, die größer war als normal, und an einem Freitag war die fertig. Am nächsten Montag sind sie auf die Baustelle gegangen, und sämtliche Maschinen waren weg.

Der Bauunternehmer wollte schon Anzeige erstatten, da haben sie gesehen, dass die Spitze vom Bagger aus dem Boden ragte. Vom geologischen Institut kamen Leute hin, und durch

Bohrungen wurde festgestellt, dass der Radlaster der Baufirma irgendwo in fünfzehn Metern Tiefe steckte, der Bagger aber an einer Querrippe hängen geblieben war, die sich aus einer Moränenschicht gebildet hatte; darum schaute noch ein Stück aus der Erde raus.

Larry hat auf seinem Stuhl gesessen und zugehört. Er hat gesagt, er glaube, was Dave sage, weil der sich auszukennen scheine, und es wär immerhin eine Erleichterung zu erfahren, was der Grund für so ein unerklärliches Phänomen sei. Damit man sich nicht ständig den Kopf darüber zerbrechen müsse.

Den Kranwagen bekamen wir vom Feld, und die Zeltteile fuhren wir nach und nach mit Forstschleppern, die wir im Dorf mieten konnten, an die Landstraße. Die Dachplane zogen wir aus dem See.

Vom Bauern liehen wir uns ein Boot, mit dem wir das Zugseil zum Zeltstoff brachten. Ein Geländewagen mit Vorderwinde zog den Stoff ans Ufer, und dann wurde er Stück für Stück über den schlammigen Boden die Uferböschung hinaufgehievt, wo sich die Forstschlepper nicht hintrauten. Der Architekt schwatzte immer weiter. Er müsse das Zelt heil und sauber wieder haben, für die Biennale in Venedig.

Plötzlich sagte er, «ach du grüne Neune» hat irgendwas mit Kartenspielen zu tun. Die Grün-Neun entspricht der Neun der Schwerter, und die verheißt im Tarot das meiste Unheil. Ich wusste nicht, wovon er sprach. Ich sagte, jetzt habe ich gerade nicht so viel Zeit, außerdem ist Kartenspielen bei uns sowieso nicht so üblich.

Die alten Leute versuchten wir als Erste hinauszubekommen, außerdem diejenigen Familien, in denen es kranke Kinder gab. Wir hatten gerade mal ein paar tausend Autos auf die Landstraße gebracht, da mussten wir schon anfangen, den Feldweg zu befestigen.

Der Bauer hatte zum Glück große Mengen Papierholz parat liegen und war bereit, es uns zu verkaufen. Mit dem Holz füllten wir die Senken, aber wir brauchten ständig mehr davon, weil die Balkenbündel im Feld untergingen, als wäre es der reinste Sumpf.

Da kamen wir auf die Idee, die Altarelemente zu nutzen. Sie wurden auseinander geschraubt, und aus den Sperrholzplatten bauten wir Rampen. An den schlimmsten Stellen legten Männer Brücken vor die Wagenräder, und wenn das Fahrzeug darüber gefahren war, rannten sie nach vorn und legten die Brücken wieder unter die Vorderräder, bis das Auto die Rampe hinaufgefahren war.

Das war eine brauchbare Methode. Das Auto schwamm praktisch auf der Rampe. Wir rechneten aus, dass so der Druck des Fahrzeugs auf die Erdoberfläche geringer war als bei einer Walze. Wir liehen uns beim Bauern die beiden Traktoren seines Hofs aus; damit zogen wir die Autos raus, die stecken blieben. So bekamen wir eines nach dem anderen auf die Landstraße.

Larry hat gesagt, versuch halt den Radiosender in Gang zu halten. Das mit der Satellitenverbindung ist jetzt nicht mehr wichtig. Ich hab ihn lieber nicht daran erinnert, dass unsere Sendeerlaubnis ablief. Weil, ich mein, so viel Anarchie muss sein, dass man mal eine Radiosendung ohne Genehmigung vom Verkehrsminister in den Äther schickt, quasi piratenmäßig.

Larry hat gefragt, ob die Versammlung weiterlaufen könne, indem die Prediger ins Studio kommen und dann gesendet werde, was die da sagen. Ich hab gemeint, warum machen wir das Ganze nicht gleich richtig? Die ganze Truppe irgendwohin, dann halten wir da ne kleine Versammlung ab, und die senden wir live.

Sie haben dann eins von den kleinen Zelten genommen, und dort haben wir eine Liveshow auf die Beine gestellt. Ich hab die Kabel zum Zelt verlegt und die Mikros installiert. Fünf Mikropaare im Zelt verteilt und eins natürlich vor den Sprecher. Vom Pult aus hat man gehört, was in den verschiedenen Zeltbereichen abging, da hat man immer schön passend das Tonbild ändern können.

Durch die vielseitige Mikroverteilung und ein bisschen Hall haben wir in die Sendung eine Atmosphäre reingekriegt wie in einem großen Raum. Dazu hab ich ein paar Effekte untergelegt. Ich hatte da nämlich noch ne kleine Aufnahme auf Bierdeckel: der Moment kurz vor einem Rockkonzert, wenn das Publikum wartet, dass es los geht.

Da ist so diese allgemeine Aufregung drauf, Gehüstel und so. Daraus hab ich einen Effekthintergund gebaut und die ganze Zeit in die Versammlung reingemischt. Hat geklungen, als wären saumäßig viele Leute dagewesen.

Die Folks haben das im Radio gehört und sich gefragt, haben die doch noch das große Zelt aufgebaut gekriegt? Was ich sagen will: Im Radio brauchst du live nicht unbedingt voll die Masse, du kannst auch so ein Feeling hinkriegen, als wären Leute da wie beim Skispringen in Lahti.

Larry hat sich extra bedankt. Er hat gemeint, für die Leute wär es ein großer Trost, wenn sie im Radio der großen Versammlung zuhören dürften, die ihnen quasi vor der Nase weggeschnappt worden war. No problem, hab ich gesagt, gehört zum Service. Ich weiß ja selbst, wenn du schlecht drauf bist, bringt es dich schon wieder auf Vordermann, wenn du die gute Stimmung auf einem Livemitschnitt hörst.

Dann hab ich gesagt, Larry, Alter, mach jetzt ne Pause und setz dich mal hier hin. Weil, der hatte ja die ganze Zeit rotiert wie das Duracell-Karnickel. Er hätte sicher auch gern zwischendurch mal ne Predigt gehört oder'n Lied gesungen und so, halt ein bisschen Spaß an der Show gehabt.

Ich mein, ich kenn das, weil, wenn du selbst ein Festival durchziehst, geht das Ganze an dir vorbei. Du hast einfach keine Zeit, dir die Auftritte anzugucken, und kommst nicht in das Feeling rein. Larry hat mich angeguckt und gesagt, ich wär ein guter Mensch. Ich hab ihm auf die Schulter geklopft. Ich kenn das, Mann. Jetzt geh du mal zu deinen Leuten und sing nen schönen Choral.

Ich hab ja auch malocht wie ein Tier, aber das war ja quasi mein Job. Für Larry war natürlich wichtig, was abging, weil er ja einer von denen war. Mir geht das schon auch manchmal auf den Zeiger, wenn auf einem Festival eine Top-Band spielt, und ich sitz bloß an den Reglern, während rundum alle abfeiern.

Also, für mich war ein Break nicht so entscheidend wie für Larry, und ich hab mir gedacht, der Larry, der ist okay, wegen mir soll die Fete jedenfalls nicht absaufen. Abgesehen davon, dass die Bedienung erste Klasse war. Zu essen haben sie mir hingestellt und Kaffee und weiß der Geier was alles für Ofenpfannkuchen. Ich hab den älteren Halme-Kids gezeigt, wie man die Sendung fährt, und bin mir mal ein bisschen die Beine vertreten gegangen. Zwischendurch hab ich auch mal zwei Stunden geratzt.

Die Übertragung hatte ich ja die ganze Zeit unter Handkontrolle, weil der Computer nach dem Durchknallen mit den Schlümpfen abgeschmiert war und ich keine Zeit hatte, ihn zu richten. Ich hab immer gewartet, bis ne längere Predigt kam. Dann kannst du nämlich die Grenzwerte auf dem Pult festnageln und kommst mal kurz aus dem Studio raus.

Aber diese Prediger haben die miese Angewohnheit, also ich mein jetzt aus meiner Sicht, dass sie plötzlich tierisch laut was reinkrähen: «Im Namen Jesu Christi …» Ich mein, da musst du auf Zack sein, dass es dir den Ton nicht zerbröselt.

Man checkt aber ziemlich schnell, wann wieder gekräht wird: «… alle Sünden vergeben!» Das hat seinen eigenen Sound und Rhythmus, wenn man das mal gelernt hat.

Das Publikum war gut dabei. Haben auch immer mal wieder was eingeschoben. Die reinsten Countryfans aus Tennessee, Mann: «Gibt es noch Gnade für diesen Sündigen?» Da hat dann jedes Mal sofort der Chor geantwortet: «Im Namen Jesu Christi …» War echt wie die Mucke von irgendwelchen Schwarzen, oder so. Vielleicht Gospel, würd ich sagen, oder rhythmisch vielleicht eher in Richtung Blues. Vom Job her war das, wie wenn du eine große Band abmischst oder einen Live-Mitschnitt von einer Tanzkapelle machst. Dreißig Stunden Sendung hab ich in den Äther geschickt. Dann ist mir nicht gerade Jesus erschienen, aber fast: Dave ist ins Studio gekommen und ans Pult gesprungen. Er hat gemeint, ich soll mal ein bisschen pennen zwischendurch. Hat anschließend übrigens gut für die Überstunden bezahlt, in dem Sinn ist er echt ein fairer Typ.

Die Evakuierung der Versammlung war eine unglaubliche Arbeit. Am Ende wurde sie sogar von der Presse und vom Fernsehen beobachtet. Die Operation wurde sogar mit der

Schlacht von Dien Bien Phu, dem Weg des Lebens von Leningrad und dem Langen Marsch in China verglichen. Als wir die Alten und Kranken raus hatten, gingen wir dazu über, das schwere Gerät zu verlegen, das nicht auf dem Feld warten konnte, bis bessere Bedingungen eingekehrt waren. Bald merkten wir, dass der Feldweg einer solchen Belastung nicht standhielt. Wie sich herausstellte, war der Weg eigentlich nur ein Kiesstreifen, der über das Feld gezogen worden war. Er fing an, sich in den Lehm zu drücken.

Da half nichts, als sich an den Wegebau zu machen. Wir zogen Gräben und trennten damit die Wegrinne vom übrigen Feld ab. Auf dem Grund breiteten wir Glasfibergaze aus, und darauf verteilten wir Sand, der fuhrenweise gebracht werden musste. Als der Weg fertig war, stellte sich zu unserem Entsetzen heraus, dass nun das gesamte Feld anfing nachzugeben.

Wir hatten noch weit über zehntausend Fahrzeuge auf dem Gelände stehen, und die Gefahr war greifbar nah, dass sie allesamt in der Erde versanken. Jede überflüssige Bewegung musste verboten werden, und wir versuchten, die Fahrspuren so zu planen, dass nicht ein Auto in den Reifenspuren eines anderen fuhr.

Schließlich gingen wir dazu über, die Autos mit der Winde auf den Weg zu ziehen, der praktisch der einzige feste Pol auf dem ganzen Gelände war. Die Autos pflügten tief durch den Schlamm und kamen nur ganz langsam auf dem Feld vom Fleck; diejenigen, die ganz hinten standen, mussten über Hunderte von Metern gezogen werden. Männer mussten mit Seilen die Wohnmobile und Wohnwagen sichern, deren Schwerpunkt so hoch lag, dass die Gefahr des Umkippens bestand.

Als Letztes holten wir die zwei Geländewagen und die Wohnmobile von Roadsound. Eines davon hatte die ganze Zeit als Studio fungiert. Ich hatte Panu versprochen, ihre Ausrüstung notfalls mit dem Helikopter zu retten. Panu saß während des Zugvorgangs mit der Winde im Wagen. Er hatte Angst, sich seine Cowboystiefel im Lehm zu verderben. Angeblich waren sie aus Alligatorleder. Als alles vorbei war, schlief ich in unserem Wohnmobil ein, das mittlerweile auf festem Boden stand. Zwei Tage lang hab ich nur geschlafen. Als ich aufwachte, stellte mir Mama Kaffee und ein Brot hin und sagte: «Komm, Lauri, wir fahren.» Das Feld sah aus, als hätte darin die Schweineherde aus der Bibel gewütet, in die Christus den bösen Geist hatte fahren lassen.

XXX

Wir hatten keine Probleme, weil wir kein Auto hatten. Als dazu aufgefordert wurde, die alten Leute vom Versammlungsgelände zu bringen, gingen wir zur großen Straße, und von dort nahm uns der Kaufmann mit zur Mühle.

Opa und Johannes beschäftigten sich mit dem Windgenerator, um ihn für den Wassergebrauch tauglich zu machen. Ich ging ins Häuschen und sichtete, was ich an Interviews und Aufzeichnungen hatte. Bis zum Abend hatten die beiden den Generator zum Laufen gebracht, und wir verfügten über Licht im Häuschen. Die Windmühle war angeblich durch die Schraube eines alten Flößerschleppers ersetzt worden, die ihnen der Kaufmann irgendwo besorgt hatte. Opa behauptete, der Wasserdruck könne noch viel größere Schrauben antreiben, und überhaupt ginge ein bedeutender Teil der Strömung flöten, weil die Schraube nicht ummantelt und in der Zuflussrinne verankert sei wie bei einer richtigen Turbinenkonstruktion.

Immerhin hatten wir Licht, und ich konnte die Akkus aufladen und meinen tragbaren Computer benutzen. Das Radio bekam seinen Strom ebenfalls aus den Akkus, die wir mit Schraubenkraft aufluden.

Am Abend hörten wir die Versammlung aus dem Radio. Opa hatte sich beruhigt und hörte jetzt gerne zu, da er nicht das Gewimmel am Versammlungsort sehen musste und nicht von dem ganzen Hin und Her gestört wurde.

Opa hörte sich die Versammlung an. Leila kam in die Kammer und fragte, ob ich mich an den Ort erinnern könne, zu dem wir einmal einen Ausflug gemacht hätten, als wir noch keine zwanzig gewesen waren. Irgendein kleines Haus in einem Tal. Das Tal rund wie ein Kessel, und überall Felsen und Fichtenwald ringsum. Wir hätten in einem Unterstand übernachtet.

Sie behauptete, wir hätten damals geplant, dort ein Haus zu bauen. Ich wäre am nächsten Morgen das Tal entlanggelaufen, als die Sonne über die Fichten hinweggestiegen war und auf den Talboden schien.

Leila musste lachen: Ich hätte sofort die Stromleitung entdeckt, die durch das Tal gezogen worden war, und festgestellt, dass der Platz für das Haus ausgezeichnet wäre, da es nicht viel kosten würde, den Strom zu verlegen. Ich konnte mich an die Stelle nicht erinnern.

Sie ging auf und ab und fragte plötzlich, ob ich mich an den Abend vor über zehn Jahren erinnern könne, als Anna und ich die Ausschreibung für den Anbau bei den «Turkuer Nachrichten» gewonnen hätten. Ich lachte. Zumindest an den frühen Abend konnte ich mich noch erinnern. Sie sagte, Teemu sei an jenem Abend entstanden, nachdem wir zu zweit im Büro zurückgeblieben waren.

Ich fragte sie, was sie da eigentlich redete. Wollte sie etwa behaupten, ich hätte Teemu gezeugt? Leila antwortete, daran bestehe kein Zweifel. Aber wir hatten doch nie eine Beziehung gehabt!

Hatte Leila mich nicht selbst davongejagt, als ich im Teenageralter versuchte, mich ihr zu nähern, und auch später noch? Sie gab es zu. Hatte sie nicht auch verkündet, sie wolle unbedingt ein Kind, aber keinen Mann, so wie jede «vernünftige» Frau. Die Welt sei voller Samenflüssigkeit, die jeder selbstständigen Frau zur Verfügung stehe, wenn sie neues Leben entstehen lassen wolle.

Sie gab zu, so geredet zu haben, behauptete aber, ihre Worte nie in die Tat umgesetzt zu haben. Ich entgegnete, Teemu sei der lebende Beweis dafür, dass sie ihre Worte in die Tat umgesetzt habe. Darauf sagte Leila, sie allein wisse, was die Wahrheit sei, und niemand sonst.

Sie fragte mich, was für einen Grund sie hätte haben sollen, das Ganze elf Jahre lang zu verschweigen und jetzt auch noch zu lügen. Ich konnte mir keinen Grund vorstellen. Leila fragte, ob ich meine Vaterschaft abstreiten wolle. Ich fragte zurück, ob sie tatsächlich meine, was sie da von sich gäbe. Da bat sie mich um Verzeihung.

Und dann fing sie an zu weinen. Sie erzählte, sie habe allmählich das Gefühl bekommen, dass es überhaupt nicht egal sei, mit wem man ein Kind mache, und gestand, den Entschluss gefasst zu haben, sich das Kind von mir machen zu lassen. Sie hätte mich aber nicht in die Sache hineinziehen wollen, außer als Erzeuger. Mehrmals schwor sie, sie hätte sich eigentlich vorgenommen, mir nie davon zu erzählen, und es wäre nicht ihre Absicht, mein Leben durcheinander zu bringen.

Johannes saß auf dem Hackklotz. Er griff nach der Ofenklappe und verbrannte sich, verstand aber nicht, was mit seiner Hand passiert war, als sich mitten auf der roten Handfläche eine Brandblase bildete. Er hatte auf einmal kapiert, dass ich die Wahrheit sagte.

Nach einer langen Weile fragte er mich, wie alles passiert sei. Ich erzählte ihm, dass wir zu zweit noch im Büro geblieben waren, nachdem Anna schlafen gegangen war. Johannes habe weitergetrunken und angefangen, von Kinderlosigkeit zu sprechen, und gesagt, wie schwer es auch sonst sei, mit Anna zu leben, und das gemeinsame Büro mache alles noch schlimmer.

Er hatte mir gestanden, mich immer geliebt zu haben, aber er wisse, dass es sein Schicksal sei, allein zu leben, weil er die Frau, die er wolle, nicht bekommen könne. Die Ehe mit Anna sei ein Fehler gewesen; sie sei längst aus den Fugen geraten. Da hätte ich gewusst, dass der richtige Augenblick gekommen war.

Johannes schüttelte den Kopf. Er erinnerte sich an nichts mehr. Ich sagte, das wisse ich. Ich kannte Johannes ja durch und durch, meinen Cousin und Freund aus der Kindheit, ich wusste, dass er vollkommen das Gedächtnis verlor, wenn er einmal Alkohol trank, was selten genug geschah.

Johannes wollte wissen, warum ich ihm nicht gleich davon erzählt hätte. Ich verband seine Hand mit Gaze, die ich in der Kammer gefunden hatte. Spätestens als seine Scheidung von Anna feststand, hätte ich es ihm doch sagen können. Was für Hinderungsgründe habe es da gegeben? Ich sagte, ich hätte sein Leben nicht durcheinander bringen wollen.

Ich hätte egoistisch gehandelt, aber nach gründlicher Überlegung wäre ich der Meinung gewesen, dass ich die Verantwortung ganz alleine tragen müsste. Teemus geistige Behinderung hätte meinen Entschluss dann endgültig bestätigt. Johannes fragte leise, ob mir nie in den Sinn gekommen wäre, dass es keine Belastung sei, Verantwortung zu tragen, sondern ein Privileg. Ein Privileg, das ich ihm geraubt hätte.

Rührung überkam ihn; er erinnerte sich, wie oft er mit Teemu zusammengewesen war, einmal hatten sie fast eine

Woche zu zweit verbracht. Plötzlich hörte er auf, hin und her zu gehen, und fragte, wo Teemu jetzt sei. Bei seinen Großeltern, sagte ich.

Johannes fragte sich, wie Teemu mit Armas zurechtkomme, und umgekehrt. Ich sagte, Teemu sei nicht bei meinem Vater. Johannes setzte sich wieder auf den Hackklotz. Er wollte wissen, ob ich am Nachmittag vom Studio aus Akseli angerufen hätte. Ich sagte, ja.

Im Radio wurde dazu aufgefordert, jede überflüssige Bewegung zu vermeiden. Mich konnte das nicht berühren, denn ich saß wieder auf dem Hackklotz. Ich war nicht fähig, irgendetwas zu denken. Im Radio hieß es, man solle alle verfügbaren Seilwinden zur Straße bringen.

Ich war nicht fähig, irgendetwas zu verstehen. Nirgendwo fand ich einen richtigen Sinn, und wenn doch, fiel mir sofort etwas anderes ein, das ihn wieder umwarf. Wenn mir ein Gedanke in den Kopf kam, in dessen Zentrum etwas Dauerhaftes zu stecken schien, fing er an den Rändern gleich an zu bröckeln. Ich sah blasse Bälle. Über die Wand liefen schwarze Streifen wie Käseschimmel. Ich fragte Leila, was sie gemeint habe, als sie nach dem Konkurs angeboten habe, sich um meine Angelegenheiten zu kümmern, und angefangen habe, ihre eigene Firma zu benutzen, um meine finanziellen Angelegenheiten zu regeln.

Mir kam auch in den Sinn, dass mein Vater die ganze Zeit alles gewusst hatte. Leila behauptete, sie habe mir als Verwandte und Freundin geholfen. Sie habe darüber allerdings mit Akseli gesprochen. Zu zweit wären sie auf die Idee gekommen, das Wohnmobil als Honorar für die Renovierung herzugeben.

Kurz darauf sagte Leila, natürlich habe auch ihr schlechtes Gewissen eine Rolle gespielt. Andererseits habe sie gedacht, ich sei schließlich Teemus Vater, und unter Umständen würde der Tag kommen, an dem Teemu mich brauche.

Ich fragte sie, ob der Tag nun gekommen sei, und sie sagte, ja. Sie beeilte sich hinzuzufügen, dass sie unter keinen Umständen mein Leben durcheinander bringen wolle, das ich gerade erst in das von mir gewünschte Gleis gelenkt habe.

Allmählich überkam mich das Gefühl, dass dieses Gleis jedenfalls nicht von mir gebaut worden war. Wie hatte ich mir einbilden können, mein Leben selbst zu steuern und meine Entscheidungen souverän zu treffen! Ich kam mir wie ein Narr vor, wie eine Marionette, an der andere die Fäden zogen und dann beobachteten, in welche Richtung die einzelnen Gliedmaßen zuckten. Ich fragte Leila, ob sie sich einbilde, Gott zu sein.

Sie gab zu, früher einmal solche Vorstellungen gehabt zu haben; aber das Leben habe nun auch ihr die Zähne gezeigt und sie davon überzeugt, dass man es nicht an die Kandare nehmen könne. Wer glaube, er könne das Leben im Zaum halten, werde schließlich merken, dass am anderen Ende des Zaumzeugs gar nichts sei. Stattdessen laufe das Leben längst anderswo weiter, wo man mit keinem Fortbewegungsmittel hinkomme, selbst wenn man es wolle.

Johannes wollte wissen, warum ich ihm das alles ausgerechnet jetzt erzähle. Ich fragte ihn, ob sie nicht miteinander redeten, er und sein Vater.

Akseli habe ein Geschwür in der Leber, das nicht entfernt werden könne. Johannes machte den Mund auf, aber es kam kein Ton heraus. Aus seinen Augen traten Tränen.

Er saß fast eine Stunde lang auf dem Hackklotz, ballte die Fäuste und öffnete sie wieder und steckte sich ab und zu die Gelenke des Zeigefingers in den Mund. Es fiel kein Wort. Als er aufstand, war er sehr ruhig und fing an zu reden, als diktiere er seinen letzten Willen. Johannes wollte Teemu anerkennen. Er hatte die Absicht, sofort zu seinem Vater zu gehen. Plötzlich hob er den Kopf und fragte mich, ob nun alles so sei, wie ich es geplant habe.

Ich versicherte ihm, nichts geplant zu haben. Ich hätte das Planen aufgegeben. Ich wisse nicht, was zwischen Johannes und Teemu passieren werde, und ich wolle nicht einmal Einfluss darauf nehmen. Ich sagte, was mich betreffe, so wolle ich an den zwei Dingen festhalten, die mir wichtig seien: am Muttersein und an meiner Arbeit an der Universität.

Meine finanzielle Lage erlaube es mir, mich beidem zu widmen. Ich erinnerte Johannes daran, dass Teemu ein Kind sei und immer ein Kind bleiben werde. Mutter sein und eine eigene Arbeit – das seien die Dinge, auf die ich Einfluss nehmen wolle und könne. Alles andere geschehe eben.

Johannes fuhr mit der unversehrten Hand in die Tasche und zog ein in Folie gewickeltes Päckchen heraus. Es enthielt zwei Gerstenfladen mit rotem Lachs dazwischen. Er brach das Brot in der Mitte durch. Der zähe Gerstenfladen und der Salzfischgeschmack erinnerten mich an die Kindheit, an unsere gemeinsamen Verstecke in den Versammlungshäusern, auf den Dachböden oder in den nach Erde riechenden Kellern, wo man die Predigten und den Gesang hörte wie unter Wasser.

Opa kam mit Tränen in den Augen in die Kammer und nahm Johannes an beiden Händen. Er fragte ihn, ob der Vater ihm verzeihen könne. Er bat ihn darum, auch der Mutter zu verzeihen. Auch mich nahm Opa an der Hand und legte sie in Johannes' Hand. Er bat darum, die Vergebung anzunehmen. Einer mag überwältigt werden, aber zwei können widerstehen, und eine dreifache Schnur reißt nicht leicht entzwei, verkündete er.

Opa sagte, er habe sein Leben lang darum gebetet, dass Gott ihm die Gelegenheit gebe, wieder gutzumachen, was er gegen seinen Vater verbrochen habe. Jetzt sehe er, dass seine Gebete erhört worden seien. Johannes fasste ihn an den Schultern und sagte, es gäbe keinen Grund zur Sorge. Alles sei vergeben.